Tinas gestohlene Kindheit

Rudolf Full

Tinas gestohlene Kindheit

Ein Leben geprägt von schrecklichen
Kindheitserinnerungen

Romanbiografie

Bibliografische Information der Deutschen Nationalbibliothek:
Die Deutsche Nationalbibliothek verzeichnet diese Publikation
in der Deutschen Nationalbibliografie; detaillierte bibliografische Daten sind im Internet über dnb.dnb.de abrufbar.

2. Auflage
© 2018 Rudolf Full
 Herstellung und Verlag:
BoD – Books on Demand, Norderstedt
ISBN: 978-3-7448-9385-5

Trotz schmerzlicher Erinnerung
an all das Schreckliche,
das ihr in der Kindheit widerfahren war,
konnte sich Tina den Glauben an das Gute im
Menschen bewahren.

Erstes Kapitel

Von ihrem Navi geleitet verließ Tina an einem Sonntag im Juli 2004 die A 7 und setzte ihre Reise auf der sich anschließenden Bundesstraße fort. Sie war am Morgen in Würzburg losgefahren und befand sich nun in einer zauberhaften Voralpenlandschaft. Beim Anblick der reizenden Umgebung fasste sie den spontanen Entschluss, für kurze Zeit ihre bisherige Route zu verlassen, um einen der kleinen Orte abseits der Fernstraße aufzusuchen. Dort bewunderte sie von ihrem Wagen aus die prachtvollen alten Häuser, deren Fassaden wegen ihrer Fülle an bunten Geranien in allen Farben leuchteten. Während sie ihr Fahrzeug weiterhin langsam durch den hübschen Ort lenkte, streifte ihr Blick die Terrasse eines Eiscafés, wo sich etliche junge Leute beiderlei Geschlechts unter hellen Sonnenschirmen aufhielten. Diese Momentaufnahme rief in ihr den Wunsch nach einer kleinen Erfrischung hervor, und die Aussicht auf eine damit verbundene, willkommene Pause veranlasste sie, einen schattigen Parkplatz aufzusuchen.

Als sie ausstieg, herrschten um sie herum unerwartet hohe Temperaturen, die ihr vorübergehend das Atmen erschwerten. Sie machte sich auf den Weg und schlich dicht an den alten Häusern entlang. Doch die fast senkrecht stehende Sonne verhinderte, dass ihr die Hauswände den erhofften Schatten spendeten. So vergingen für sie endlos lange Minuten, bis sie das Café erreichte und dort wegen der angenehmen Raumtemperatur endlich wieder durchatmen konnte. Während sie die Eis- und Getränkekarte studierte, hörte sie von der Terrasse her die fröhliche Unterhaltung der jungen Leute, die den hochsommerlichen Temperaturen im Freien zu trotzen schienen. Eine junge Italienerin, die sie gerade mit Erfrischungen versorgt hatte, kam nun zu Tina an den Tisch und fragte sie nach ihren Wünschen. Sie bestellte einen Eiskaffee.

Am Vortag war Tinas heile Welt von einem Augenblick auf den anderen aus den Fugen geraten. Dies hatte sie veranlasst, an diesem Morgen zu einer für sie wichtigen Recherche ins Allgäu aufzubrechen.

Melanie, ihre Stieftochter und deren Freund Florian hatten am gestrigen Samstag Vormittag ihre Urlaubsreise an die Ostsee in Würzburg unterbrochen, um ihr und ihrem Gatten einen Kurzbesuch abzustatten. Bei dieser Gelegenheit hatten sie Melanies Freund kennengelernt. Melanie und Florian waren beide 28 Jahre alt und arbeiteten als Assistenzärzte in einem Münchner Klinikum.

Als die Bedienung den Eiskaffee servierte, wurde Tina aus ihren Gedanken aufgeschreckt. Sie bedankte sich und begann den kalten, mit schmelzendem Vanilleeis gefüllten Kaffee bedächtig über einen Strohhalm zu trinken. Wenig später saß sie wieder grübelnd da und nippte hin und wieder an ihrem Getränk, ohne es zu registrieren. Sie war erneut in Gedanken bei Melanie, die sie liebte wie eine eigene Tochter. Seit deren viertem Lebensjahr war sie ihr eine treusorgende Mutter gewesen, stets darauf bedacht, dem Kind all die Liebe und Geborgenheit zu schenken, die ihr in ihrer eigenen Kindheit versagt geblieben waren. Und während Melanie zum Teenager und zur jungen Frau heranwuchs, war sie ihr immer als einfühlsame Freundin und gute Ratgeberin zur Seite gestanden. Tina war davon überzeugt gewesen, Melanie alles mitgegeben zu haben, um die Hürden des Lebens problemlos zu meistern.

Bisher schien in Melanies Leben auch alles nach Plan zu verlaufen. Doch mit dem Besuch des jungen Paares war eine unerwartete Situation eingetreten, die Tina in tiefe Besorgnis um Melanies Zukunft gestürzt hatte. Denn seit dem Vortag befürchtete sie, dass Florian ein Nachfahre *der* Familie sein könnte, durch die sie in ihrer Kindheit so viel Qualvolles erlitten hatte. Schon der bloße Gedanke an diese unheilvolle Konstellation brachte sie an den Rand der Verzweiflung. Sollte sich definitiv herausstellen, dass Melanies Freund aus dieser besagten Familie stammte, dann bestanden für sie keinerlei Zweifel, dass in seinen Genen noch Spuren der Bösartigkeit und Grausamkeit seiner Vorfahren vorhanden waren. Gleichzeitig beschäftigte sie sich mit der bangen Frage, wie sie nach einer Bestätigung ihres Verdachts Melanie dazu bringen könnte, ihre Liaison mit Florian noch einmal zu überdenken, ohne Gefahr zu laufen, sich mit ihr zu überwerfen.

Florian hatte am Vortag erwähnt, dass sich sein Elternhaus in der Nähe des Städtchens S. im Allgäu, auf dem Grund und Boden eines ehemaligen Bauernhofs namens „Waldbruch" seiner Vorfahren befinde. Der Name „Waldbruch" aber ist für Tina noch heute der Inbegriff unbeschreiblichen Leids. Zugefügt hatte ihr dieses Leid ihre Stiefmutter, als sie im Alter von drei Jahren gezwungen war, mit ihr mehrere Monate in deren Elternhaus, einem Allgäuer Bauernhof gleichen Namens, zu verbringen. Auch die Eltern und die Schwester der Stiefmutter hatten damals Schuld auf sich geladen, da sie die Übergriffe sehenden Auges gebilligt haben. Die Stiefmutter hatte zudem keine Skrupel, das Kind selbst dann weiterhin zu quälen, nachdem sie mit ihm nach Franken, in Wohnortnähe der Familie seines Vaters, umgezogen war.

Tina hatte bisher nicht gewusst, wo genau im Allgäu die Grausamkeiten an ihr verübt worden waren. Nun gab es durch Florian vielleicht einen Hinweis auf diesen grauenvollen Ort. Doch das Ergebnis ihrer Recherche sollte nicht primär zum Ziel haben, ihren Verdacht zu bestätigen, sondern vielmehr einen Zusammenhang zwischen Florians Waldbruch und dem ihrer Kindheit möglichst auszuschließen. Zwar deuteten mehrere Fakten auf eine Übereinstimmung hin, doch Tina klammerte sich verzweifelt an die ihr verbliebene Hoffnung, dass sich für alles eine einleuchtende Erklärung werde finden lassen, der zufolge Florian zu einer völlig anderen Familie gehörte, und sich das schreckliche Geschehen ihrer Kindheit in einer ganz anderen Region des Allgäus zugetragen hatte.

Bedächtig löffelte Tina das nicht geschmolzene Vanilleeis aus dem Glas. Dann legte sie den Rechnungsbetrag inkl. eines angemessenen Trinkgeldes auf den Tisch und verließ das Café. Am Parkplatz angekommen, stellte sie erleichtert fest, dass das Wageninnere dank der schattenspendenden Bäume nicht so sehr aufgeheizt war, wie sie befürchtet hatte. So konnte sie ihre Fahrt ohne Verzögerung in Richtung ihres angestrebten Ziels fortsetzen. Sie verließ den kleinen Ort und lenkte ihren Wagen zurück auf die Bundesstraße. Auf der letzten Etappe ihrer Reise fuhr sie, vermutlich aus einem unbewussten Bedürfnis heraus, „es hinter sich zu bringen", etwas zügiger als vor ihrem Zwischenstopp.

Gegen 13.00 Uhr erreichte sie schließlich mithilfe ihres Navis ihren Zielort, das auf einer Anhöhe gelegene, im Landhausstil erbaute Hotel im Städtchen S. Sie stellte ihren Wagen auf dem Hotel-Parkplatz ab, nahm ihren Trolley aus dem Kofferraum und strebte mit raschen Schritten dem Eingang zu. Beim Betreten des Gebäudes war sie glücklich, sich vor der Hitze in Sicherheit bringen zu können. An der Rezeption wurde sie von der gleichen jungen Dame freundlich begrüßt und willkommen geheißen, die am Morgen ihre telefonische Buchung entgegengenommen hatte. Nach Erledigung der üblichen Formalitäten erhielt Tina von ihr den Zimmerschlüssel ausgehändigt. Da sie nicht erwartet hatte, schon um diese Uhrzeit ihr Zimmer beziehen zu können, freute sich nun umso mehr darüber. Einem Ständer an der Rezeption entnahm sie einen übersichtlichen Stadtplan, in dem auch die nähere Umgebung von S. eingezeichnet war.

Nach Betreten ihres Zimmers im ersten Stockwerk ließ sie sich in einen der bequemen Sessel fallen und begann neugierig den mitgebrachten Plan zu studieren. Sehr schnell wurde sie auf einen schmalen und geschlungenen Wasserweg von der Breite eines Bachs oder kleinen Flusses aufmerksam, der das Städtchen in seinem südlichen Drittel durchschnitt. Mit ihrem Zeigefinger folgte sie dem Flusslauf in beide Richtungen und stieß flussaufwärts auf ein weit außerhalb des Ortes gelegenes, einzelnes Gebäude, das direkt am Flussufer eingezeichnet war. Nicht sonderlich glücklich über ihre Entdeckung nahm sie sich vor, sich während ihres geplanten Ausflugs zuerst in die Richtung dieses Gebäudes zu begeben. Laut Plan war es als Restaurant ausgewiesen, doch sie wollte sichergehen, dass sich dahinter nicht die Mühle verbarg, die in ihrer Kindheit eine besondere Rolle gespielt hatte.

Nach Beendigung ihres Planstudiums nahm sie ihr Mobiltelefon zur Hand und teilte ihrem Gatten Rolf ihre Ankunft in S. mit. Sie bedauerte, dass es ihr wegen der unerträglichen Hitze im Augenblick nicht möglich sei, schon jetzt festzustellen, ob sie sich hier am Ort ihrer Kindheit befand oder nicht.

Nach dem Telefonat meldete sich bei ihr noch deutlicher als bei ihrer Ankunft ein Hungergefühl, das sie veranlasste, das Restaurant im Erdgeschoss aufzusuchen. Die Bedienung geleitete sie an einen kleinen runden Tisch und überreichte ihr Speise- und Getränkekarte. Tina musste nicht lange suchen und entschied sich für einen Salat mit Meeresfrüchten und frischem Baguette. Aus der Getränkekarte wählte sie einen Riesling und ein Mineralwasser. Nach wenigen Minuten brachte ihr die Servicekraft Wein und Wasser, und goss jeweils einen Teil der Getränke in die dafür vorgesehenen Gläser. Bis das Essen serviert wurde, konnte sie nun wieder ihren Gedanken nachhängen.

Nun ließ sie die Ereignisse, die der Grund für diese Reise waren, wie in einem Film vor ihrem inneren Auge ablaufen: Melanie hatte am Telefon darum gebeten, während ihres Besuchs keinen großen Aufwand zu betreiben, sondern ihnen allenfalls Kaffee und Kuchen zu servieren. Denn ihre Zeit sei knapp bemessen, da sie am frühen Abend zumindest Hamburg erreichen wollten.

Nach Ankunft des jungen Paares am späten Vormittag wurde es von Tina und Rolf ins Esszimmer gebeten, um mit ihm bei Kaffee und Kuchen zu plaudern, und um Florian näher kennenzulernen. Tina hatte bereits den Tisch gedeckt, in dessen Mitte ihr selbstgebackener Apfelkuchen, Melanies Lieblingsgebäck, stand.

Schon kurz nach Beginn ihrer Beziehung zu Florian hatte Melanie ihre Stiefmutter davon unterrichtet, dass ihr Freund mit Nachnamen „Engel" heiße, so wie Tinas Mädchenname gelautet hatte. Während der gestrigen Unterhaltung kam Melanie erneut auf das Thema zu sprechen und fügte scherzhaft hinzu: „Vielleicht seid ihr verwandt und ihr wisst es nur nicht."

„Du kommst aus dem Allgäu?", fragte Tina, an Florian gewandt. Florian bejahte und ergänzte, dass er bis zu seinem vierzehnten Lebensjahr inmitten der Kleinstadt S. gewohnt habe. Danach sei er mit seinen Eltern in ihr jetziges Domizil, weit außerhalb des Ortes, umgezogen.

„Es war ursprünglich ein kleiner, freistehender Bauernhof, den unsere Vorfahren noch bis in die neunzehnhundertfünfziger Jahre bewirtschaftet haben.", fuhr Florian fort.

„Auf dessen Grund und Boden haben meine Eltern seit den neunziger Jahren nach und nach ein völlig neues Gebäudeensemble errichtet. Neben dem Wohnhaus existiert ein Gebäude, in dem mein Vater seine Steuerberaterkanzlei betreibt, und einen weiteren Trakt haben meine Eltern mit schönen Ferienwohnungen ausgestattet. Meine Mutter reduzierte daraufhin ihren Fulltime-Job als Lehrerin und kümmert sich nun in ihrer Freizeit ausschließlich um ihre Gäste. Den Namen „Waldbruch", wie der Hof einst von unseren Vorfahren genannt wurde, haben meine Eltern für das Ensemble nicht mehr verwendet. -------"

Bei der unerwarteten Erwähnung des Namens „Waldbruch" glaubte Tina den Boden unter den Füßen zu verlieren. In ihrer Panik war sie nicht mehr in der Lage, Florians weiteren Ausführungen zu folgen und vernahm seine Stimme wie aus weiter Ferne. Kaum hatte er geendet, zog sie sich unter dem Vorwand, den Kaffee zubereiten zu müssen, fluchtartig in die Küche zurück. Schon war Melanie aufgesprungen und rief ihr hinterher, dass sie ihr helfen komme. Doch Melanies Anwesenheit in der Küche konnte Tina jetzt am allerwenigsten gebrauchen. Sie nahm daher ihre ganze Kraft zusammen und rief ihr über die Schulter zu: „Ich mach' das Bisschen schon alleine. Lass' dich heute mal von mir verwöhnen!"

Tina zitterte am ganzen Körper und musste sich in der Küche an einen der Schränke lehnen. Als sie sich ein wenig beruhigt hatte, versuchte sie, ihre Gedanken zu ordnen. Schließlich redete sie sich ein, es könne sich hier nur um eine zufällige Namensgleichheit zweier verschiedener Familien und deren Bauernhöfe handeln. Das Ganze ergäbe ja nur Sinn, wenn Florians Vater ein unehelicher Sohn ihrer Stiefmutter wäre.

Plötzlich erhöhte sich ihr Pulsschlag erneut, da sie den letzten Gedanken gar nicht so abwegig fand. Denn sie wusste von einer neuen Partnerschaft ihrer Stiefmutter Anfang bis Mitte der 1950iger Jahre und hatte den Partner sogar während einer seltsamen Begegnung selbst kennengelernt. Außerdem erinnerte sie sich, dass ihre Stiefmutter 1956 von einem auf den anderen Tag ihre gemeinsame Heimat verlassen hatte, nachdem ihr Lebensgefährte kurz zuvor bei einem Autounfall ums Leben gekommen war. Nun fragte sie sich, ob vielleicht eine Schwangerschaft der Grund für ihre überstürzte Abreise gewesen sein könnte.

Nach wenigen Minuten hatte sie sich wieder soweit gefasst, dass sie sich in der Lage sah, die gewünschten Kaffeevarianten am Automaten zuzubereiten. Mit den gefüllten Kaffeetassen auf dem Tablett ging sie schließlich zurück ins Esszimmer. Beim Wiedereintreten bemerkte sie am prüfenden Blick ihres Mannes, dass ihm ihre Panikattacke am Esstisch nicht entgangen war. Beruhigt stellte sie fest, dass zumindest Melanie und Florian ihre Gefühlswallung nicht bemerkt hatten.

Tina spielte einen Augenblick lang mit dem Gedanken, sich Gewissheit über Florians Herkunft zu verschaffen, indem sie ihn nach dem Vornamen seiner Großmutter fragte. Doch schnell verwarf sie den Gedanken wieder, da sie nicht wusste, wie sie die Frage begründen und gleichzeitig deren Hintergrund verbergen sollte. Stattdessen erkundigte sie sich bei ihm diskret nach dem Alter seiner Eltern, und Florian ließ sie wissen, dass sein Vater achtundvierzig und seine Mutter siebenundvierzig Jahre alt sei. Tinas daraus resultierende Feststellung, dass Florians Vater bei der Geburt seines Sohnes tatsächlich nicht älter als zwanzig war, passte fatalerweise wie ein weiteres Puzzleteilchen zu ihren bisher gesammelten Fakten.

Während Melanies und Florians verbleibenden Aufenthalts bemühte sich Tina, sich ihre innere Zerrissenheit nicht anmerken zu lassen. Aber es kostete sie eine ungeheure psychische Kraftanstrengung, ihren Teil zu einem un-getrübten und herzlichen Verlauf der Unterhaltung beizutragen. Als sie bei der Verabschiedung des Paares dem jungen Mann direkt gegenüberstand, musterte sie unauffällig seine Augen, um darin nach Anzeichen von Kälte, Bosheit oder Abweisung zu forschen, Eigenschaften, die ihr von den Augen der Stiefmutter unauslöschlich im Gedächtnis hafteten. Doch in Florians freundlichem Blick konnte sie nichts Beunruhigendes feststellen.

Rolf sprach Tina auf ihre plötzliche Veränderung erst an, nachdem sich Melanie und Florian verabschiedet hatten. Nun erzählte sie ihm von ihrem furchtbaren Verdacht, und Rolf zeigte sich über diese unerwartete Entwicklung ebenso besorgt, wie seine Ehefrau.

Am Abend nach dem Zubettgehen wollte sich bei Tina der Schlaf nur schwer einstellen. Ihre Gedanken kreisten immer wieder um die potentiell unheilvolle Verbindung zwischen Melanie und Florian. Wenn es ihr dennoch ab und zu gelungen war, ein wenig Schlaf zu finden, wurde sie von unangenehmen Träumen heimgesucht, die auch in ihre Kindheit zurückreichten.

Noch während der Nacht reifte in ihr der Plan, am Morgen ein Hotel in S. ausfindig zu machen, um an Ort und Stelle zu ergründen, ob sich dort das ehemalige Gehöft befand, in dem sie einen Teil ihrer schrecklichen Kindheit verbracht hatte. Sie wusste aber auch, dass es ein schwieriges Unterfangen war, eine Gegend wiederzuerkennen, in der sie als kleines Kind nur kurze Zeit gelebt hatte.

Während des gemeinsamen Frühstücks eröffnete Tina ihrem Gatten den während der Nacht gefassten Plan. Anfangs stand Rolf dem Vorhaben seiner Frau sehr skeptisch gegenüber. Als sie ihm jedoch noch einmal das Leid schilderte, das sie durch ihre Stiefmutter und andere Mitglieder der Familie erfahren hatte, und ihm damit darzulegen versuchte, in welch schreckliche Familie seine Tochter möglicherweise einheiratete, gab er seinen Widerstand auf. Schließlich wollte auch er Gewissheit über Florians Herkunft erhalten, bevor es vielleicht zu spät war. Gerne hätte er Tina begleitet, um sie bei ihrer Recherche zu unterstützen. Doch wegen eines laufenden Verfahrens in seiner Eigenschaft als Anwalt, auf das er sich noch einige Tage lang vorbereiten musste, blieb er unabkömmlich.

Tina genoss den Salat zusammen mit dem Riesling und bestellte sich nach der Hauptmahlzeit einen fruchtigen Nachtisch. Inzwischen hatte sich das Wetter dramatisch verändert, was ihr aber wegen der getönten Butzenscheiben und der ständigen Raumbeleuchtung im Restaurant nicht aufgefallen war. Erst als sie sich durch dumpfes Donnergrollen veranlasst sah, aus dem Fenster zu blicken, registrierte sie, dass das gleißende Sonnenlicht dunklen Gewitterwolken gewichen war, und die Baumwipfel vor dem Hotel in heftigen Windböen hin- und herschwankten. Tina ließ den Mittagstisch auf ihre Hotelrechnung setzen und verließ das Restaurant. In ihrem Zimmer öffnete sie nacheinander die beiden Fenster und schloss vorsorglich die Fensterläden. Schon hatte starker Regen eingesetzt, der ihr während des vorübergehenden Öffnens ins Gesicht spritzte. Die Pausen zwischen Blitz und Donner verkürzten sich rasant, und in wenigen Minuten schien es, als stünde ein schweres Gewitter, begleitet von heftigem wolkenbruchartigem Regen, direkt über dem Hotel. Das anfängliche Donnergrollen hatte sich nach und nach in ein detonationsähnliches Krachen verwandelt, das Tina vor Angst erbeben ließ. Sie befürchtete, dass in ihrer unmittelbaren Umgebung ein Blitz einschlagen und eine Schneise der Verwüstung verursachen könnte. Ihre panische Angst vor schweren Gewittern hatte ihren Ursprung in der Bombennacht vom

9. auf den 10. März 1943 in München, in der sie mit knapp drei Jahren allein und schutzlos in der Wohnung ihrer Eltern den alliierten Luftangriffen ausgesetzt war. Diese Angstattacken bei Gewittern hatten sie während ihrer gesamten Kindheit begleitet, und selbst im Erwachsenenalter war es ihr nicht vollständig gelungen, sich davon zu befreien.

Ohne sich zu entkleiden legte sie sich aufs Bett und begrub ihren Kopf unter einem Kissen. Nach etwa einer halben Stunde begann sich das Unwetter zu beruhigen, und sie schlief unversehens ein. Der Schlafmangel der vergangenen Nacht und die anstrengende Autofahrt hatten offenbar nun ihren Tribut gefordert.

Zweites Kapitel

Tinas Vater Georg kam ursprünglich aus einer Kreisstadt an den Ausläufern der bayerischen Rhön. Er hatte noch drei weitere Geschwister. 1938 ging er in der Absicht nach München, um die Unteroffizierslaufbahn einzuschlagen. Als häufiger Gast in einem Caféhaus am Stachus lernte er 1939 Theresa, Tinas Mutter, kennen, die dort als Bedienung arbeitete. Theresa stammte aus Esting bei München und war das zweitjüngste von sechs Kindern. Im Oktober 1939 heiratete das Paar und bezog eine Wohnung in der Adlzreiterstraße in Münchens Schlachthofviertel. Ihre gemeinsame Tochter Tina kam Ende April 1940 zur Welt.

Anfang März 1943 zählte Tina noch nicht ganz drei Jahre. Sie hatte früh sprechen gelernt und war ein sehr aufgewecktes und wissbegieriges Kind. Aufmerksam verfolgte sie alles Geschehen um sich herum, und wenn sie etwas, das sie sah oder hörte, nicht sofort einordnen konnte, versuchte sie diesen Mangel durch hartnäckiges Nachfragen auszugleichen. Diese Eigenschaft forderte ihrer Mutter oftmals ein hohes Maß an Geduld ab.

Nachts durfte Tina neben ihrer Mutter im Ehebett schlafen, da sich ihr Vater seit geraumer Zeit mit seinem Regiment in Kroatien aufhielt. Er und seine Kameraden waren abgestellt worden, um die kommunistischen Partisanenüberfälle auf die dort stationierte Wehrmacht einzudämmen. Im Frühjahr/Sommer des vergangenen Jahres hatte er sich letztmals auf Heimaturlaub befunden.

In den vergangenen Wochen war mehrmals nächtlicher Fliegeralarm ausgelöst worden, und Theresa hatte sich gezwungen gesehen, mit ihrer Tochter den Luftschutzkeller aufzusuchen. Glücklicherweise waren in ihrem Stadtteil auf die jeweiligen Alarme bis dahin keine Luftangriffe erfolgt.

Wenn nachts der Fliegeralarm ertönte, hatten Mutter und Kind genügend Zeit, um aufzustehen, sich anzukleiden und die Mäntel überzuziehen. Dann ergriff Theresa den in der Diele bereitstehenden und mit allem Nötigen gepackten Koffer, und sie machten sich auf den Weg in Richtung Luftschutzraum. Man hatte zu diesem Zweck ein Kellergewölbe in einem weiteren Mietshaus, das nur hundert Meter weiter auf der gleichen Straßenseite lag, entsprechend ausgestattet. So mussten Mutter und Kind nach Auslösen des Alarms nicht allzu weit gehen.

Schon bei einem der ersten Fliegeralarme, an die sie sich erinnern kann, wollte Tina von ihrer Mutter wissen, warum sie beide inmitten der Nacht aus ihren warmen Betten aufstehen, und in einen Keller gehen müssten. Theresa hatte bereits erwartet, dass ihre Tochter diese Frage stellte, und versuchte ihr während des Ankleidens den Sachverhalt kindgerecht zu erklären:

„Wenn die Sirenen heulen, mein Schatz, wollen sie uns damit sagen, dass böse Flugzeuge am Himmel sind, die uns Wehweh machen wollen. Damit uns aber diese bösen Flugzeuge nicht finden, müssen wir uns vor ihnen in einem Keller verstecken."

Tina war von der Erklärung ihrer Mutter tief beeindruckt, und auf dem Weg in den Schutzraum malte sie sich ein schlimmes Szenario aus, was wehweh-machende Flugzeuge alles anrichten können.

Dem Aufsuchen des Luftschutzkellers zu Nacht schlafender Zeit konnte Tina bald auch eine angenehme Seite abgewinnen, da sie dort immer wieder mit ihren Freunden zusammentraf. Die Kinder wurden jedes Mal in Decken gehüllt und in die oberste Etage ehemaliger Obstregale verfrachtet. Dort sollten sie sofort wieder einschlafen, waren aber wegen der plötzlichen Schlafunterbrechung innerlich so aufgewühlt, dass sie zum Leidwesen der Erwachsenen allerlei Unsinn trieben.

Am Morgen nach dem nächtlichen Aufenthalt im Luftschutzraum achtete Theresa sorgsam darauf, dass Tina lange genug im Bett blieb und tüchtig ausschlief. Sie nutzte die Zeit, um sich ungestört ihrem Haushalt zu widmen oder Einkäufe zu tätigen. Ging sie außer Haus, so benötigte sie nie länger als eine halbe Stunde, um Lebensmittel einzukaufen, da sie im nahegelegenen Bäckerladen neben Brot auch vieles andere zum Leben Notwendige besorgen konnte. Für den Fall, dass es während ihrer Abwesenheit an der Wohnungstür läutete, hatte Theresa ihrer Tochter eingeschärft, niemandem zu öffnen.

Eines Morgens verkündete Theresa ihrer Tochter beim Kämmen ihrer Haare, dass sie bald ein Brüderchen oder ein Schwesterchen bekomme. Nach Ausdruck ihrer Freude über das zu erwartende Geschwisterchen fragte sie, ob es mit der Post komme, oder wer es sonst bringe, und die Mutter bemühte die Geschichte vom Klapperstorch. Die Niederkunft war für Ende März geplant, und Theresa hatte schon seit längerem damit begonnen, sich nach und nach die für den Säugling erforderliche Ausstattung zu beschaffen.

Beinahe regelmäßig kam Theresas zwei Jahre ältere Schwester Anni aus Perlach, die auch Tinas Patentante war, zu Besuch. Sie brachte auch immer ihre Kinder mit. Das Annerl war zwei Jahre älter als Tina, und Martin genau so alt wie sie. In letzter Zeit häuften sich Annis Besuche, da sie sich um die Schwester wegen deren bevorstehender Niederkunft sorgte. Tina waren diese Besuche eine willkommene Abwechslung, denn sie liebte ihre Patentante und spielte gern mit ihrer Cousine und ihrem Cousin.

Auch Theresas jüngere Schwester Marie schaute regelmäßig an ihren freien Wochenenden vorbei. Darüber freute sich Tina ebenso sehr, wie über Tante Annis Besuche. Marie war Anfang zwanzig und wohnte noch bei ihren Eltern in Esting. Im Augenblick sah Tina Tante Maries nächstem Besuch mit Bangen entgegen, da sie der Puppe, einem Geschenk von ihr, bei einem unglücklichen Manöver einen Arm ausgerissen hatte. In diesem desolaten Zustand durfte Tante Marie die Puppe unter keinen Umständen zu Gesicht bekommen, und deshalb hatte Tina sie sorgfältig in der Wohnküche versteckt.

Der 9. März 1943 schien ein Tag wie jeder andere zu sein. Doch er sollte für das kleine Mädchen der Beginn eines nicht enden wollenden Albtraums werden.

Wie gewohnt, war Tina am Abend von ihrer Mutter in eines der Ehebetten gebracht worden und nach der üblichen Gute-Nacht-Geschichte schnell eingeschlafen. In der Nacht ertönte wieder Fliegeralarm. Tina war sofort hellwach und erwartete den in solchen Augenblicken eingespielten Ablauf, dass sich die Mutter erhob, sich ankleidete und sie aufforderte, das Gleiche zu tun. Doch ihre Mutter machte sich weder durch eine Bewegung, noch durch einen Laut bemerkbar. Tina konnte sie nicht sehen, da während des Krieges absolute Verdunkelung der Fenster vorgeschrieben war, und sie es aufgrund einer früheren Anweisung ihrer Mutter nicht wagte, das Licht anzumachen. In diesem Augenblick fragte sie sich, ob sich ihre Mutter wirklich im Zimmer befand.

Mit einer ihrer kleinen Hände tastete sie sich nun hinüber zur anderen Seite des Doppelbettes und konnte das seidige Nachthemd ihrer Mutter fühlen. Sie fand heraus, dass ihre Mutter auf der Seite lag und ihr den Rücken zukehrte. Sich weiter vortastend erreichte sie den nackten Arm der Mutter, der über der Zudecke lag. Er fühlte sich ungewöhnlich kühl an. Vorsichtig strich sie mit der Hand über den kalten Arm, doch die Mutter blieb davon unbeeindruckt. Anschließend versuchte Tina durch halblautes Rufen auf sich aufmerksam zu machen. Als auch dieses Vorhaben nicht den gewünschten Erfolg hatte, brach sie alle weiteren Versuche ab, die Mutter in ihrer Ruhe zu stören. Sie legte sich in ihr Bett zurück und suchte nach einer Erklärung für das ungewohnte Verhalten ihrer Mutter. Sie vertraute ihr selbst in dieser befremdlichen Situation und kam daher zu folgendem Schluss:

‚Die Mama weiß sicher besser als die Sirenen, dass heute Nacht keine bösen Flugzeuge kommen.'

Mit dem beängstigenden Sirenengeheul vermischte sich wenig später unheildrohendes Brummen und Dröhnen, das langsam aber stetig zu einem lautstarken Tosen anschwoll. Ihr kam schlagartig in den Sinn, dass dies die bösen Flugzeuge sein mussten, von der ihre Mutter gesprochen hatte. Diese Erkenntnis löste bei ihr lähmendes Entsetzen aus.

Nach dem Tosen hörte das Kind grässlich lautes Pfeifen, Krachen und Bersten, furchteinflößende Geräusche, die ihm bis dahin völlig fremd waren. Sie erschütterten das gesamte Zimmer, ließen das Bett erzittern und Gegenstände zu Boden fallen. Vor Angst bebend setzte es sich auf und rief jetzt ganz laut nach seiner Mutter, während es hilfesuchend beide Arme nach ihr ausstreckte. Doch seine Berührung wurde nur von einer abweisenden Kälte erwidert.

In ihrer kindlichen Vorstellung fürchtete Tina, jeden Augenblick könne ein Flugzeug durchs Fenster hereinfliegen und ihr „Wehweh machen". In entsetzlicher Panik und Hilflosigkeit vor sich hin wimmernd zog sie sich schließlich die Bettdecke über den Kopf und hoffte, auf diese Weise von den Flugzeugen nicht gesehen zu werden. Nach endlos scheinendem Bangen hatte der höllische Spuk irgendwann ein Ende, und ermattet vom grauenvollen nächtlichen Erlebnis fand sie schließlich den erlösenden Schlaf.

Sie hatte keine Vorstellung, wie lange sie geschlafen hatte, als sie durch lautes Stimmengewirr, das von der Straße her zu kommen schien, geweckt wurde. Ebenfalls von außen kommend breitete sich ein Geruch nach Verbranntem im Zimmer aus. Sie stieg aus dem Bett und tastete sich in völliger Dunkelheit an eines der beiden Fenster, wo sie nach der Kordel des Rollos suchte. Schließlich tat sie etwas, was ihr die Mutter strikt verboten hatte: Mit einem kurzen Zug an der Kordel öffnete sie das Verdunkelungsrollo. Schlagartig drang gleißendes Tageslicht in das Zimmer, wodurch sie sich vorübergehend geblendet fühlte.

Ihre erste Aufmerksamkeit galt nun ihrer Mutter, die unverändert auf der Seite lag und noch immer zu schlafen schien. Vom Fenster aus schweifte Tinas Blick vom rosarot geblümten Nachthemd der Mutter über deren seltsam verfärbten Hals und Wange. Sie registrierte, dass auch dem nackten Arm, der über der Bettdecke lag, die gewohnte rosige Farbe fehlte. So völlig verändert hatte sie ihre Mutter noch nie gesehen, und sie begann sich vor etwas Undefinierbarem zu fürchten.

Schließlich wandte sie sich wieder dem Fenster zu. Da sie noch sehr klein war, konnte sie mit den Augen gerade über die Fensterbank blicken. Aber sie wusste sich zu helfen: Um sich einen besseren Überblick zu verschaffen, holte sie sich den Hocker vor Mutters Spiegelschrank ans Fenster, stieg hinauf und sah nach draußen. Dort bot sich ihr ein unwirkliches Bild, über das sie sehr erschrak: Die Dächer der gegenüberliegenden Häuserzeile waren, soweit sie sehen konnte, abgedeckt, und die Dachbalken, aus denen noch kleine Feuer loderten, waren verkohlt. Hauswände waren teilweise eingestürzt, und fast überall konnte sie in die Wohnungen der Menschen blicken.

Die Metzgerei schräg gegenüber, wo sie nach dem Einkauf von der Metzgersfrau immer eine Wurstscheibe bekommen hatte, war nur noch eine rauchende Ruine. Der Bäckerladen, die Straße ein Stück weiter unten, war ganz hinter einer Wand aus dichten Rauchschwaden verschwunden. Ihre schöne Straße hatte sich in ein einziges Trümmerfeld verwandelt. Leute liefen schreiend und gestikulierend über verkohlte Balkenreste und herumliegende Steine hin und her. Viele versuchten, aus den ausgebrannten Häusern noch einige Habseligkeiten zu retten.

Traurig wandte sich Tina wieder ihrer Mutter zu. Da vernahm sie ein Pochen an der Wohnungstür. Leise ging sie hinaus in die Diele und lauschte. Neben mehreren fremden Stimmen erkannte sie die Stimme ihrer Nachbarin aus der gegenüberliegenden Wohnung.

„Theresa, ist alles in Ordnung bei dir?", hörte Tina die Nachbarin fragen.

„Warum warst du nicht im Luftschutzkeller? Wir haben uns um dich und dein Kind große Sorgen gemacht."

Da ihr niemand antwortete, rief sie Tina beim Namen und forderte sie auf, die Tür zu öffnen. Aber Tina erinnerte sich an die Anweisung ihrer Mutter, dass sie niemandem öffnen durfte, und antwortete mit zaghafter Stimme:

„Meine Mama ist einkaufen und sie hat gesagt, ich darf die Tür nicht aufmachen."

Wieder lauschte Tina nach draußen, von wo sie weiteres Stimmengewirr vernahm. Dann hörte sie wieder die Nachbarin zu ihr sprechen:

„Tina, mach' bitte auf, ich bin's, die Tante Waltraud von gegenüber." Doch Tina dachte weiter an die Anweisung ihrer Mutter, und verhielt sich ruhig. Nach einem kurzen beratenden Gemurmel vor der Tür meldete sich erneut die Nachbarin:

„Tinchen geh' ganz weit weg von der Tür! Wir kommen

jetzt rein zu dir. Du musst keine Angst haben."

Wenig später wurde die Tür gewaltsam von außen geöffnet. Die Nachbarin nahm das verängstigte Kind auf den Arm und ging mit ihm in ihre gegenüberliegende Wohnung. Zitternd verkroch es sich dort unter einem Wandtischchen in der Wohnküche. Das veränderte Aussehen der Mutter und das Eindringen der Leute in die Wohnung ließen Tina erahnen, dass etwas Schreckliches mit ihrer Mutter geschehen sein musste.

Theresa Engel war am Abend des 9. März 1943 im Alter von 26 Jahren verstorben. Im Leichenschauschein trug der gerufene Arzt „Herzschlag" als Todesursache ein.

Nach dem Auffinden der Verstorbenen verständigten die Mitbewohner deren Verwandte. Tinas Patentante Anni eilte nach Erhalt der Nachricht sofort von Perlach nach München, um sich ihres Patenkindes anzunehmen. Sie hatte im Vorfeld mit ihren Eltern vereinbart, das Kind zu ihnen nach Esting zu bringen.

Anni fand ihre kleine Nichte, die noch immer unter dem Tischchen in der Nachbarwohnung kauerte, völlig verstört und apathisch vor. Alle ihre Bemühungen, Kontakt zu ihr aufzunehmen, schlugen fehl. Tina wirkte vollkommen von ihrer Umgebung abgesondert, als habe sie sich in einen unsichtbaren Kokon eingesponnen.

Die Tante suchte für Tina Kleidung, Wäsche und Spielzeug zusammen und packte alles in einen kleinen Koffer. Dann verließ sie mit dem Kind, das sich willenlos in sein Schicksal fügte, das Haus, um es nach Esting zu bringen.

Wie Tina erst viele Jahre später erfuhr, hatte sich in der Bombennacht vom 9. auf den 10. März 1943 der bis dahin schwerste Luftangriff auf die Münchner Innenstadt ereignet und großflächige Zerstörungen erstmals auch in der Peripherie verursacht. Es kommt ihr noch heute wie ein Wunder vor, dass das Mehrfamilienhaus, in der sich die elterliche Wohnung befand, vom Luftangriff verschont, und sie unverletzt blieb, während die Menschen der gegenüberliegenden Häuserzeile Hab und Gut verloren haben, und wahrscheinlich umgekommen wären, wenn sie sich nicht in den Luftschutzkeller begeben hätten.

Drittes Kapitel

Tinas Großeltern Berte und Franz in Esting trauerten noch immer um ihren ältesten Sohn Franz, der im Dezember 1942 während der Schlacht um Stalingrad gefallen war. Seit dieser Schreckensnachricht war das Paar in tiefer Sorge, dass auch ihre beiden anderen Söhne, Paul und Mathias, deren Regimenter in der Normandie gegen eine mögliche Invasion der Alliierten Stellung bezogen hatten, nicht mehr zurückkehren könnten.

Der Tod ihrer Tochter Theresa hatte sich für sie völlig unerwartet ereignet und sie bis ins Mark getroffen. Neben einer unsagbaren Trauer begannen sie an Gott und dem Sinn des Lebens zu zweifeln. Doch trotz ihres Kummers versuchten sie sich gegenseitig aufzurichten, da noch am gleichen Tag die verantwortungsvolle Aufgabe auf sie wartete, ihrem Enkelkind, das gerade seine Mutter verloren hatte, ein neues Zuhause zu bieten. Das Kind mit voller Hingabe zu umsorgen, würde ihnen helfen, so hofften sie, ihre seelischen Wunden ein wenig zu lindern. Tina erinnerte sie an ihre verstorbene Tochter Theresa in deren Kindheit, und sie fanden ein wenig Trost in der Vorstellung, ihre Tochter in Tina weiterleben zu sehen.

Die Großeltern, beide Anfang sechzig, waren nicht gerade mit irdischen Gütern gesegnet. Sie hatten eine kleine Nebenerwerbs-Landwirtschaft, in der sie einen Teil des zum Leben Notwendigen selbst produzierten. Das zweite Standbein bildete die Möbeltischlerei, in der Franz für Kunden aus dem Ort und der näheren Umgebung kleine Gebrauchsmöbel herstellte oder an deren Mobiliar notwendige Reparaturen ausführte. Wenn Möbel durch Verzierungen aufgewertet werden sollten, konnte sich Franz auch als Meister der Drechselkunst beweisen. In diesen Kriegszeiten, jedoch, liefen die Geschäfte mangels ausreichender Aufträge nicht besonders gut.

Die fürchterliche Angst, der Tina in der Bombennacht hilflos ausgesetzt war, dann der Anblick der Zerstörung der benachbarten Häuser in der Adlzreiterstraße, und schließlich die traurige Gewissheit, dass ihre geliebte Mama nie mehr wiederkehrte, hatten sie schwer traumatisiert. Im Haus der Großeltern währte es trotz liebevoller Betreuung durch Großmutter Berte, Großvater Franz und Tante Marie fast zwei Tage, bis sich das Kind nach und nach aus seiner Erstarrung löste und wieder auf seine Umgebung reagierte.

Um Tina über ihre Erinnerung an die schrecklichen Erlebnisse hinwegzuhelfen, verbrachte Marie fast ihre gesamte Freizeit mit ihr. Gemeinsam betrachteten sie die ersten Schmetterlinge, wenn sie in der Luft Fangen spielten. Setzte sich einer von ihnen auf eine Blüte, so pirschten sie sich vorsichtig an ihn heran, damit Tina ihn aus der Nähe bewundern konnte.

An einem warmen Frühlingstag lagen sie nebeneinander im Gras und beobachteten am Himmel die sich ständig verändernden Wolkengebilde. Bei dieser Gelegenheit zeigte Marie ihrer Nichte, wie man „Wolken weggguckt". Gemeinsam suchten sie am Himmel ein kleines weißes Wölkchen aus, und Marie forderte Tina auf, es mit ihr so lange anzuschauen, bis es nicht mehr zu sehen war. Und tatsächlich, man brauchte gar nicht lange warten, schon wurde das Wölkchen immer kleiner und war bald ganz verschwunden. Anschließend erklärte ihr die Tante:

„Jetzt darfst du dir etwas Schönes wünschen. Verrate aber niemandem, was du dir gewünscht hast, sonst geht es nicht in Erfüllung."

Tina wusste später nicht mehr, was sie sich gewünscht hatte, ihr blieb nur so viel in Erinnerung, dass es für sie ein sehr glücklicher Moment gewesen ist. „Wolken weggucken" fand sie sehr schön und wollte es bald wieder zusammen mit ihrer Tante tun.

Nach Ablauf von vier Wochen, in denen sich Tina sehr gut in ihrem neuen Zuhause eingelebt hatte, meinte die Großmutter, es sei endlich an der Zeit, dem Kind außer dem Kontakt mit Erwachsenen auch den Umgang mit gleichaltrigen Kindern zu ermöglichen. Hierfür bot sich nach ihrer Ansicht der örtliche Kindergarten an. Am nächsten Morgen nach dem Frühstück nahm Oma Berte Tina an die Hand und ging mit ihr in Richtung Kindergarten. Als beide dort angekommen waren, füllte sich der Raum nach und nach mit weiteren Kindern verschiedener Altersstufen. Je mehr Kinder hinzukamen, umso stärker stieg der Lärmpegel an. Mädchen und Jungen liefen rufend und schreiend im Raum umher, spielten Fangen, stritten oder prügelten sich. Dies war für Tina eine völlig ungewohnte und beklemmende Situation. Die Lautstärke und Hektik, die hier herrschten, machten ihr zunehmend Angst, und sie sehnte sich nach der ruhigen Atmosphäre in ihrem neuen Zuhause.

Während die anderen Kinder mit der Kindergärtnerin Kinderlieder sangen und dabei rhythmisch in die Hände klatschten, saß Tina nur stumm und teilnahmslos an ihrem Platz und kaute am Saum ihrer Schürze, den sie nicht mehr aus dem Mund nahm. Kein aufmunterndes Wort der Kindergärtnerin half, sie aus ihrer Passivität hervorzulocken. Am Ende des Kindergartentages hatte Tina nicht nur ihren gesamten Schürzensaum mit ihrem Speichel benetzt, sondern auch die Naht von oben bis unten mit ihren Zähnen durchtrennt.

Als ihr Großvater sie am frühen Nachmittag abholte, war er entsetzt, das zuletzt sehr lebhafte Kind wieder völlig teilnahmslos vorzufinden. Da er fürchtete, Tina falle wegen der gut gemeinten Initiative seiner Frau wieder in ihre ursprüngliche Lethargie zurück, sprach er zuhause ein Machtwort, wonach Tina nicht mehr in den Kindergarten gehen durfte. Stattdessen nahm er sich vor, sich selbst intensiver mit dem Kind zu beschäftigen.

Von allen Örtlichkeiten innerhalb des Gehöfts hielt sich Tina am liebsten in der liebenswerten Unordnung der Tischlerwerkstatt auf. Dort konnte sie, ohne müde zu werden, ihrem Opa stundenlang bei seiner handwerklichen Tätigkeit zusehen. Mit großem Interesse verfolgte sie die einzelnen Fertigungsschritte verschiedener Möbelstücke wie Tische Bänke oder Schränke. Es faszinierte sie ungemein, wenn der Großvater Rundhölzer in seine Drechselbank einspannte, das Werkstück mit Hilfe eines Pedals um die eigene Achse drehte, dann das Dreheisen mit viel Geschick dagegenhielt, und auf diese Weise fantastische Gebilde hervorzauberte. Damit Tina die Drechselvorgänge besser beobachten konnte, setzte sie der Großvater auf das Knie seines ruhenden Beines und ließ sie unmittelbar an der Entstehung von Tischbeinen oder herrlich verschnörkelter kleiner Säulen teilhaben.

Heimlich fertigte der Großvater eine Puppenwiege an, die er Tina zu ihrem bevorstehenden dritten Geburtstag zu schenken gedachte. Als der Ehrentag Ende April gekommen war, fand Tina nicht nur eine Wiege vor, sondern es lag auch eine Puppe darin. Tina erkannte sofort, dass es dieselbe Puppe war, die ihr einst Tante Marie geschenkt hatte, auch wenn sie ein neues Kleid anhatte. Sie schaute anfangs etwas verlegen drein, da Tante Anni die einarmige Puppe in Tinas sorgsam gewähltem Versteck in der Münchner Wohnung offenbar entdeckt und sie mit nach Esting genommen hatte. Doch, oh Wunder! Die Puppe hatte wieder beide Arme, als sei ihr nie etwas zugestoßen. Oma,

Opa und Tante Marie standen alle um Tina herum und beobachteten die vor Glück strahlenden Kinderaugen, und Opa Franz hatte Tränen in den Augen.

Früher war es für Franz selbstverständlich gewesen, dass die Erziehung der Kinder Aufgabe der Ehefrau und Mutter war. Sein Zuständigkeitsbereich hatte sich ausschließlich auf seine handwerklichen und landwirtschaftlichen Tätigkeiten beschränkt. Dieses Kind aber brachte es fertig, in ihm eine bemerkenswerte Wandlung zu vollziehen, die ihn vollkommen in seiner neuen Rolle als Ersatzvater aufgehen ließ. Er liebte das Kind über alles, und es wurde mehr und mehr zu seinem ganzen Lebensinhalt.

Für Franz und Berte stand außer Zweifel, dass Tina so lange bei ihnen bleiben sollte, bis sie auf eigenen Füßen stehen konnte. Denn es war ungewiss, wann der Krieg zu Ende ging, und ob ihr Schwiegersohn Georg dann noch willens oder in der Lage war, Tinas Erziehung zu übernehmen. Beide hofften, dass sie lange genug gesund und am Leben blieben, um ihrer verantwortungsvollen Aufgabe gerecht zu werden.

An einem Sonntag Nachmittag Mitte Mai 1943 herrschten im gesamten Münchner Raum bereits sommerliche Temperaturen. Marie nahm das schöne Wetter zum Anlass, um mit ihrer Nichte an das Flüsschen Amper zum Baden zu gehen. Sie durchquerten das Dorf und erreichten den Fluss an einer Stelle, wo das Ufer sehr steil abfiel. Dort hatte man, um Mensch und Tier vor einem Absturz in den Fluss zu bewahren, einen aus Brettern gezimmerten Zaun errichtet. An ihm entlang führte ein Pfad talwärts auf Flusshöhe, wo Marie nahe einer seichten Stelle ein Handtuch ins Gras legte. Anschließend bereitete es dem Kind einen Heidenspaß, nur mit einem Höschen begleitet, erstmals in seinem Leben in flachem Flusswasser plantschen zu dürfen. Marie suchte die nahen Flusstiefen auf, und drehte dort schwimmend ihre Runden. Ihre kleine Nichte ließ sie dabei nicht aus den Augen.

Plötzlich sah Tina, dass auf der Anhöhe entlang des Bretterzauns ein hoch gewachsener Mann in Uniform und Stiefeln auftauchte und sich mit weit ausholenden Schritten nach unten in ihre Richtung bewegte. In späteren Albträumen erschien ihr immer wieder der gleiche Zaun als Symbol einer sich ihr unaufhaltsam nähernden Bedrohung. Zwar konnte sie das Gesicht des Mannes aus der Entfernung nicht erkennen, doch sie wusste instinktiv, dass dies nur ihr Vater sein konnte. Als er näherkam, sah sie eine Entschlossenheit in seinem Gesicht, die ihr Angst einflößte. Nun bemerkte sie auch, dass in einiger Entfernung hinter ihrem Vater die Großeltern folgten. Sie gestikulierten heftig und schienen unentschlossen, was sie tun sollten.

Georg hatte zuerst seine Schwiegereltern aufgesucht und von ihnen erfahren, wo er Tina finden würde. Daraufhin hatte er seiner Schwiegermutter geradezu befohlen, Kleidung und Wäsche für Tina einzupacken, die Berte jetzt unwillig in einem Köfferchen mit sich trug.

Wenig später erreichte Georg Engel die Stelle am Fluss, wo sich seine Tochter aufhielt. Für Tina wirkte er riesig, als er so vor ihr stand, und sie blickte ängstlich zu ihm auf. Sie freute sich nicht über sein Erscheinen, denn sie fühlte, dass er nicht gekommen war, um sie zu besuchen. Marie, die erst jetzt auf Georg aufmerksam wurde, zeigte sich über sein plötzliches Erscheinen überrascht und kam ans Ufer geschwommen.

„Papa ist gekommen, um dich wieder nach Hause zu holen", hörte sie Georg zu seiner Tochter sagen. Er hob das Handtuch auf, das Marie auf die Wiese gelegt hatte, trocknete das Kind ab und stülpte ihm sein Kleidchen über. Marie wusste nicht, wie ihr geschah. Sie fühlte sich völlig überrumpelt und wie vor den Kopf gestoßen. Als ihr Schwager das Kind hochhob, und Tina sofort laut zu weinen begann, fasste sie sich wieder und versuchte zu intervenieren:

„Was willst du mit dem Kind in München, Georg? Lass' es hier, es ist doch glücklich bei uns."

„Ach was, glücklich", gab er geringschätzig zurück. „Glücklich war meine Tochter in München, und dort gehört sie auch wieder hin. Hier bei euch verbauert sie nur!"

Er packte das Kind jetzt fester, da es sich heftig zu wehren begann, und trat den Rückweg an. Marie trocknete sich nur notdürftig ab, kleidete sich schnell an und eilte den beiden hinterher. Tinas Weinen hatte sich inzwischen in ein verzweifeltes Schreien verwandelt. Es waren Hilfeschreie! Aber ihr Vater blieb davon ungerührt und schritt, seine Tochter mit beiden Armen fest umklammernd, die Anhöhe hinauf. In Höhe des Bretterzauns begegneten sie Berte und Franz, die Georg ebenso wie Marie inständig baten, das Kind bei ihnen zu belassen. Auch ihnen gegenüber begründete er seine unerbittliche Maßnahme mit dem Argument des "Verbauerns".

„Dem Kind geht es doch gut bei uns", riefen sie verzweifelt, während Tina schreiend und hilfesuchend ihre Ärmchen nach ihnen ausstreckte.

Und als Franz ihm entgegenhielt, er könne sich doch gar nicht um das Kind kümmern, da er doch sicher wieder nach Jugoslawien zurück müsse, erwiderte Georg mit einem süffisanten Lächeln:

„Das lass' nur meine Sorge sein."

Unbeirrt setzte er seinen Weg in großen Schritten fort, wie um zu zeigen, dass er sich auf keinerlei Diskussion einlassen wolle. Mit dem schreienden Kind auf dem Arm bewegte er sich so schnell, dass Marie und ihre Eltern kaum Schritt halten konnten. Sein Ziel war der ca. 1 km entfernte Bahnhof in Olching. Von Olching aus beabsichtigte er, mit dem nächsten Zug nach München zurückzufahren. Es war eine erschütternde Szene: Vorneweg marschierte der Vater mit seinem schreienden und zappelnden Kind auf dem Arm, dahinter halb im Laufschritt folgend die bittenden, bettelnden und weinenden übrigen Familienmitglieder. Und immer wieder streckte das lamentierende Kind hilfesuchend die Ärmchen nach ihnen aus.

Als die Gruppe den Bahnhof erreichte, hielt sich Tina an einem Lattenzaun fest und schrie wie am Spieß. Passanten blickten neugierig auf die Szene, doch niemand wagte sich einzumischen. Grob löste Georg Tinas Fingerchen von den Zaunlatten, und Opa Franz machte einen letzten verzweifelten Versuch, seinen Schwiegersohn doch noch umzustimmen:

„Hab' doch Mitleid mit deiner Tochter! Ich fleh' dich an. Hörst und siehst du nicht, wie verzweifelt sie ist !?"

„Die beruhigt sich schon wieder, spätestens, wenn wir wieder daheim in München sind", war Georgs lapidare Antwort.

Schon fuhr der Nahpersonenzug nach München ein. Georg riss Berte das Köfferchen aus der Hand und schob seine sich weiterhin sträubende Tochter in den Zug. In den Gesichtern der Zurückbleibenden spiegelten sich Trauer und Verzweiflung. Als der Zug den Bahnhof verließ, und die kleine Gruppe dem letzten Waggon hinterher sah, äußerte Tinas Großvater deprimiert, er fühle sich, als habe man ihm das Herz bei lebendigem Leibe herausgerissen.

Wie sich später zeigte, war für Franz der abrupte Abschied von seiner Enkelin ein folgenschweres Ereignis, das in eine Katastrophe mündete.

Viertes Kapitel

Am späten Nachmittag kamen Vater und Tochter in der Münchner Wohnung an. Vor der Wohnungstür nahm Georg seine noch immer schluchzende Tochter vom Arm und stellte sie auf den Boden. Er holte den Wohnungsschlüssel aus seiner Jackentasche und schloss auf. Als Tina mit ihrem Vater die Wohnung betrat, bemerkte sie, dass sie nicht allein waren. Eine fremde Frau saß auf dem Sofa in der Wohnküche und lächelte ihnen entgegen. Georg schob seine Tochter bis unmittelbar vor die Frau, legte seine Hände auf ihre Schultern und erklärte ihr:

„Schau Tina, das ist jetzt deine neue Mama."

Wie in Trance vernahm das Kind die Worte, die wie in einem mehrfachen Echo aus ihrem Inneren zurückhallten: „Das ist jetzt deine neue Mama, deine neue Mama, deine neue Mama...."

Ungläubig musterte Tina ihr Gegenüber. Auch wenn sich ihre Mama jetzt im Himmel befand, war es für sie unbegreiflich, wie eine fremde Frau ihren Platz einnehmen konnte. Sie forschte in dem fremden Gesicht nach einem vertrauten Merkmal, das die Frau berechtigte, ihre Mama zu sein. Und während sie sich die Warmherzigkeit, den der Blick ihrer Mutter ausgestrahlt hatte, in Erinnerung rief, spürte sie, dass es dem Blick dieser Frau an jeglicher Wärme fehlte. Obwohl „die neue Mama" weiterhin lächelte, beschränkte sich das Lächeln auf ihren Mund, aber konnte das Böse in ihren Augen nicht verbergen. Dieser Zwiespalt war so offensichtlich, dass Tina ihn bereits als kleines Kind erkennen konnte.

Zwei Tage später überließ Georg seine Tochter der für sie

35

wildfremden Frau und verabschiedete sich von ihr mit diesen Worten: „Papa muss wieder in den Krieg, mein Kind. Sei ein braves Mädchen und mach' deiner Mama keinen Kummer."

Dann verließ er die Wohnung und machte sich auf, zu seinem Regiment zurückzukehren. Offenbar war er fest davon überzeugt, seine Tochter befinde sich nun in weit besseren Händen als bei seinen Schwiegereltern, und er müsse sich um ihr Wohlergehen keine Sorgen mehr machen. Was ihn zu dieser irrigen Annahme verleitet hatte, blieb für immer ein Geheimnis.

Tina fiel es ungemein schwer, sich an die neue Situation in München zu gewöhnen. Sie hatte die Wohnung viel freundlicher und bunter in Erinnerung. Nun erschien sie ihr farblos, düster und fremd. All ihre Munterkeit und Gelöstheit, die sie in Esting wiedergewonnen hatte, waren verflogen. Voller Wehmut dachte sie an die glückliche Zeit, die sie mit Opa Franz, Oma Berte und Tante Marie hatte verbringen dürfen, an Tage und Wochen, die ihr strahlend und bunt im Gedächtnis hafteten. Sie verstand nicht, warum ihr Vater sie von diesen lieben Menschen weggeholt hat, und sie jetzt bei der neuen Mama, die doch gar keine richtige Mama war, bleiben musste.

Von der Stiefmutter erfuhr Tina weder Trost, noch die geringste Zuneigung. Stattdessen hatte sie dauernd etwas an ihr auszusetzen: „Beeil' dich mit dem Anziehen, trödel nicht so herum! .... Du hast dein Kleid schon wieder schmutzig gemacht. Warum setzt du dich auch immer auf den Fußboden, setz' dich gefälligst auf den Stuhl!...." Nie wurde sie von ihr gelobt, sondern immer nur getadelt. Neben den seelischen Qualen litt Tina in ihrer veränderten Lebenssituation auch unter ständigem Hunger, da ihr von der Stiefmutter eine ausreichende Nahrungsmenge vorenthalten wurde. Wenn sie der Stiefmutter sagte, dass sie noch Hunger habe, bekam sie zu Antwort, ihr Vater habe ihr zu wenig Geld dagelassen, um für sie genügend Essen einkaufen zu können.

Hin und wieder gelang es Tina, gedanklich in die wunderschöne Welt in Esting einzutauchen. Sie stellte sich vor, in der Werkstatt auf Opas Schoß zu sitzen und ihm zuzusehen, wie er Wunderdinge aus Holz entstehen ließ. Sie sah sich mit Tante Marie im Garten Blumen pflücken, hörte die Vögel zwitschern, während sie es genoss, mit Tante Marie im Gras zu liegen und sich ganz eng an sie zu schmiegen. Dabei dachte sie an den herrlichen Nachmittag, an dem sie mit Tante Marie „Wolken weggucken" gespielt hatte und erinnerte sich, dass man sich etwas wünschen durfte, wenn man die Wolke weggeguckt hat. Voller Zuversicht ging sie ans Küchenfenster, um eine kleine weiße Wolke am Himmel auszusuchen, und nahm sich vor, sich zu wünschen, zu Oma, Opa und Tante Marie nach Esting zurückkehren zu dürfen. Über der Stadt aber hingen nur dunkle und bedrohlich wirkende Wolkengebilde mit gespenstischem Aussehen, deren fratzenhafte Ränder sich spöttisch grinsend ihrem Bemühen widersetzten.

Marie musste die ganze Woche hindurch arbeiten und fand erst am darauffolgenden Samstagnachmittag Zeit, ihre Schwester Anni in Perlach über den unerhörten Vorgang zu unterrichten, der bei ihr zuhause in Esting für große Aufregung gesorgt hatte. Anni war ebenso wie ihre Schwester erschüttert, in welch rüder Weise Georg das Kind aus seinem glücklichen Umfeld gerissen und es in eine ungewisse Zukunft verbracht hatte. Zaghaft fragte Marie ihre ältere Schwester:

„Könntest du vielleicht in der Adlzreiterstraße nachsehen, ob du etwas über den Verbleib des Kindes in Erfahrung bringen kannst? Georgs Auftritt bei uns in Esting war so furchteinflößend, dass ich viel zu sehr Angst vor ihm habe, um selbst dorthin zu gehen."

Anni fiel die Entscheidung nicht leicht, dieser Bitte nachzukommen, da sie zu ihrem Schwager wegen seines arroganten und geringschätzigen Verhaltens gegenüber ihrer Familie schon immer ein zwiespältiges Verhältnis hatte. Aber Angst hatte sie nicht vor ihm. Nach Annis Einwilligung, diese unangenehme Aufgabe zu übernehmen, fiel Marie, die eigentlich von ihren Eltern beauftragt worden war, die Wohnung ihrer verstorbenen Schwester aufzusuchen, ein Stein vom Herzen. Die Bedingung, während Annis Abwesenheit auf die Kinder aufzupassen, erfüllte sie gern.

Anni wusste nicht, was sie in der Wohnung ihrer verstorbenen Schwester erwartete, und war daher sehr aufgeregt, als sie an der Wohnungstür läutete. Sie hörte Schritte, die sich der Tür nur zögernd von innen näherten. Wenig später öffnete eine fremde junge Frau die Wohnungstür nur einen Spalt breit und musterte sie argwöhnisch. Anni schätzte sie auf Mitte zwanzig und fand sie nicht sehr vertrauenserweckend. Sie stellte sich ihr als Tinas Patentante und Schwester der verstorbenen Frau Engel vor und sagte ihr, dass sie ihr Patenkind besuchen komme. Der stechende und unfreundliche Blick, mit dem sie von ihrem Gegenüber gemustert wurde, verriet Anni, dass sie alles andere als willkommen war. Sie vermutete, dass die Frau von Georg Anweisung bekommen hatte, Kontakte zur Verwandtschaft möglichst zu unterbinden.

Nur zögernd öffnete die Frau die Tür schließlich ganz und forderte Anni auf, einzutreten. Tina, die die ihr vertraute Stimme erkannt hatte, kam in die Diele gelaufen und begrüßte ihre Tante überschwänglich. Anni bückte sich und nahm das Kind in die Arme, und beide weinten vor Wiedersehensfreude. Als sich das Kind ein wenig beruhigt hatte, fragte Anni die Frau, wer sie sei.

„Ich bin Josefine Engel, Georgs Frau, und Tinas neue Mutter", antwortete sie mit einem selbstbewusst aufgesetzten Lächeln. Anni war wie vom Schlag gerührt. Mit dieser Antwort hatte sie nicht gerechnet, denn Georg hatte während seines hässlichen Auftritts in Esting niemandem erzählt, dass er wiederverheiratet sei.

Inzwischen waren alle drei in der Wohnküche angekommen, und Anni wurde angeboten, am Küchentisch Platz zu nehmen. Tina wich ihr nicht von der Seite. Sie legte ihren Kopf in den Schoß der Tante, die ihr liebevoll übers Haar strich. Als sich Anni nach und nach von ihrer Bestürzung erholte, die die Kunde von Georgs Neuvermählung bei ihr hervorgerufen hatte, fragte sie vorsichtig, wie es denn so schnell zu dieser Vermählung gekommen sei. Willig erzählte ihr Georgs neue Frau die ganze Vorgeschichte.

Georg hatte anlässlich Theresas Tod erst ab Mitte April vier Wochen Heimaturlaub bekommen. Zu einem früheren Zeitpunkt, wie zu Theresas Beerdigung, war er wegen des Urlaubs anderer Kameraden nicht abkömmlich gewesen. Nach seiner Rückkehr aus Jugoslawien reiste er sofort nach Weilheim weiter, um dort einen von Partisanen angeschossenen Kameraden aufzusuchen. Der befand sich nach längerem Lazarettaufenthalt inzwischen zuhause und sah seiner baldigen Genesung entgegen.

Nach Beendigung des eintägigen Besuchs stieg er in Weilheim in den Zug, um nach München zurückzufahren. Dort traf er auf Josefine Mager, die sich Fini nannte. Sie war nach einem Kurzurlaub in ihrer Allgäuer Heimat auf der Rückreise nach Dachau, wo sie im dortigen Konzentrationslager als Näherin arbeitete.

„Im Zugabteil waren noch viele Plätze frei, als Georg in Weilheim zugestiegen ist", erzählte Fini weiter. „Er kam auf mich zu und fragte mich, ob er mir gegenüber platznehmen dürfe. Ich hab' mich natürlich sehr geehrt gefühlt, dass sich ein so gutaussehender Mann in schicker Uniform zu mir setzten wollte. Wir kamen sehr schnell ins Gespräch und haben uns auf Anhieb gut verstanden. Er erzählte mir von den kommunistischen Partisanen in Jugoslawien, denen er zusammen mit seinen Kameraden den Garaus machen wolle, und ich berichtete ihm von dem üblen Pack, das im Konzentrationslager von Dachau eingesperrt ist.

In München hatten wir noch Zeit, uns weiter zu unterhalten, da mein Anschlusszug nach Dachau Verspätung hatte. Während wir am Bahnsteig auf meinen Zug warteten, bat mich Georg, mich wiedersehen zu dürfen. Als anständige Frau durfte ich natürlich nicht gleich zusagen. Aber weil er nicht aufhörte, mich zu bitten, kam ich gleich am nächsten Tag nach Feierabend zu ihm nach München. Von da an sahen wir uns fast jeden Abend. Schon beim dritten Treffen hat er mich gefragt, ob ich seine Frau werden wolle. Voraussetzung sei allerdings, dass ich mich um sein Kind kümmern müsse, das vorübergehend bei seinen Schwiegereltern untergebracht war.

Von einem stattlichen Unteroffizier wie Georg, auf den unser geliebter Führer stolz sein kann, einen Heiratsantrag zu bekommen, passiert einem nur einmal im Leben. Daher habe ich sofort ja gesagt. Georg hat daraufhin zu einer schnellen Heirat gedrängt, weil das Kind wieder ein richtiges Zuhause bekommen sollte. Also haben wir vierzehn Tage später geheiratet."

Mit gespielter Scham erwähnte sie anschließend, dass sie beide in den folgenden Wochen genügend Zeit gehabt hätten, ihre Flitterwochen voll auszukosten. Während Fini in ihrer Erzählung munter fortfuhr, bemühte sich Anni, ruhig und gelassen zu bleiben. Doch in ihrem Inneren rumorte es, und sie musste heftig gegen ihre Tränen ankämpfen. Sie empfand Finis Bericht als Provokation, und hatte das Gefühl, dass deren ausführliche Schilderungen zum Ziel hatten, sie und ihre Familie zu demütigen.

Ungemein wütend machte sie der Gedanke, dass Georg vier Wochen hatte verstreichen lassen, in denen er sich in Ruhe hätte überzeugen können, wie glücklich sein Kind in Esting gewesen war. Stattdessen hatte er irgendein beliebiges Frauenzimmer geheiratet, das ihm gerade über den Weg gelaufen war, hatte das Kind brutal aus seiner ihm lieb gewordenen Umgebung gezerrt und in unverantwortlicher Weise dieser Person anvertraut.

‚Was ging in dem Mann vor', fragte sich Anni. ‚Welchen Eindruck muss er von unserer Familie haben, dass er eine ihm nahezu unbekannte Frau für würdiger hält, sein Kind großzuziehen, als dessen eigene Großeltern?'

Während Finis Ausführungen blieb Tina eng an ihre Patentante geschmiegt. Für die Worte der neuen Mama hatte sie kein Ohr. Sie genoss es, mit ihrer Tante nun wieder eine vertraute Person neben sich zu haben, von der sie geliebt wurde und die auch sie sehr liebhatte.

Doch die traute Zweisamkeit neigte sich ihrem Ende entgegen, denn Anni hielt es in Anwesenheit dieser Frau nicht länger aus. Sie hatte plötzlich das dringende Bedürfnis, die Wohnung schnellstmöglich zu verlassen, um auf der Straße wieder durchatmen zu können. Vorsichtig löste sie daher die um sie geschlungenen Arme des Kindes und machte Anstalten, aufzubrechen. Tina weinte, Anni aber versuchte sie zu trösten:

„Du musst nicht weinen, Kind, die Tante kommt dich bald wieder besuchen."

Als Anni die Wohnung verlassen hatte und auf die Straße trat, weinte sie vor Wut und Verzweiflung. Sie hasste diese Frau und sie hasste Georg, der Tina und die übrige Familie unnötigerweise in diese missliche Lage gebracht hatte. Am liebsten hätte sie die in ihr aufgestaute Verbitterung laut in die Welt hinausgeschrien. Zudem fühlte sie sich als Verräterin, weil sie gegangen war und das Kind einfach seinem Schicksal überlassen hatte.

Zurück in ihrer Wohnung erzählte Anni ihrer Schwester das Erlebte, und Marie war von dem Gehörten ebenso erschüttert, wie Anni. Beide sorgten sich um Tina, aber auch um die Eltern, die bangend auf Neuigkeiten warteten. Wie würde insbesondere ihrer beider Vater, der seit dem schmerzlichen Abschied von Tina ein besorgniserregendes Verhalten an den Tag legte, die Nachricht aufnehmen? Franz sprach nur noch wenig, aß nur das Nötigste und zog sich immer schnell in seine Werkstatt zurück. Bevor sich die beiden Schwestern traurig voneinander verabschiedeten, sagte Anni, dass sie beim nächsten Besuch in der Münchner Wohnung versuchen wolle, Tina wieder nach Esting zurückzubringen.

So machte sich Anni am Samstag der darauffolgenden Woche wieder auf den Weg nach München. Es kostete sie große Überwindung, erneut mit Fini, dieser widerlichen Person zusammenzutreffen. Aber für ihr Patenkind und ihre Eltern nahm sie diese Unannehmlichkeit in Kauf.

Sie betrat das Haus, nahm mit zitternden Knien die paar Stufen bis zum Vorplatz im Hochparterre und drehte an der Klingel der Wohnungstür. Niemand öffnete. Als sie gerade erneut läuten wollte, ging die Tür der gegenüberliegenden Wohnung auf, und die Nachbarin erschien. Sie informierte Anni darüber, dass die neue Frau Engel vor drei Tagen mit dem Kind zu ihren Eltern ins Allgäu gefahren sei.

„Ich erzähle Ihnen nur ungern, was ich Ihnen von Georgs neuer Frau ausrichten soll", fuhr die Nachbarin fort, „Sie habe kein Interesse daran, weitere Besuche von Tinas Verwandten zu empfangen. Deshalb ziehe sie es vor, für unbestimmte Zeit, vielleicht auch für immer, bei ihren Eltern im Allgäu zu bleiben. Außerdem sei sie dort auf dem Land sicher vor den Luftangriffen dieser verbrecherischen

Engländer, wie sie sich ausdrückte. Und sie hat hinzugefügt, dass unser geliebter Führer diesem Pack beim Endsieg noch das Fürchten lehren würde."

Diese tumbe Verherrlichung Hitlers war Anni schon während ihrer einzigen Begegnung mit Fini zuwider gewesen. Nachdem ihr Bruder Franz in Stalingrad sein Leben gelassen hatte, und die gesamte 6. Armee Anfang 1943 von den Russen aufgerieben worden war, hatte sich im Denken der Familie ein Wandel vollzogen: Man war sowohl in Perlach, als auch in Esting dabei, den Sinn des Krieges zu hinterfragen und sich innerlich von der Nazidiktatur zu distanzieren.

Fünftes Kapitel

Nach einer langen und ermüdenden Reise, zuerst mit der Eisenbahn, dann mit dem Bus, gelangte Tina in Begleitung ihrer Stiefmutter an einen Ort, der ihr völlig fremd war. Sie war sehr niedergeschlagen, da sie nun die letzte vertraute Umgebung verlassen hatte und instinktiv wusste, dass damit die Verbindung zu ihren Lieben in Esting und Perlach endgültig abgerissen war.

Als sie und ihre Stiefmutter aus dem Bus gestiegen waren, lag noch ein beschwerlicher Fußmarsch vor ihnen, um an ihr Ziel zu gelangen. Sie folgten dem Lauf eines Flüsschens, der sie aus dem Ort hinausführte und sie in eine sanft ansteigende Hügellandschaft begleitete. An den Hängen beidseits des Flüsschens breiteten sich Wiesen mit saftigem Grün und bunten Blumen aus. Die Stiefmutter trug den Koffer, der Tina an die glückliche Zeit mit ihrer Mutter in München erinnerte.

Unterwegs erzählte ihr die Stiefmutter, die bisher kaum mitteilsam gewesen war, dass sie sich jetzt im Allgäu befänden und sie künftig bei Oma, Opa und Tante Rosl auf dem Hof Waldbruch, ganz oben auf einem Berg, wohnen werden. Bei der Erwähnung von Oma und Opa hatte Tina sofort ihre geliebten Großeltern aus Esting vor Augen, und sie stellte sich vor, dass Oma Berte und Opa Franz sie bei ihrer Ankunft herzlich begrüßten.

Als sie mit ihrer Stiefmutter die Anhöhe erklommen hatte, und sich beide dem Anwesen näherten, ging eine Tür auf, durch deren Öffnung sich eine rundliche weibliche Gestalt schob. Zu Tinas Enttäuschung hatte sie nicht die geringste Ähnlichkeit mit Oma Berte. Ihr folgte ein spindeldürrer

Mann mit einer Schildmütze auf dem Kopf, und nichts an seinem ungepflegten Äußeren erinnerte Tina an ihren Opa Franz. Keiner der Alten zeigte ein Lächeln, nicht einmal einen Hauch von Wiedersehensfreude über die Rückkehr ihrer Tochter in ihr Elternhaus, geschweige denn ein freundliches Interesse an dem Kind in ihrer Begleitung. Stattdessen blickten sie den Ankömmlingen äußerst mürrisch entgegen, und bei ihrem Näherkommen begann die Frau ihre Tochter wüst zu beschimpfen.

Für Tina blieb das meiste von dem, was die alte Bäuerin von sich gab, unverständlich. Nur hin und wieder glaubte sie während deren Schimpfkanonade das Wort „Bankert" herauszuhören, wobei die Bäuerin immer wieder auf sie deutete. Obwohl Tina die Unmutsäußerungen nicht auf sich bezog, hinterließ der überraschend unfreundliche Empfang bei ihr einen so nachhaltigen Eindruck, dass sie sich Jahre später noch an viele Einzelheiten der Szene erinnerte. Damals ahnte sie nicht, dass das schroffe Auftreten der neuen Großmutter nur ein winziger Vorgeschmack an Bösartigkeit war, dem sie in den nächsten Wochen und Monaten auf Waldbruch ausgesetzt sein sollte.

Als habe sie ein fotografisches Erinnerungsvermögen, konnte sich Tina noch nach Jahren jedes Detail des Gehöfts genau vorstellen. Wohnung, Stall und Scheune befanden sich unter einem Dach. Betrat man von außen kommend den Wohnbereich, so befand man sich mangels eines Hausflurs sofort in der Küche, deren Boden aus gestampftem Lehm bestand. An der Wand schräg gegenüber des Eingangs stand ein kleiner Küchenherd, in dem immer ein Feuer brannte. Seitlich des Herdes ging es in die Stube. Der Raum diente nicht nur als Esszimmer, sondern auch als Aufenthaltsraum, wenn die Familie nicht gerade mit landwirtschaftlichen Tätigkeiten beschäftigt war. Das Inventar bestand aus einem roh gezimmerten Tisch mit etlichen Stühlen darum herum, einem Schrank an der einen und einer Holzbank sowie einem Ofen an der gegenüberliegenden Wand.

Eine weitere Tür an einer der Seitenwände der Küche führte in den Stall, und gegenüber ging es auf einer steilen Treppe in das Obergeschoß. Dort waren zwei Schlafräume, einer für das Ehepaar und ein weiterer für die Schwestern, Fini und Rosl. Da es in der oberen Etage keinen weiteren Platz zum Schlafen gab, musste Tina mit der harten Holzbank in der Stube vorliebnehmen. Ein mit Stroh gefüllter Sack diente ihr als Unterlage und eine alte löchrige Decke als Zudecke. Häufig fror sie nachts auf ihrem harten Lager.

Im Stall standen vier Kühe. Sie wurden vom Heuboden aus gefüttert, indem man das Heu in die darunterliegende Raufe, den Futterplatz der Kühe, warf. Aus dem Stall führte eine Tür ins Freie, wo sich gleich daneben der Dunghaufen auftürmte. Ihm schloss sich die stinkende Brühe einer offenen Güllegrube an. Da die Grube nicht abgedeckt war, konnte man den dahinterliegenden Obst- und Gemüsegarten nicht auf direktem Weg erreichen, sondern musste umständlich den Dunghaufen umrunden, um in den Garten zu gelangen.

Trotz ihrer jungen Jahre war Tina in der Lage, Vergleiche zwischen dem gepflegten Anwesen ihrer Großeltern in Esting und dem Gehöft Waldbruch anzustellen. Wohin sie auch blickte, stieß sie auf Schmutz und Unordnung im Inneren und Äußeren ihres neuen Zuhauses. Jahre später erinnerte sie sich an den Widerspruch zwischen dem schmuddeligen Milieu auf dem Gehöft, aus dem ihre Stiefmutter stammte, und deren pedantischem Getue, mit der sie sie ständig schikanierte, wenn sie sich beim Spielen nur ein wenig schmutzig gemacht hatte.

Zu den Mahlzeiten versammelten sich die Familienmitglieder um den Tisch in der Stube – jedoch ohne Tina. Ihr wurde vom ersten Tag an verwehrt, dort Platz zu nehmen. Als sie sich zu Beginn ihres Aufenthaltes auf Waldbruch anschickte, auf einen der Stühle zu klettern, gab ihr die Stiefmutter zu verstehen, dass sie zu klein sei, um am Tisch sitzen zu können. Ihre schüchterne Entgegnung, dass sie doch bei Oma und Opa in Esting auch schon am Tisch habe sitzen dürfen, wurde von der Stiefmutter als „freche Widerrede" gewertet und sie entsprechend getadelt. Wie eine Aussätzige wurde sie auf die Holzbank an der Wand verbannt und musste dort ihre Mahlzeiten einnehmen. Doch anstelle von Frühstück, Mittagessen oder Abendbrot hatte sie sich wie ein Säugling mit je einer Milchflasche zu begnügen. Auch durfte sie die Milch nicht im Sitzen trinken, sondern wurde angewiesen, sich während des Trinkens auf die Bank zu legen, obwohl sie die Milchflasche auch in sitzender Position hätte austrinken können. Tina vermutete, dass sie nicht sehen sollte, was sich die anderen Familienmitglieder alles an köstlichen Speisen auf ihre Teller häuften.

Von der ihr zugestandenen Milchmenge allein wurde sie nie satt. Ganz zu Beginn brachte sie schüchtern zum Ausdruck, dass sie noch Hunger habe, woraufhin ihr Fini barsch erwiderte, dass das, was sie bekommen habe, für böse Mädchen genug sei. Seitdem wagte Tina nie wieder nach zusätzlicher Nahrung zu verlangen. Sehnsüchtig schaute sie immer wieder zum Esstisch hinüber, von wo oft köstliche Düfte zu ihr herüberwehten. Wie glücklich hätte sie sich geschätzt, wenn ihre karge Mahlzeit hin und wieder durch ein trockenes Stück Brot oder ein oder zwei Pellkartoffeln ergänzt worden wäre. Doch selbst diese einfachen Produkte waren für sie unerreichbar.

Breit und fett saß dort drüben die neue Großmutter, die immer nur schimpfte, wenn sie nicht gerade riesige Mengen in sich hineinstopfte. Obwohl sich ihr ständiges Keifen im regionalen Dialekt vollzog, und Tina nicht alles verstand, was sie sagte, spürte sie inzwischen ganz deutlich, dass allein *ihr* diese Schimpftiraden galten, zumal sie immer wieder das Wort „Bankert" heraushörte. Sie vermutete, die Großmutter nannte sie deshalb so, weil sie auch in ihren Augen ein böses Mädchen war.

Der neue Großvater, der immer seine Schildmütze auf dem Kopf trug (Tina fragte sich oft, ob er sie auch im Bett aufbehielt), sagte nie ein Wort und konzentrierte sich schlürfend und schmatzend auf seine Nahrungsaufnahme. Auch Tinas Stiefmutter und deren Schwester Rosl verharrten schweigend bei Tisch, es sei denn, Tina musste nach Finis Ansicht wegen irgendeiner Nichtigkeit wieder gerügt werden.

Tina erkundete nicht nur ihr neues Zuhause, sondern nach und nach auch die nähere Umgebung des Gehöfts. Vom kleinen Anwesen aus konnte sie ihren Blick über die benachbarten Höfe, die ebenfalls auf Anhöhen lagen, sowie über Felder, Wiesen und kleine Wälder schweifen lassen.

Der Weg zu ihrem Hof, den Tina und ihre Stiefmutter bei ihrer Ankunft gegangen waren, verlief im Zickzack, um den Fuhrwerken zu ermöglichen, vom Tal aus ohne Schwierigkeit in die Höhe zu fahren. Jetzt aber schlenderte sie auf direktem Weg den kleinen Hügel in die Senke hinab. Wie immer in den warmen Monaten ging sie barfuß. Sie betrachtete die Blumen auf der Wiese, lauschte dem Zwitschern der Vögel, und sah den Schmetterlingen hinterher, wie sie es von Esting kannte.

Schon eine ganze Weile machte sie sich Gedanken, warum ihre Stiefmutter sie ein böses Mädchen nannte, und sie überlegte, was sie tun müsse, um ein braves Mädchen zu werden; denn sie wollte der neuen Mama, auch wenn sie nicht lieb zu ihr war, keinen Kummer bereiten, so wie es ihr der Vater bei seinem Abschied aufgetragen hatte. Als sie die vielen bunten Blumen auf der Wiese sah, kam ihr der Gedanke, ihre neue Mama mit einem Blumenstrauß zu überraschen. Voller Zuversicht, ihr mit diesem Geschenk eine große Freude zu bereiten, pflückte sie Stängel um Stängel der über die ganze Wiese verstreuten Blumen. Dabei achtete sie sorgsam darauf, dass sie keine Wurzeln mit ausriss, wie es ihr einst Tante Marie gezeigt hatte. Schon nach kurzer Zeit hatte sie einen nach ihrer Vorstellung wunderschönen Strauß beisammen. Frohen Mutes lief sie zurück zum Bauernhaus und rief schon von weitem nach ihrer Stiefmutter. Als Fini an der Tür erschien, präsentierte ihr Tina stolz den Blumenstrauß:

„Mama, den hab' ich ganz alleine für dich gepflückt", rief sie ihr zu und sah mit freudiger Erwartung dem Lob ihrer Stiefmutter entgegen. Doch Fini war weit davon entfernt, Tinas liebevolle Geste entsprechend zu honorieren. Im Gegenteil!

„Was soll ich mit dem Unkraut?", keifte die Stiefmutter „das kannst du gleich auf den Misthaufen werfen."

Diese Reaktion der Stiefmutter kam für Tina völlig unerwartet, und sie war darüber sehr bestürzt und traurig; denn wieder war es ihr nicht gelungen, zu zeigen, dass sie ein braves Mädchen war.

Schon während eines ihrer weiteren Erkundungsausflüge traf Tina einen Jungen, der um einiges älter als sie zu sein schien.

„Ich bin der Frieder und wohne dort drüben in der Mühle," stellte er sich Tina vor.

Frieder hatte tolle Ideen, was man alles in freier Natur spielen konnte. Schnell schlossen sie Freundschaft, und Tina vergaß in Gesellschaft ihres neuen Freundes vorübergehend ihren Kummer.

Anfangs wagte sich Tina noch nicht weiter als einen Steinwurf vom Gehöft zu entfernen. Sie traf sich daher mit

Frieder nahe Waldbruch direkt auf der schräg in das Tal abfallenden Wiese, um dort mit ihm zu spielen. An einem Nachmittag gesellte sich Tinas Stiefmutter zu ihnen, um den beiden beim Spielen und Herumtollen zuzusehen. Der Junge zeigte Tina gerade, wie man ohne Unterbrechung bergab Purzelbäume schlagen konnte. Dazu musste man nur die nackten Füße überkreuzen und Knie und Oberschenkel beugen, schon war man in der Lage, wie ein ungebremstes Rad bergab zu rollen. Tina hatte ihre Freude an dem neuen Spiel und jauchzte vor Vergnügen. Bereits nach kurzer Zeit hatte sie die gleiche Fertigkeit bei dieser Purzelbaumvariante erlangt wie Frieder. Dennoch hielt ihr die Stiefmutter ständig vor, dass sie sich beim Purzelbaumschlagen sehr dumm anstelle, und der Bub es tausendmal besser könne als sie. Solche und ähnliche Demütigungen ertragen zu müssen, war die harmlosere Variante dessen, was sie an Leid noch zu erwarten hatte.

Schon bald nach ihrer ersten Begegnung nahm Frieder Tina mit zur Mühle, wo sich auch sein Elternhaus befand. Als sie Tage zuvor mit ihrer Stiefmutter dort vorbeigekommen war, hatte sie nur ein ständiges Plätschern gehört und nicht gewusst, woher es kam, da man vom Weg aus keinen Blick auf das Mühlrad werfen konnte. Als Frieder sie nun ganz nahe an den Uferrand des Flüsschens führte und sie auf die dem Gewässer zugewandte Seite der Mühle blicken ließ, beobachtete sie staunend, wie sich das riesige Mühlrad, nur von der Kraft des Wassers angetrieben, unaufhörlich drehte und dabei dieses Plätschern verursachte.

Um die Mühle herum war ein großer Obst- und Gemüsegarten angelegt, in dem auch Blumen in allen Farben leuchteten. Auf der Wiese außerhalb des Gartens grasten mehrere Ziegen, die an Pflöcken angebunden waren, aber doch so viel Freiraum hatten, dass sie immer genug Grün fanden. Hühner liefen auf der Wiese frei herum und pickten im Gras. Inzwischen war Frieders Mutter vor das Haus getreten, und Frieder stellte ihr Tina vor:

„Mama, das ist meine Freundin Tina."

Da Tina von zuhause gewohnt war, mit ständiger Zurückweisung zu leben, erwartete sie auch von Frieders Mutter eher eine ablehnende Haltung, als freundliche Worte. Doch zu ihrer Überraschung wurde sie von ihr außerordentlich herzlich begrüßt:

„*Du* bist also die Tina", sagte sie freundlich.

Sie ging in die Hocke, wie um sich mit Tina auf eine Ebene zu begeben, umfasste mit ihren Händen die kindlichen Oberarme und betrachtete das Kind mit einem strahlenden Lächeln. Dann sagte sie:

„Willkommen in der Mühle, Tina, du darfst Tante Kathi zu mir sagen."

Vom ersten Augenblick an schloss Kathi Tina in ihr Herz. Ihr wurde bei ihrem Anblick schmerzlich bewusst, dass sich ihre Tochter jetzt im gleichen Alter befände, wenn sie das Kind nicht vor drei Jahren durch eine Fehlgeburt verloren hätte. Dieses Ereignis hatte sie so schwer traumatisiert, dass viel Zeit verstreichen musste, bis sie wieder bereit war, ein Kind zu bekommen. Nun war sie erneut schwanger und hoffte inständig, dass diesmal alles gut ging. Sehnlichst wünschte sie sich wieder ein Mädchen.

Kathi fiel sofort auf, dass Tina blass, fast kränklich aussah, und es mit ihrem Ernährungszustand nicht zum Besten stand. Und während sie sich wieder erhob, meinte sie, an beide Kinder gewandt:

„Ihr seid sicher vom Spielen sehr hungrig. Kommt mit in die Küche, ich mach' euch ein Brot."

Als Kathi Tina eine dick mit Ziegenkäse belegte Brotscheibe auf einem Schneidebrettchen servierte, fragte Tina schüchtern, ob dies auch wirklich für sie sei. Und als sie das Brot heißhungrig hinunterschlang, wurde ihr bewusst, dass sie so eine Köstlichkeit zuletzt bei Oma und Opa in Esting gegessen hatte.

Kathi freute sich für ihren Sohn, dass er endlich jemanden zum Spielen gefunden hatte. Sie wusste zwar, dass sich Frieder aufgrund seines Einfallsreichtums viele Stunden hindurch alleine beschäftigen konnte, dennoch hielt sie es für wichtig, dass er auch mit anderen Kindern regelmäßig in Kontakt kam.

Im Haus wohnten außer Kathi und Frieder noch Frieders Großeltern väterlicherseits. Auch sie empfanden große Zuneigung zu Tina. Frieders Großvater betrieb die Mühle allein, da Kathis Ehemann zum Kriegsdienst eingezogen war. Die Großmutter half ihrer Schwiegertochter in Haus und Garten und molk regelmäßig die Ziegen. Aus deren Milch bereitete sie köstlichen Käse, in dessen Genuss Tina noch öfter kommen sollte.

Während ihrer Aufenthalte in und um die Mühle beobachtete Tina neugierig, wie die Bauern der umliegenden Höfe das Korn von ihren Fuhrwerken abluden und die schweren Säcke in die Mühle schleppten. Im Inneren der Mühle staunte sie über das verwirrende, über viele Treibriemen miteinander verbundene Räderwerk, das vom Mühlrad in Gang gehalten wurde. Es kam ihr wie Zauberei vor, wenn das Getreide, das oben in einen Behälter geschüttet wurde, unten als Mehl wieder zum Vorschein kam.

Frieder hatte von Tina erfahren, dass deren richtige Mutter gestorben sei, und sie jetzt eine neue Mutter bekommen habe, und hatte diese Information bereits an seine Familie weitergegeben. Die Müller-Familie empfand wegen des tragischen Verlustes und der Tatsache, dass Tina nun bei anderen Menschen aufwachsen musste, tiefes Mitleid mit ihr. Von Anfang an fiel Kathi außer eines schlechten Ernährungszustandes der stets traurige Blick des Kindes auf, und sie konnte sich des Eindrucks nicht erwehren, dass es dem Kind unter der Obhut seiner Stiefmutter nicht besonders gut ging. Sie bedauerte, dass sie daran wenig ändern konnte, und wollte ihm zumindest immer etwas zu essen vorsetzen, wenn es in die Mühle kam.

Wenn Tina Gelegenheit hatte, in der Mühle zu verweilen, genoss sie es, einer häuslichen Atmosphäre beizuwohnen, in der die Familienmitglieder liebevoll miteinander umgingen. Nie hörte sie jemanden schimpfen, und niemand nannte sie ein böses Mädchen. Sie fühlte sich in der Mühle wie auf einer Insel der Glückseligen. In solchen Augenblicken rückten für sie Waldbruch und die damit verbundenen Widrigkeiten in weite Ferne.

Dem bedrückenden Umfeld zuhause, in dem sie nicht die geringste Zuneigung erwarten durfte, suchte Tina so oft wie möglich zu entfliehen. Doch auch hier wurden ihr Grenzen aufgezeigt. Ohne Angabe von Gründen verbot ihr die Stiefmutter an manchen Tagen, oft sogar an mehreren Tagen hintereinander, das Haus zu verlassen. Offenbar gönnte sie ihrer Stieftochter nicht die wenigen glücklichen Stunden, die sie in Frieders Gesellschaft verbrachte. Nach den ausgesprochenen Verboten schaute Tina traurig aus dem Fenster ins Tal hinunter und hoffte, wenigstens einen Blick auf Frieder zu erhaschen. Das Verbot, außer Haus gehen zu dürfen, war auch jedes Mal mit quälendem Hunger verbunden, da ihr die zusätzliche Essensration aus der Mühle fehlte.

Ungeachtet der ständigen Zurückweisung durch ihre Stiefmutter und deren Familie wurde Tina nicht müde, alles zu tun, um doch irgendwann von ihnen als vollwertiges Familienmitglied anerkannt zu werden. So bot sie sich eines Abends an, Fini und ihre Schwester Rosl in den Stall beziehungsweise in die Scheune zu begleiten, um ihnen beim Füttern der Kühe behilflich zu sein. Zunächst erteilte ihr Fini mürrisch eine Absage. Doch plötzlich überlegte sie es sich anders und stimmte Tinas Angebot freudig zu. Sie und ihre Schwester nahmen das Kind mit in den Stall, und Tina war überglücklich, gebraucht zu werden. Alle drei stiegen vom Stall aus die Leiter in den Heuboden hoch, wo sich das Viehfutter befand. Dort luden die Schwestern Heu auf große Gabeln auf und warfen es in die darunter befindliche Raufe, aus der sich die Kühe ihr Futter holten.

Tina wurde von der Stiefmutter aufgefordert, ebenfalls Heu hinabzuwerfen. Da sie keine Heugabel verwenden konnte, musste sie sich sehr nahe an den Heubodenrand begeben, um das mit den Händen gesammelte Viehfutter in die Raufe werfen zu können. Vergnügt lud sie so viel Heu wie nur möglich auf ihre Ärmchen und ließ es in die Raufe vor das Maul der „bösen Kuh" fallen. Diese Kuh galt auf Waldbruch seit langem als hinterhältig, da sie wie aus heiterem Himmel mit den Hinterbeinen ausschlug oder mit den Hörnern zustieß, wenn man ihr zu nahe kam. Auch Tina wusste, in welch schlechtem Ruf die Kuh stand. Doch das war für sie kein Hinderungsgrund, sie zu füttern. Im Gegenteil: Sie glaubte insgeheim, das Tier mit der Fütterung aus ihrer Hand zu einer braven Kuh bekehren zu können und fuhr mit Begeisterung fort, kleine Mengen Heu für sie zu sammeln.

Wieder stand sie dicht am Rand des Heubodens, um ein Bündel Heu hinabfallen zu lassen, als sie spürte, dass sich ihre Stiefmutter dicht hinter ihr befand und ihr unversehens einen Stoß versetzte. Sie verlor das Gleichgewicht, fiel mit einem Aufschrei senkrecht in die Raufe und fand sich unerwartet Auge in Auge mit der „bösen Kuh". Tina war einen Augenblick lang vor Schreck wie gelähmt und erwartete, von der Kuh mit den Hörnern attackiert zu werden. Doch die Kuh blieb wider Erwarten friedlich. Nach wenigen Sekunden hatte Tina den größten Schrecken überwunden und kletterte schnell, jedoch vorsichtig aus der

Raufe und glitt auf den Stallboden hinab. Noch immer verhielt sich die Kuh ruhig und sah das Kind nur neugierig an. Das Tier immer im Auge behaltend ging Tina rasch an ihm vorbei, eilte zum Ausgang und verließ den Stall, ohne noch einmal zum Heuboden hoch zu blicken.

Sie konnte damals nicht einschätzen, ob sie von der Stiefmutter absichtlich hinuntergestoßen worden war, oder ob es sich um ein Versehen handelte. Ihre Unsicherheit rührte daher, da sie der Stiefmutter zu diesem Zeitpunkt eine solche perfide Tat noch nicht zutraute.

An einem der nächsten Vormittage wurde Tina wieder einmal untersagt, den Hof zu verlassen. Stattdessen wurde sie von der Stiefmutter aufgefordert, mit ihr den Garten aufzusuchen, um dort Küchenkräuter für das Mittagessen zu pflücken. Tina liebte den Duft der Kräuter und kannte sogar schon einige mit Namen. So fand sie nichts Ungewöhnliches am Vorhaben der Stiefmutter, sondern freute sich darüber, gebraucht zu werden, auch wenn sie sich viel lieber mit Frieder getroffen hätte.

Sie eilte voraus und wollte den üblichen Weg um den Dunghaufen nehmen, da auf direktem Weg die offene Güllegrube lag. Doch Fini rief sie zurück, fasste ihre Hand und zog sie bis an den Grubenrand. In der Gülle schwamm ein Brett, dessen Länge knapp von einem zum anderen Ende der Grube reichte. Die Stiefmutter befahl Tina nun, die Güllegrube auf dem schwimmenden und mit ekliger Flüssigkeit benetzten Brett zu überqueren. Tina aber bedeutete ihr, dass sie Angst habe, da hinüberzugehen, und es doch viel einfacher sei, den gewohnten Weg in den Gemüsegarten zu nehmen. Schon schickte sie sich an, an der Stiefmutter vorbeizueilen, um den Dunghaufen zu umrunden. Doch Fini stellte sich ihr in den Weg und drängte sie zurück an den Grubenrand. Tina, ihre Augen ängstlich auf das offene Loch gerichtet, bat ihre Stiefmutter jetzt flehentlich, sie nicht da hinüber zu schicken, weil sie Angst habe, in die Grube zu fallen. Doch die Stiefmutter kannte kein Erbarmen und bestand darauf, dass sie über das schwimmende Brett in den Garten gehen müsse.

Wie auf ein geheimes Zeichen kamen Rosl und ihre Eltern aus dem Stall und stellten sich, auf Mistgabeln gestützt, abwartend neben den Dunghaufen. Tina hoffte im Stillen, die drei würden die Stiefmutter überreden, sie nicht über das Brett gehen zu lassen, weil das viel zu gefährlich sei. Doch keiner von ihnen unternahm auch nur den geringsten Versuch, Fini an ihrem schändlichen Tun zu hindern. Hinter sich hörte Tina die Stiefmutter ärgerlich zischen:

„Los, geh' schon hinüber, stell' dich nicht so an, oder soll ich nachhelfen!?"

Sie spürte, wie sich eine Hand auf ihre Schulter legte und fürchtete, von ihrer Stiefmutter in die Grube gestoßen zu werden. Ihre Angst steigerte sich ins Unermessliche, da sie fühlte, in diesem Augenblick einer schrecklichen Bedrohung ausgesetzt zu sein. Erst nach mehreren Jahren wusste sie diese grausamste aller Empfindungen als Todesangst zu bezeichnen.

Da es für sie kein Entrinnen aus dieser furchtbaren Situation gab, nahm sie all ihren Mut zusammen und setzte, vor Angst wimmernd, erst den einen, dann den anderen Fuß auf das schwimmende Brett. Kaum hatte sie es betreten, geriet es bedrohlich ins Schwanken. Nach Sekunden des Schreckens gelang es ihr trotz ihrer Erregung die Schwankbewegungen wieder zu beruhigen, und sie begann vorsichtig balancierend, sich in kleinen Schritten vorwärts zu bewegen. Doch da aus der Grube ein höllischer Gestank emporstieg, wurde sie plötzlich von einem Würgereiz erfasst und musste husten. Damit brachte sie sich erneut in Gefahr, das Gleichgewicht zu verlieren, und sie fürchtete, nun endgültig in der stinkenden Brühe zu versinken. Unter äußerster Konzentration zwang sie sich, den Reiz zu unterdrücken und weiter einen Fuß vor den anderen zu setzen. Schließlich schaffte sie es, nach weiteren zwei, drei Schritten heil auf die andere Seite der Güllegrube zu gelangen. Es kam ihr wie ein Wunder vor, das unmöglich Scheinende geschafft zu haben.

Ohne sich umzublicken durchquerte sie hastig den Garten, gelangte auf die Wiese und rannte den Hügel hinunter, als sei der Teufel hinter ihr her. Völlig außer Atem verkroch sie sich am Flussufer unter dichtem Buschwerk und weinte verzweifelt.

Mit diesem schrecklichen Erlebnis hatte sich ihr Kummer um die fehlende Anerkennung schlagartig in pure und dauerhafte Angst vor der Stiefmutter verwandelt. Sie nahm sich vor, sich für immer hier versteckt zu halten, da sie befürchtete, die Stiefmutter jagte sie noch einmal über das in der Gülle schwimmende Brett.

Sie weiß nicht, wie lange sie ausgeharrt hatte, als sie von Frieder entdeckt wurde. Er hatte sich in Mühlennähe aufgehalten und sich dort ohne Tina gelangweilt. Daraufhin war er am Flussufer entlang geschlendert und hatte immer wieder einen Blick hinauf gen Waldbruch geworfen, in der Hoffnung, Tina würde bald vor ihm auftauchen. Plötzlich hörte er leises Schluchzen unter den dichten Zweigen eines Strauchs und fand Tina in ihrem Versteck. Die ganze Situation kam dem Jungen sehr befremdend vor und er konnte sich keinen Reim darauf machen.

„Warum weinst du denn, Tina, und warum versteckst du dich vor mir?", fragte er irritiert. Aber Tina schüttelte nur den Kopf und wollte ihm nicht antworten. So nahm er ihre Hand und zog sie behutsam unter dem Strauch hervor. Zusammen gingen sie in Richtung Mühle, und Tina entfuhr unterwegs immer wieder ein Schluchzen.

Zuhause erzählte Frieder seiner Mutter, unter welch merkwürdigen Umständen er Tina gefunden hatte. Auch Kathi wollte nun von Tina wissen, was ihr zugestoßen war. Doch das Kind stand stumm mit gesenktem Kopf und verweinten Augen vor ihr und schüttelte nur den Kopf. Es wirkte völlig verstört, schluchzte ohne Unterlass und wollte sich nicht beruhigen. Kathi hätte gerne gewusst, was Tina so sehr bedrückte, aber sie drang nicht weiter in sie. Sie bückte sich, nahm sie in die Arme und strich ihr beruhigend übers Haar. Da spürte sie einen unangenehmen Geruch von Tinas nackten Füßen emporsteigen und meinte belustigt:

„Deine Füße riechen, als seist du auf einem Gülleacker spazieren gegangen."

Sie wäre entsetzt gewesen, hätte sie gewusst, auf welches schreckliche Ereignis dieser Geruch zurückzuführen war. Aber auch ohne dieses Wissen fühlte sie auf Grund Tinas sonderbaren Verhaltens, dass dem Kind etwas Schlimmes widerfahren sein musste. Sie nahm es an die Hand und ging mit ihm an das Flüsschen, hielt es an der Uferböschung fest, damit es gefahrlos seine Füße im Wasser baumeln lassen und sie reinigen konnte.

Durch das schreckliche Erlebnis an der Güllegrube wurde Tina wieder an ihren Sturz vom Heuboden in die Raufe erinnert. Plötzlich ging ihr auf, dass das, was sie bisher für unmöglich gehalten hatte, damals wirklich geschehen war: Ihre Stiefmutter hatte sie mit voller Absicht vom Heuboden in die Raufe hinabgestoßen.

Mit diesen beiden Ereignissen hatte die von der Stiefmutter ausgehende Brutalität eine neue Dimension erreicht: Das Kind wurde akut mit dem Tod bedroht! Tina spürte ganz deutlich diese Bedrohung, und sie litt unter einer panischen Angst, ihre Stiefmutter werde ihr bald wieder etwas ähnlich Entsetzliches antun.

Wenige Wochen später, nachdem Tina ihre Milchflasche

wie immer gierig geleert hatte, schickte sie sich an, sich wieder mit ihrem Freund Frieder zu treffen. Doch ihre Stiefmutter hatte sich bereits wieder einen anderen Plan ausgedacht. Sie forderte Tina auf, sich mit ihr und Rosl hinunter ins Tal zu begeben, um gemeinsam mit ihnen am Fluss entlang spazieren zu gehen. Dieses Vorhaben fand Tina sehr seltsam, da sie Unternehmungen dieser Art von ihrer Stiefmutter nicht gewohnt war. Doch still und ängstlich fügte sie sich der Anordnung.

Als die kleine Gruppe im Tal auf dem Uferweg angekommen war, um dort flussaufwärts spazieren zu gehen, wurde Tina von der Stiefmutter an die Hand genommen und gezwungen, auf der zum Wasser gelegenen Seite zu gehen. Die Breite des Pfades bot nur zwei nebeneinander gehenden Personen ausreichend Platz, trotzdem bestand Fini darauf, sich in Dreierreihe vorwärts zu bewegen. Wegen der Unwegsamkeit des Geländes stolperte Tina ständig über hohes Gras oder kleine Büsche, und ihre nackten Füße begannen zu schmerzen. Sie verstand nicht, warum sie nicht allein vor oder hinter den Frauen, oder in der Wiese gehen durfte und bat ihre Stiefmutter, woanders gehen zu dürfen. Inzwischen befand sie sich, von der Hand der Stiefmutter geschickt gesteuert, bereits dicht an der Uferböschung.

Unversehens versetzte ihr Fini einen heftigen Stoß, durch den sie das Gleichgewicht verlor, die aufgeweichte Uferböschung hinunterrutschte, und bis zum Bauch ins Wasser glitt. Obwohl vor Schreck wie gelähmt, griff sie instinktiv nach einem üppigen Grasbüschel an der Böschung und klammerte sich dort fest. Fini aber versuchte das zu verhindern und trat ihr fortwährend mit den Schuhen auf ihre kleinen Hände. Verzweifelt versuchte Tina, die betreffende Hand vor neuerlichen Tritten rechtzeitig in Sicherheit zu bringen und sich gleichzeitig mit der anderen festzuhalten. Doch sie hatte auf Dauer keine Chance, und es kam unweigerlich der Moment, an dem sie den gezielten Tritten nicht mehr ausweichen konnte, und der Schmerz sie zwang, loszulassen.

Das Flüsschen war nach mehreren heftigen Gewitterregen massiv angeschwollen und hatte sich in einen kleinen reißenden Strom verwandelt. Sofort wurde Tina von der Wucht der Strömung erfasst und rasend schnell flussabwärts in Richtung Mühle getrieben. Laut und verzweifelt rief sie nach ihrer Stiefmutter und deren Schwester, die sie inzwischen aus den Augen verloren hatte. Glücklicherweise wurde sie von der Strömung nicht in die Flussmitte gezogen, sondern blieb in Ufernähe, wo immer wieder überhängende, weit ausladende Sträucher und Büsche durch das Gewicht ihrer Früchte und ihres Blattwerkes bis ins Wasser reichten. Mehrmals versuchte sie, einen der vorbeifliegenden Zweige zu erhaschen, griff aber jedes Mal ins Leere. Endlich, weit unterhalb der Stelle, wo sie ins Wasser geraten war, gelang es ihr, durch einen beherzten Griff nach mehreren überhängenden Zweigen, die ungestüme Fahrt nicht nur anzuhalten, sondern sich auch aus dem Wasser zu ziehen.

Für mehrere Minuten blieb sie erschöpft am Ufer sitzen, um neue Kräfte zu sammeln. Die gesamte Situation kam ihr wie ein böser Traum vor, und sie benötigte einige Zeit, um zu realisieren, dass das, was sie soeben erlebt hatte, bittere Wirklichkeit war. Sie war sehr verzweifelt, da sie begriff, dass ihr die Stiefmutter wieder etwas sehr Schlimmes angetan hatte. Schließlich erhob sie sich und sah, wie ihre Stiefmutter und Rosl, ohne sich umzublicken, gerade dabei waren, den Hügel in Richtung Waldbruch hinaufzusteigen. Triefend vor Nässe und vor sich hin weinend rannte sie in Richtung Mühle. Nach einer Weile bemerkte sie von weitem, dass ihr Frieders Mutter entgegeneilte.

Vom Küchenfenster in der Mühle konnte man das enge

Tal flussaufwärts bis zur nächsten Weg- und Flusskrümmung gut überblicken. Kathi schälte gerade Kartoffeln, als sie der Dreiergruppe, die von der Anhöhe in das Tal herabschlenderte, gewahr wurde. Verwundert über das ungewohnte Bild beobachtete sie das Trio noch eine Weile, bis es den Feldweg überquert hatte und sich auf dem Uferweg weiter von der Mühle entfernte. Nachdenklich wandte sie sich wieder ihrer Arbeit zu.

Als sie nach geraumer Zeit ihre Arbeit erneut unterbrach, sah sie, dass die beiden Frauen bereits wieder im Begriff waren, die Anhöhe zum Gehöft zu erklimmen. Es kam ihr sehr seltsam vor, dass Fini und Rosl den Rückweg so schnell und ohne das Kind angetreten hatten, und sie suchte mit ihren Augen das Gelände nach Tina ab. Doch sie konnte das Kind nirgends entdecken.

Schlagartig entstand vor ihrem inneren Auge ein schlimmes Szenario, das ihr einen heftigen Schrecken einjagte. Abrupt drehte sie sich um und eilte erst aus der Küche, dann aus dem Gebäude. Wortlos hastete sie an Frieder vorbei, der vor der Mühle spielte, und lief, ihren Blick stets auf die Wasseroberfläche gerichtet, am Flussufer entlang. Schon drohte ihr in ihrem Zustand die Atemluft auszugehen, als Tina plötzlich vor ihr auftauchte und ihr entgegen kam. Da fiel ihr ein Stein vom Herzen.

Noch erkannte sie nicht, dass Tinas Kleider durchnässt waren, und sie schalt sich wegen ihrer vermeintlich absurden Schlussfolgerung. Doch beim Näherkommen des weinenden und vor Nässe triefenden Kindes wurde ihr mit einem Mal klar, dass ihre Gedanken keineswegs so abwegig gewesen waren. Als das Kind bei ihr ankam, nahm sie es in ihre Arme und tröstete es. Es war ihr dabei völlig einerlei, dass auch ihre eigenen Kleider von der Nässe einiges abbekamen. Während sie Tina in den Armen hielt, überschlugen sich ihre Gedanken bei der Aufarbeitung ihrer

Beobachtungen:

‚Wenn das Kind während des gemeinsamen Spaziergangs unabsichtlich in den Fluss gefallen wäre, so hätten dies die Frauen doch bemerken müssen', überlegte sie. ‚Warum aber unternahmen sie nichts, um es zu retten, sondern überließen es seinem Schicksal und begaben sich seelenruhig auf den Heimweg ?'

So sehr sie sich auch dagegen zu sträuben versuchte, sie kam bei ihren Überlegungen immer wieder zum gleichen Ergebnis: Das Kind war von seiner Stiefmutter absichtlich ins Wasser gestoßen worden, hatte sich aber glücklicherweise aus eigener Kraft vor dem Ertrinken retten können.

Dieses Ereignis reihte sich exakt in alle ihre Beobachtungen und ihre daraus resultierenden Verdachtsmomente ein, die sie seit einigen Wochen insgeheim über Fini gesammelt hatte: Sehr früh hatte sie bereits geargwöhnt, dass das Kind auf Waldbruch nicht genug zu essen bekam. Nach dem heutigen Zwischenfall, der Tinas Tod hätte bedeuten können, glaubte sie nun auch den Grund zu kennen. Sie musste davon ausgehen, dass es Fini durch stetigen Nahrungsentzug auf den Tod des Kindes abgesehen hatte.

Dann gab es noch den Vorfall, als Frieder das Kind völlig verstört unter dem Uferbuschwerk vorgefunden hatte. Schon damals war sie sicher, dass dem Kind von seiner Stiefmutter etwas Schreckliches zugefügt worden sein musste, zumal es seitdem noch ängstlicher und eingeschüchterter wirkte, als es ohnehin der Fall war. Sie fragte sich, warum Finis Eltern ihrer Tochter nicht Einhalt geboten, wenn sie dem Kind solche Qualen bereitete, und warum sich Finis Schwester Rosl an so folgenschweren Aktionen wie der heutigen beteiligte. Aus Mitleid mit dem Kind, und vor unbändiger Wut über die Kaltherzigkeit der Waldbruchbewohner traten Kathi Tränen in die Augen. Als sich Frieder, der seiner Mutter hinterhergelaufen war, den beiden näherte, wischte sie sich die Augen schnell wieder trocken. Auf seine Frage, was mit seiner Freundin geschehen sei, erklärte sie ihm lediglich, dass Tina ins Wasser gefallen sei, und sie es von ihrem Küchenfenster aus gesehen habe. Ihre tatsächlichen Beobachtungen und ihre daraus gezogenen Rückschlüsse verschwieg sie ihm.

In der Mühle zog Kathi dem Kind die nasse Kleidung aus, um sie am Küchenherd zu trocknen. Sie streifte ihm eines von Frieders Hemden über und zog ihm eine seiner Hosen an. Die viel zu großen Kleidungsstücke schlotterten an Tinas Körper, und als Mutter und Sohn über diesen ungewohnten Anblick lachen mussten, gelang auch ihr wieder ein kleines Lächeln.

Nach dem gemeinsamen Mittagessen schickte Kathi die beiden Kinder zum Spielen vor die Mühle, um sich ungestört mit ihren Schwiegereltern über ihren schrecklichen Verdacht und die eventuell daraus zu ziehenden Konsequenzen unterhalten zu können.

Die Bewohner des Gehöfts Waldbruch und die der Mühle schätzten sich seit Jahrzehnten als gute Nachbarn, auch wenn die Kontakte, die beide Seiten miteinander pflegten, überwiegend geschäftlicher Natur waren. Angesichts dieses lang andauernden guten Einvernehmens, wodurch auch eine gewisse Vertrautheit zwischen den Familien entstanden war, fiel es den Schwiegereltern ungeheuer schwer, Kathis Behauptung nachzuvollziehen, dass dem Kind vonseiten der Stiefmutter vorsätzlich der Ertrinkungstod gedroht habe.

„Du sagst doch selbst, dass du nicht gesehen hast, wie es passiert ist", versuchten sie ihre Schwiegertochter von ihrer Überzeugung abzubringen, „also kannst du nicht behaupten, dass Fini oder Rosl das Kind absichtlich ins Wasser gestoßen haben."

Kathi ärgerte sich, weil sich ihre Schwiegereltern den Anschein gaben, als seien ihre Beobachtungen und ihre daraus gezogenen Rückschlüsse ein Produkt ihrer Fantasie. Nach längerer Diskussion kam Kathi mit ihren Schwiegereltern schließlich überein, die Sache vorerst auf sich beruhen zu lassen, da sie die schweren Anschuldigungen gegen Fini und Rosl nicht beweisen konnte. Insgeheim hofften alle drei, dass dem Kind künftig Derartiges erspart bliebe. Aber bei Kathi überwog die Befürchtung, dass das Martyrium des Kindes mit diesem Tag noch nicht beendet war.

Am frühen Nachmittag, als Tinas Kleider getrocknet waren, begleitete Kathi Tina zum Gehöft Waldbruch. Vor dem Bauernhaus trafen sie auf Fini, und Kathi entging nicht, wie sie bei Tinas Anblick einen Augenblick lang erstarrte. Schnell aber hatte sie sich wieder in der Gewalt und war plötzlich die Freundlichkeit in Person. Kathi berichtete ihr zum Schein, dass Tina in das Flüsschen gefallen sei und sie ihre Kleider in der Mühle getrocknet habe. Fini spielte die erschrockene und treusorgende Mutter, nahm das Kind in die Arme und tat so, als tröste sie es. Kathi aber ließ sich durch Finis theatralischem Auftritt nicht beirren. Gern hätte sie ihrem Gegenüber ihre Beobachtungen über den tatsächlichen Ablauf des Geschehens unterbreitet. Doch sie wagte es nicht, da sie keine Beweise für ihre Behauptungen hätte vorlegen können, und Fini sicher alles geleugnet hätte. Nachdem sie das Gehöft verlassen hatte, fühlte sie sich sehr traurig und niedergeschlagen, und ihre Gedanken waren bei Tina, um deren künftiges Wohlergehen sie sich große Sorge machte.

In der letzten Augustwoche war wieder heftiger, anhaltender Regen niedergegangen. Vielerorts war die Erde völlig durchweicht und matschig, so auch der Boden auf dem Feldweg, der durch das Tal an der Mühle vorbeiführte. Ein weiterhin wolkenverhangener Himmel ließ am Morgen noch keine Hoffnung auf eine wesentliche Wetterbesserung aufkommen. Doch wider Erwarten reduzierten sich die starken Niederschläge am späten Vormittag auf einen feinen Nieselregen. Es war eigentlich noch immer kein ideales Wetter zum Spielen im Freien! Doch nach der langen Abstinenz, bedingt durch die Regentage, konnten es Frieder und Tina kaum erwarten, nach draußen zu gehen. Während die Kinder die Mühle verließen, unterbreitete Frieder seiner Freundin wieder eine seiner aufregenden Spiel-Ideen: Auf dem Wegabschnitt vor der Mühle wollte er mit ihr aus der nassen Erde eine herrliche kleine Landschaft formen. Er hatte auch schon eine genaue Vorstellung, wie sie aussehen sollte, und gab Tina entsprechende Anweisungen.

In Teamarbeit entstanden nach und nach kleinformatige Berge, Hügel und ein Tal, das von einem „Fluss" durchzogen war. Den Verlauf des Gewässers machte Frieder durch parallele Reihen kleiner Zweige kenntlich, welche die Uferbewachsung darstellten. Zwischen „Bäumen und Büschen" zog er dann mit einem Stöckchen eine Furche, in der sich Wasser ansammelte und dem „Fluss" ein naturgetreues Aussehen verlieh. Schließlich versah er die Anhöhen hier und da mit „Baumgruppen". Neben der reinen Natur ließ er zum Schluss auch mehrere Gebäude entstehen. Noch bevor Frieder die Gestaltung der Landschaft für beendet erklärte, erriet Tina bereits, dass es sich hierbei um das Abbild ihrer neuen Heimat handelte, und freute sich, als ihr Frieder das bestätigte:

„Schau, das ist unser Tal. Das Haus auf diesem Hügel hier ist das Gehöft Waldbruch, wo du wohnst, die anderen Häuser links und rechts von Waldbruch sind eure Nachbarn, und das Haus hier am Bach ist unsere Mühle."

Tina war beim Anblick ihres gemeinsam gestalteten Werkes auf ihre Mitwirkung sehr stolz und sie sah sich jede Einzelheit genauestens an. Doch es blieb den beiden Kindern nicht mehr viel Zeit, ihr Werk ausgiebig zu bewundern, denn erneut einsetzender heftiger Regen ließ es nach und nach in sich zusammenfallen.

Nun bemerkte Tina bestürzt, dass ihr Kleid nicht nur nass geworden war, sondern das Hantieren mit matschiger Erde auch deutliche Spuren daran hinterlassen hatte. Der Schmutz klebte auch an Händen und Füßen, Armen und Beinen. Sie hätte Frieders Mutter bitten können, das Kleid zu säubern, und sich in der Mühle oder am Bach waschen können. Doch wie vom Unheil angezogen begab sie sich nach Hause.

Als Tina das Bauernhaus auf Waldbruch betrat, hantierte die Stiefmutter gerade am Küchenherd. In einem Topf auf dem kleinen Herd sprudelte kochend heißes Wasser. Fini hatte wie gewohnt die aus einzelnen Ringen bestehende Herdplatte entnommen, damit der Kochtopf mit seiner Unterseite direkten Kontakt mit dem Herdfeuer bekam, und das Feuer dadurch einen höheren Wirkungsgrad erzielte.

„In welchem Schweinestall hast du dich wieder herumgetrieben?" giftete Fini ihre Stieftochter an, als das von oben bis unten mit Schmutz bespritzte Kind vor ihr stand. „Hab' ich dir nicht immer wieder gesagt, dass du dich nicht schmutzig machen sollst?"

Und mit den Worten „wer nicht hören will, muss fühlen" packte sie das Kind an den Armen, zog es an den Herd und tauchte seine Hände in den Topf mit siedendem Wasser. Doch nicht genug: Fini hielt die beiden Unterarme des Kindes mit einer Hand fest und drückte die kleinen Hände mithilfe eines Kochlöffels noch tiefer in den Topf hinein. Tina war kurz davor, angesichts des brennenden Schmerzes Wehlaute auszustoßen, als Fini sie anherrschte:

„Untersteh' dich zu weinen!"

Aus Angst vor „noch schlimmerer Strafe" unterdrückte Tina ihre Schmerzensschreie, und es entstand eine völlig paradoxe Situation: Aus ihrem Mund quoll anstelle von

Wehklagen lautes verzweifeltes Lachen, und lachend erwiderte sie der Stiefmutter, wie um sie zu beruhigen:

„Ich wein' ja gar nicht, ich bin doch ein braves Mädchen!"

Als Fini die grausame Tortur endlich beendet hatte, rannte Tina ins Freie. Ihre Stiefmutter rief ihr hinterher, sie solle sofort zurückkommen. Aber ihre beiden Hände brannten wie Feuer, und der Schmerz ließ sie wie um ihr Leben rennen. Sie suchte verzweifelt nach Linderung, die sie nur in der Mühle erwarten konnte. Also lenkte sie ihre Schritte dorthin. Atemlos erreichte sie die Mühle und zeigte Kathi schluchzend ihre verbrühten Hände. Kathi erschrak zutiefst beim Anblick der krebsroten Hände, an denen sich bereits Blasen zu bilden begannen. Hastig schob sie das Kind in den Mühlenraum. Dort schüttete sie aus einem Sack Mehl einen Teil des Inhalts auf den Boden und bestreute Tinas Hände damit. Denn Mehl galt in Laienkreisen lange Zeit als probates Mittel gegen Verbrennungen oder Verbrühungen, was Kathi bekannt gewesen sein dürfte. Das Mehl schien auf Tinas Wunden kühlend zu wirken, denn sie stellte schon nach kurzer Zeit dankbar fest, dass der Schmerz weniger wurde.

Kathi wollte nun von Tina genau wissen, wie es dazu gekommen sei, dass sie sich die Hände verbrüht hatte, und Tina antwortete zögernd:

„Ich hab' sie in einen Topf mit heißem Wasser getan."

Nach diesen Worten senkte sie den Blick, was für Kathi ein untrügliches Zeichen war, dass ihr das Kind, aus welchen Gründen auch immer, wieder den tatsächlichen Ablauf eines schlimmen Geschehens verschwieg. Sie aber war felsenfest davon überzeugt, dass ihm die Stiefmutter oder ein anderes Familienmitglied dieses erneute schwere Leid zugefügt hatte. Kathi unterließ es, das Kind eindringlicher zu befragen, zumal sie es im Augenblick für wichtiger hielt, ihm umgehend ärztliche Hilfe zukommen zu lassen. Ihrem Schwiegervater, der der ganzen Szene entgeistert zugesehen hatte, rief sie zu:

„Ich muss das Kind sofort zum Arzt bringen, damit er die verbrühten Hände behandeln kann".

Sie traf Anstalten, mit Tina loszuziehen. Er aber bestand darauf, sie zu begleiten, da, wie er argumentierte, das Kind mit dieser schweren Verletzung nicht die ganze Strecke zu Fuß gehen könne, und sie in ihrem Zustand nicht in der Lage sei, es zu tragen. Dankbar nahm Kathi das Angebot ihres Schwiegervaters an.

Der Müller nahm Tina auf den Arm und achtete sorgsam darauf, ihre Hände nicht zu berühren. Im Hinausgehen traf er eine Absprache mit seiner Ehefrau, wonach sie potentielle Mühlenkunden bis zu seiner Rückkehr vertrösten sollte. Frieder hätte liebend gern seine Freundin begleitet, doch er musste zuhause bei seiner Großmutter bleiben. Die Entfernung von der Mühle bis zu Arztpraxis in der Stadt betrug circa zweieinhalb Kilometer. Der Müller war groß und kräftig, und es bereitete ihm daher keinerlei Schwierigkeiten, das kleine Menschenbündel ohne Unterbrechung bis zu ihrem gemeinsamen Ziel zu tragen. Als die drei an der Arztpraxis ankamen, war die Sprechstunde längst vorüber.

Dr. Bach kannte die Mühlenbesitzer seit Jahrzehnten und wusste, dass sie ihn nur in Notsituationen in seiner Ruhe störten. Außerdem erriet er sofort, welche Verletzungen sich unter der Mehlhülle, mit der die Kinderhände bedeckt waren, verbargen, und bat die Ankömmlinge ohne Umschweife ins Haus. Kathis Schwiegervater blieb im Wartezimmer zurück, während Kathi Tina in den Behandlungsraum begleitete. Sie informierte den Arzt kurz über Tinas Familienverhältnisse, und dass sie nach einer häuslichen Verbrühung ihrer Hände Hilfe bei ihnen in der Mühle gesucht habe. Frau Bach, die ihrem Mann als Praxishilfe diente, befreite Tinas Hände in einer Schüssel warmen Wassers vorsichtig von der Mehlschicht. Dabei verzog Tina keine Miene. Nachdem sich der Arzt über das Ausmaß der Verbrühung ein Bild gemacht hatte, befragte er Tina über den Verletzungshergang. Sie gab ihm dieselbe Antwort, die sie bereits Kathi gegeben hatte, und Dr. Bachs einziger Kommentar bestand aus einem kurzen „Mhm". Er bestrich beide Hände mit einer kühlenden und schmerzlindernden Salbe und legte ihnen je einen Verband an. Auch das ließ Tina ohne irgendeine Schmerzäußerung geschehen. Nach der Behandlung unterrichtete er Kathi, dass ihm das Kind am nächsten Tag in seiner Sprechstunde erneut vorgestellt werden müsse. Dann geleitete er Tina zu Kathis Schwiegervater ins Wartezimmer, nicht ohne sie wegen ihrer Tapferkeit ausgiebig zu loben. Kathi aber bat er, noch einen Moment im Behandlungszimmer zu bleiben.

„Ich habe den Verdacht, dass mir das Kind den tatsächlichen Ablauf des Geschehens verheimlicht", begann er, während er nachdenklich im Behandlungsraum auf und ab ging. „Ich könnte mir gerade noch vorstellen, dass es versehentlich mit *einer* Hand in heißes Wasser gefasst hat, aber mit beiden Händen gleichzeitig halte ich eher für unwahrscheinlich! Außerdem lässt die Schwere der Verbrühung, insbesondere die der linken Hand darauf schließen, dass die Hände eine beachtlich lange Zeit in siedend heißem Wasser verblieben sein mussten. Das spricht wiederum gegen einen versehentlichen Griff ins heiße Wasser; denn durch den ausgelösten Schmerzreiz hätte das Kind die Hände sehr schnell wieder zurückgezogen. Für mich ist daher wahrscheinlicher, dass die Hände des Kindes von einer dritten Person absichtlich oder unabsichtlich mit siedendem Wasser verbrüht worden sind."

„Ich bin mir sicher, dass es Absicht war" sagte Kathi, denn seit geraumer Zeit wird es immer offensichtlicher, dass das Kind auf Waldbruch schwer misshandelt wird."

Dann schilderte sie dem Arzt alle ihre Beobachtungen, die sie in den vergangenen Wochen gemacht hatte, woraufhin der Arzt erschüttert entgegnete:

„Ich muss gestehen, eine Kindesmisshandlung in dieser extremen Form ist mir bisher noch nicht begegnet."

„Aber was kann man dagegen tun?", fragte Kathi ihren Hausarzt und sah ihm erwartungsvoll ins Gesicht.

„Ich fürchte, nicht viel", erwiderte der Arzt bitter. Dann fuhr er fort:

„Ein Jugendamt im ursprünglichen Sinne, an das man sich wenden könnte, existiert in der Kreisstadt schon seit längerem nicht mehr. Sie könnten allenfalls zum Bürgermeister gehen und ihm die Angelegenheit unterbreiten. Doch, wie ich ihn einschätze, wird er bei einer Einmischung in eine innerfamiliäre Angelegenheit sehr zurückhaltend reagieren. Sollte er wider Erwarten doch aktiv werden und die Frau mit den Vorwürfen konfrontieren, so kann es Ihnen unter Umständen, wie unlängst mir selbst, passieren....."

Erschrocken hielt er inne, als habe er Angst, zu viel über einen Vorgang preiszugeben, der offenbar nicht gut für ihn ausgegangen war. Doch nach einer Weile überlegte er es sich anders und beendete schließlich den Satz:

„..... dass Ihnen die Person, die Sie der Kindesmisshandlung beschuldigen, mithilfe einflussreicher Freunde mit einer Verleumdungsklage droht, und Sie zum Widerruf zwingt. Ich bitte sie daher, meine persönliche Bewertung des Falles für sich zu behalten, ich müsste sonst leugnen, jemals etwas darüber gesagt zu haben."

Nach diesen Worten musste Kathi resigniert feststellen, dass sie vonseiten ihres Hausarztes keinerlei Unterstützung erwarten durfte, falls sie beabsichtigte, gegen Fini wegen Kindesmisshandlung vorzugehen. In sorgenvolle Gedanken vertieft trat sie mit ihrem Schwiegervater, der Tina wieder auf den Arm genommen hatte, den Rückweg an. Auf dem Weg suchte sie immer wieder nach einer Antwort auf ihre quälende Frage, was zu tun sei, um das Kind vor künftigen Attacken durch seine Stiefmutter zu schützen. Sie konnte doch auf Dauer nicht untätig zusehen, wie man das Kind auf Waldbruch ständig misshandelte und ihm nach dem Leben trachtete!

In die Mühle zurückgekehrt, nahm Kathi Tina mit in die Küche, bereitete ihr Rührei in einer Pfanne, schnitt ihr eine Scheibe Brot ab und fütterte sie liebevoll; denn sie hatte die Befürchtung, dass das Kind mit verbundenen Händen zuhause noch mehr Hunger würde leiden müssen.

Nach dem Essen machte sie sich mit Tina auf den Weg zum Gehöft Waldbruch. Während ihres langsamen Aufstiegs fühlte sie sich hin und her gerissen: Sie wusste nach dem Gespräch mit ihrem Hausarzt, dass sie mit direkten Bezichtigungen zurückhaltend sein musste. Unternahm sie aber gar nichts, ging der Terror gegen Tina weiter wie bisher. So legte sie sich immer wieder neue Sätze zurecht, die sie Fini zu unterbreiten gedachte, ohne sie direkt der Kindesmisshandlung zu beschuldigen. Als Kathi mit dem Kind den Hügel erklommen hatte und vor dem Bauernhaus stand, rief sie nach Tinas Stiefmutter, doch anstelle von Fini kam deren Mutter aus der Küche geschlurft.

„Die Fini ist nicht da", sagte die Alte mürrisch, und ließ durch ihr barsches Auftreten keinerlei Zweifel an ihrer Behauptung aufkommen. Kathi glaubte hingegen, dass sich Fini von ihrer Mutter verleugnen ließ. Durch die unerwartete Konfrontation mit der alten Bäuerin war sie verwirrt und geriet vollkommen aus dem Konzept. Alle ihre wohl überlegten Worte, die Fini zugedacht waren, konnte sie nun vergessen. Nach einer Weile begann sie dennoch zögernd zu sprechen:

„Mein Schwiegervater und ich haben das Kind zum Arzt

gebracht. Doktor Bach hat seine verbrühten Hände behandelt und will Tina morgen zwischen acht und zwölf Uhr noch einmal in seiner Sprechstunde sehen."

Vorwurfsvoll blickte Finis Mutter nun auf die verbundenen Kinderhände und brummte:

„Keiner hat dir angeschafft, das Kind zum Doktor zu bringen. Kümmere dich gefälligst um deine eigenen Angelegenheiten! Wir sind arme Bauern und können es uns nicht leisten, wegen jeder Kleinigkeit zum Doktor zu rennen."

Angewidert von diesem dummdreisten Geschwätz entgegnete ihr Kathi aufgebracht:

„Die Verbrühungen an Tinas Händen *sind* keine Kleinigkeit! Das sind schwerste Hautverletzungen, die dringend behandelt werden mussten. Und ich erwarte von Fini, dass sie morgen mit dem Kind zu Doktor Bach geht...."
Sie zögerte einen kurzen Moment, und fügte dann mit erhobener Stimme hinzu: „sonst wird sie mich kennenlernen!"

Einmal in Rage geraten wurde Kathi immer mutiger, und noch weiter aus ihrer Deckung hervortretend, rief sie der Alten zu:

„Im Übrigen glaube ich nicht, dass sich Tina ihre Hände selbst verbrüht hat. Dafür ist das Mädchen viel zu klug!"

Sie strich Tina kurz übers Haar, drehte sich um und verließ in extremer Gefühlswallung das Gehöft. Plötzlich fühlte sie einen wehenartigen Schmerz im Unterleib, der sie in Angst und Schrecken versetzte, da er sie an ihre zurückliegende Fehlgeburt erinnerte. Sie blieb stehen und atmete einig Male tief ein und aus. Als der Schmerz auch nach mehreren Minuten nicht wieder auftrat, hoffte sie, dass es sich diesmal um ein einmaliges Ereignis gehandelt hatte.

Auf dem Weg zurück zur Mühle dachte sie: ‚Was sind das nur für abartige Menschen, die nicht davor zurückschrekken, einem kleinen hilflosen Kind so schweres Leid zuzufügen?", und sie war wütend über Fini und ihre Familie, aber auch über ihre eigene Hilflosigkeit.

Am nächsten Morgen konnte Frieder sehen, wie Tina mit ihrer Stiefmutter vom Gehöft Waldbruch herunterkam und den Weg in Richtung des nahgelegenen Städtchens einschlug. Sofort lief er ins Haus, um der Mutter seine Beobachtung mitzuteilen. Kathi war erleichtert, dass Tina offenbar weitere ärztliche Hilfe bekam, und sah sich darin bestätigt, dass ihr mutiges Auftreten vom Vortag nun Früchte zu tragen schien. Frieder begab sich wieder vor die Türe und wartete, bis Tina mit ihrer Stiefmutter in Höhe der Mühle anlangte.

„Tina, gehst du wieder zum Doktor?", fragte er sie und Tina bestätigte dies kleinlaut.

„Wann kommst du wieder zum Spielen?", wollte er weiter wissen, bekam aber von ihr eine zutiefst niederschmetternde Antwort:

„Meine Mama hat gesagt, ich darf nicht mehr zu dir zum Spielen kommen."

Frieder war wie betäubt und sah Tina, die scheinbar ohne äußere Regung neben ihrer Stiefmutter weiter ihres Weges ging, verständnislos hinterher.

„Aber warum denn nicht?" rief er ihr nach einer Weile hinterher, kaum noch in der Lage, seine Tränen zurückzuhalten. Tina drehte sich kurz um, und nun war es auch um ihre Fassung geschehen. Denn mit tränenerstickter Stimme waren ihre Worte „Ich – weiß – nicht" kaum noch vernehmbar.

Frieder beobachtete, dass Tina von ihrer Stiefmutter ruckartig am Arm gepackt wurde, wie um sie daran zu hindern, weiter mit ihm zu sprechen. Dann lief der Junge weinend zu seiner Mutter und berichtete ihr über das Vorgefallene. Kathi war außer sich vor Wut und schrie:

„Fini, dieses Miststück, will nur verhindern, dass wir ein Auge auf das Kind werfen, damit sie es weiterhin unbeobachtet misshandeln kann".

Kathis Schwiegermutter, die Zeuge ihres Gefühlsausbruchs wurde, versuchte sie zu beruhigen und redete ihr ins Gewissen:

„Du kannst nichts daran ändern, mein Kind. Du darfst diese Tragödie nicht zu nahe an dich heranlassen. Das ist nicht gut für deine Schwangerschaft. Du willst doch nicht *noch* ein Kind verlieren!"

Kathi musste ihr im Stillen beipflichten und dachte an ihre Schmerzattacke vom Vortag, die sie ihrer Schwiegermutter verschwiegen hatte. Mutter und Sohn waren über die neue Entwicklung sehr traurig, und Kathi nahm Frieder tröstend in die Arme.

Heimlich beobachtete der Junge am Mittag Tinas und deren Stiefmutter Rückkehr vom Arztbesuch. Nach der erlittenen Enttäuschung vom Vormittag hatte er nicht den Mut, sich Tina zu zeigen oder sie gar anzusprechen. Traurig sah er den beiden hinterher, als sie den Weg entlanggingen und die Anhöhe zum Gehöft bestiegen, bis er sie schließlich aus den Augen verlor.

Den ganzen nächsten Tag über wartete er vergebens auf ein Lebenszeichen von Tina. Erst einen Tag später sah er sie wieder, als sie mit ihrer Stiefmutter des Wegs kam und beide offenbar beabsichtigten, erneut Dr. Bachs Praxis aufzusuchen. Wieder versteckte er sich, da er noch immer zu mutlos war, mit Tina in Kontakt zu treten.

Wie schon bei ihrem ersten Aufsuchen der Arztpraxis setzte sich Fini auch diesmal wieder die Maske der tief besorgten Mutter auf. Scheinbar liebevoll hielt sie das kindliche Köpfchen in ihren Händen, während der Arzt nach kleinen Einschnitten mit dem Skalpell die abgestorbene Haut Stück für Stück von Tinas Händen schälte. Und wieder genoss es Tina, die Stiefmutter von dieser unbekannten Seite zu erleben. Sie kostete diese seltenen Augenblicke der „stiefmütterlichen Zuneigung" aus, obwohl sie wusste, dass Fini nach Verlassen der Arztpraxis die Rolle der treusorgenden Mutter sofort wieder ablegte.

So wie bei den bisherigen Behandlungen kam auch diesmal kein Schmerzlaut über Tinas Lippen, und der Arzt bewunderte erneut ihre tapfere Haltung, die, wie er sagte, für ein so kleines Mädchen sehr ungewöhnlich sei.

Für Frieder folgten Tage sehnsuchtsvollen Wartens auf Tina. Er wusste zwar, dass es Tina verboten war, zu ihm zum Spielen zu kommen, aber tief in seinem Inneren hoffte er, dass Tinas Stiefmutter dieses Verbot irgendwann wieder aufhob. Tag für Tag, Stunde um Stunde streifte er am Uferweg entlang und blickte verstohlen nach oben zum Gehöft Waldbruch. Doch Tina bekam er nicht zu Gesicht. Kathi beobachtete, wie Frieder zunehmend trauriger wurde, und sie begann sich nun nicht mehr nur um Tina, sondern auch um ihren Sohn Sorgen zu machen. Sie verwünschte Fini, die Kummer und Leid nicht allein ihrem Stiefkind zufügte, sondern jetzt auch in ihre Familie trug.

Es waren inzwischen drei lange Tage verstrichen, die Frieder wie eine Ewigkeit vorkamen, als er vom Tal aus beobachten konnte, dass Tina in Begleitung ihrer Stiefmutter das Bauernhaus auf Waldbruch verließ. Schon von weitem konnte er erkennen, dass Tina einen Mantel anhatte, und die Stiefmutter einen Koffer bei sich trug. Sorgenvoll fragte er sich, ob Tina womöglich für eine Weile von hier fortging. Diese Vorstellung machte ihn sehr traurig. Diesmal nahm er sich fest vor, sich nicht wieder zu verstecken, sondern auf Tina zu warten, um mit ihr zu sprechen. Als die beiden bei ihm angekommen waren, fragte er sie zaghaft:

„Willst du verreisen, Tina?"

Tinas Antwort klang leise und sehr traurig:

„Ja, ich fahr' mit meiner Mama ganz weit fort."

„Und wann kommst du wieder zurück?", wollte Frieder wissen.

Doch diesmal übernahm das Antworten Tinas Stiefmutter, wobei ein spöttisches Lächeln ihren Mund umspielte:

„Sag' deiner Mutter, sie muss sich künftig keine Sorgen mehr um Tina machen, denn wir fahren weit weg von hier und kommen nie wieder zurück."

Frieder vernahm die Worte wie in Trance. Nie wieder sollte er Tina sehen, nie wieder mit ihr spielen können? Das ging weit über seine Vorstellungskraft hinaus. Wie erstarrt sah er den beiden hinterher. Hilflos stand er da und beobachtete, wie sich Tina immer weiter von ihm entfernte, bis sie schließlich mit ihrer Stiefmutter hinter einer Biegung des Tals für immer verschwand.

Sechstes Kapitel

Nach Verlassen des vertrauten Mühlenumfeldes mit seinen lieben Menschen, die sie in ihrem Kummer und ihrer Verzweiflung immer wieder aufgefangen hatten, verspürte Tina eine große Leere in sich. Alles um sie herum war so unbedeutend geworden, dass sie weder die lange Bahnreise vom Allgäu in die unterfränkische Kreisstadt an den Ausläufern der Rhön, noch ihre Ankunft im dortigen Elternhaus ihres Vaters, in Erinnerung behielt.

Wie sie später aus der Unterhaltung zwischen Großmutter und Tante entnehmen konnte, hatte sie Anfang September mit ihrer Stiefmutter urplötzlich vor der Tür ihrer Großeltern gestanden, und Fini hatte ihre überraschten Schwiegereltern gebeten, das Kind vorübergehend bei sich aufzunehmen, bis sie eine Wohnung gefunden habe. Es war die erste Begegnung zwischen der neuen Schwiegertochter und ihren Schwiegereltern gewesen.

Die erste Begebenheit nach ihrer Ankunft in der Kreisstadt, an die sich Tina erinnern kann, war einer der täglichen Kirchgänge, die sie gemeinsam mit ihrer Großmutter absolvieren musste. Obwohl der alten Dame das Gehen schwerfiel, und sie sich auf einen Stock stützen musste, hatte für sie der allmorgendliche Gottesdienst in der örtlichen Pfarrkirche oberste Priorität. Dort schöpfte sie Kraft für den Alltag und suchte Trost nach dem Verlust ihres ältesten Sohnes, der im Mai des gleichen Jahres in Russland gefallen war.

Tinas Großeltern väterlicherseits, die in ihrem früheren Wohn- und Geschäftsgebäude am Rande der Stadt wohnten, waren beide über siebzig. Bis weit in das Rentenalter hinein hatten sie eine Kohlenhandlung betrieben und sich Jahrzehnte lang von früh bis spät in ihrem Geschäft abgemüht. Daneben hatte die Großmutter noch vier Kinder großgezogen.

Schmerzhafte Gelenkerkrankungen und sonstige altersbedingte Beschwerden zeigten ihnen seit langem die Grenzen ihrer Mobilität auf, was eine deutliche Minderung ihrer Lebensqualität zur Folge hatte. Zu den körperlichen Gebrechen hatte sich Anfang Juli des gleichen Jahres eine weitere schwere Bürde hinzugesellt. Sie war durch die Nachricht über den Tod ihres ältesten Sohnes Ferdinand entstanden, der im Mai auf dem Schlachtfeld in Russland gefallen war. Beide Großeltern des Kindes hatten somit ihren jeweils ältesten Sohn im Krieg verloren.

Auch der plötzliche Tod ihrer Schwiegertochter Theresa war ihnen sehr nahegegangen. Sie hatten aber auch Georgs umgehende Neuvermählung sehr begrüßt, da sie nun beruhigt sein konnten, dass sich während seiner Abwesenheit jemand um das Kind kümmerte. Vertrauend auf Georgs Urteilsvermögen hatten sie keinerlei Zweifel, dass er mit Fini die richtige Wahl getroffen hatte.

Im Juni des Vorjahres hatte Georg Engel seinen Fronturlaub zum Anlass genommen, gemeinsam mit Tina seine unterfränkische Heimat aufzusuchen. Stolz hatte er damals den Eltern, Verwandten und Freunden seine Tochter präsentiert. Obwohl Tina damals erst zwei Jahre und zwei Monate zählte, waren ihr manche Eindrücke dieses Besuchs in Erinnerung geblieben. So hatte sie noch sehr deutlich vor Augen, wie sie zusammen mit ihrem Vater und einigen seiner Freunde ein Lokal am Marktplatz aufgesucht, und sie dort von ihrem Vater köstliches Vanilleeis in einem Pappbecher bekommen hatte. Als sie eines Nachmittags mit ihrem Großvater den Marktplatz überquerte, erkannte sie das betreffende Lokal sofort wieder und glaubte in diesem Moment noch einmal den Vanillegeschmack der Eiskugeln auf ihrer Zunge zu spüren.

Trotz des im Vorjahr stattgefundenen Kontaktes waren die Großeltern nicht in der Lage, eine Beziehung zu ihrem Enkelkind aufzubauen. Die alten Leute waren wegen ihrer körperlichen und seelischen Belastungen zu sehr mit sich selbst beschäftigt, als dass man von ihnen hätte erwarten können, sich eingehender mit dem Kind zu befassen, zumal Tinas Aufenthalt bei ihnen nur eine Übergangslösung darstellte. Zwar fiel ihnen gleich zu Beginn auf, dass Tina mit dem lebenslustigen kleinen Mädchen vom Vorjahr nichts mehr gemein hatte, sondern inzwischen äußerst scheu und ängstlich geworden war. Doch es fehlte ihnen am nötigen Einfühlungsvermögen, zu erkennen, dass es nicht, wie sie glaubten, die Trauer über den Verlust der Mutter war, die das Kind bedrückte, sondern sich in ihm ein großes Angstpotential entwickelt hatte, das aus einer ungeheuren Bedrohung für Leib und Leben resultierte. Zudem fing Tina unbedachte Äußerungen der Großeltern auf, aus denen sie, so jung sie war, schließen konnte, dass sie eine Belastung für die Großeltern darstellte. Trotzdem hoffte Tina inständig, dass der Tag, an dem sie zu ihrer Stiefmutter zurückmusste, noch sehr weit entfernt war.

Anders als auf Waldbruch musste Tina bei den Großeltern zumindest nicht hungern, da es für sie immer genügend zu essen gab. Nach Behebung anfänglicher Verdauungsprobleme, die sicherlich auf den stetigen Nahrungsmangel zurückzuführen waren, entwickelte sie zunehmenden Appetit. Alles, was ihr die Großmutter vorsetzte, schmeckte ihr vorzüglich, und sie ließ selten etwas auf ihrem Teller zurück. Einmal gab es Bratkartoffeln, von denen sie nicht genug bekommen konnte. Sie schmeckten ihr so phantastisch gut, dass sie bis heute rätselt, welche leckeren Zutaten die Großmutter damals verwendet hatte.

Zufrieden registrierten die Großeltern den Appetit des Kindes, wunderten sich aber auch, dass sein kindlicher Körper so dünn und zerbrechlich wirkte. Doch sie zogen erst gar nicht in Erwägung, dass diese Mangelerscheinung auf einen permanenten, von der Stiefmutter verschuldeten Nahrungsentzug zurückzuführen sein könnte. Als sie Tinas Hände sahen und sich neugierig nach dem Grund deren erschreckend aussehenden Verfärbung erkundigten, gaben sie sich ohne Misstrauen mit Tinas ausweichender, die tatsächliche Ursache verschleiernde Antwort, zufrieden.

Eines Nachmittags kam Tinas Tante Betty, die ältere der beiden Töchter des Paares, vorbei, um ihren Eltern einen Besuch abzustatten. Für Tina, immerhin das Kind ihres Bruders, das ihr im Vorjahr kurz begegnet war, interessierte sie sich wenig. Betty wohnte mit ihrem Mann inmitten des Stadtkerns der Kreisstadt. Sie hatte keine Kinder, stattdessen war ihre Wohnung, wie Tina aus Gesprächen zwischen Oma und Tante entnehmen konnte, bis in den kleinsten Winkel mit unzähligen Puppen und Püppchen jeglicher Art und Größe und anderem außergewöhnlichem Zierrat reich dekoriert.

Kurz bevor sich Betty wieder verabschiedete, meinte ihre Mutter, dass es Tina sicher guttäte, wenn sie einige Tage bei ihr verbringen dürfte. Dieser Vorschlag stieß bei der Tochter auf wenig Gegenliebe. Das blieb selbst Tina nicht verborgen, da es großer Überredungskunst ihrer Großmutter bedurfte, bis Betty widerwillig zustimmte.

Tinas Neugierde war nun geweckt von dem, was sie über Tante Bettys ungewöhnliche Wohnungsausstattung gehört hatte, und sie konnte es kaum erwarten, selbst einen Blick auf all die Kuriositäten zu werfen. Als sie mit ihrer Tante die Diele der Wohnung betrat, standen dort zwei lebensgroße Puppen, die ihr wie zur Begrüßung je eine Hand entgegenstreckten. Die eine stellte einen keck aussehenden Jungen in Lederhose und Trachtenjanker dar, die andere ein lieblich anmutendes Mädchen, das ein bunt geschmücktes Dirndl trug. Tina wurde von den beiden Puppen, die sogar etwas größer waren als sie selbst, wie magisch angezogen und sie ging auf die beiden Modelle zu, um sie näher in Augenschein zu nehmen. Doch schon wurde sie von ihrer Tante mit dem strengen Hinweis zurückgehalten, sie dürfe den Puppen nicht zu nahe kommen und sie auf keinen Fall berühren.

Schließlich gingen sie gemeinsam weiter in den Wohn- und Essbereich. Tina erblickte dort unzählige hübsch gekleidete Puppen und Püppchen sowie andere Wunderdinge wie bunte Schmetterlinge oder prächtig gefiederte Vögel. Es kam ihr vor, als befinde sie sich in einer wunderbaren Zauberwelt. Die Puppen waren, nach Größe geordnet, in Regalen, auf Schränken, den Fensterbänken und auf dem Sofa aufgereiht, während die Schmetterlinge und Vögel in der Luft zu schweben schienen. Die Tiermodelle waren so naturgetreu gestaltet, dass man sie für lebende Geschöpfe halten konnte.

Tina wollte all die schönen Dinge aus nächster Nähe betrachten, doch eine quer durch den Raum verlaufende Kordel grenzte den Essbereich vom restlichen Zimmer ab und versperrte ihr den Zutritt zu den Wunderdingen. Nach kurzem Zögern bückte sie sich und schickte sich an, unter der Schnur hindurch zu schlüpfen. Doch wieder wurde sie von der Tante zurückgehalten. Hinter der Kordel war absolutes Sperrgebiet für andere Personen, insbesondere für Kinder. Tina halfen all ihre Beteuerungen nichts, dass sie doch ein braves Kind sei und wirklich nichts anrühren werde. Doch Betty ließ sich nicht erwärmen, da ihre Angst vor einer Beschädigung ihrer Schätze offenbar größer war, als ihr Bemühen, sich in die Welt eines Kindes zu versetzen.

Tina musste brav am Esstisch sitzen und nur aus der Ferne durfte sie ihren Blick über diese für sie unerreichbare Wunderwelt schweifen lassen.

Insgeheim hatte Tina gehofft, ihre Stiefmutter nie wiederzusehen. Doch nach circa zwei Wochen tauchte sie unversehens wieder bei ihren Schwiegereltern auf, um ihre Stieftochter abzuholen. Sie habe nach längerem Suchen eine möblierte Wohnung in B. gefunden, verkündete sie stolz, erwähnte aber nicht, wo sie sich in der Zwischenzeit aufgehalten hatte. Die Großmutter packte Tinas Kleidung und Wäsche zusammen und übergab das Kind an seine Stiefmutter, fest davon überzeugt, dass es bei ihr bestens aufgehoben sei.

Tina weinte beim Abschied. Die Tränen, die sie vergoss, waren Tränen der Angst, schreckliche Angst vor dem, was sie bei der Stiefmutter erwartete. Die Großmutter, die den Grund für Tinas emotionalen Abschied anders deutete, versuchte sie zu trösten:

„Wenn du Sehnsucht nach Opa und Oma hast, kannst du uns jederzeit besuchen kommen. Von eurer Wohnung zu uns ist es ja nicht weit." Doch das Schicksal wollte es, dass es nie wieder zu einer Begegnung zwischen den Großeltern und ihrem Enkelkind kam.

Während Tina mit ihrer Stiefmutter zu Fuß in Richtung des nahe gelegen Dorfes B. ging, war es ihr sehr schwer ums Herz. Sie wünschte sich inständig, wie sie es in der Vergangenheit immer wieder getan hatte, dass ihre Stiefmutter irgendwann ganz lieb zu ihr sei, und sie keine Angst mehr vor ihr haben müsse. Da aber ihrer kindlichen Seele bisher so viele schreckliche Wunden zugefügt worden sind, konnte sie an eine Erfüllung dieses Wunsches nicht mehr so recht glauben.

Das Haus, in dem Fini die Dachgeschosswohnung angemietet hatte, befand sich inmitten von B., einem Dorf, ganz in der Nähe der Kreisstadt. Es hatte mehrere Interessenten für die Wohnung gegeben, und Fini erhielt nur deswegen den Zuschlag, da ihr Mann aus einer bekannten Familie in der Kreisstadt stammte. Die Wohnung war zuletzt von einem Seniorenehepaar belegt gewesen, von dem zuerst der Mann und wenige Wochen später die Frau verstorben war. Die Vermieter hatten lange Zeit das Siechtum der alten Menschen begleitet, und soweit es ihnen möglich war, dem Paar in vielen Lebenssituationen beigestanden. Nun waren sie froh, eine junge Familie im Haus zu haben, von denen sie keine größeren Probleme erwarteten.

Die Wohnung bestand, wie Tina es von der Münchner Wohnung her kannte, aus einer Wohnküche und einem Schlafzimmer, nur mit dem Unterschied, dass es hier keine Diele gab, und man vom Treppenhaus direkt in die Küche gelangte. Das Erdgeschoss wurde von den Hauseigentümern, der Familie Ertl, einem jungen Ehepaar mit zwei Buben im Alter von fünf und sieben Jahren, bewohnt. Günther Ertl arbeitete bei Siemens und hatte trotz allgemeiner Mobilmachung das Glück, morgens zur Arbeit gehen, und am Abend wieder bei seiner Familie sein zu können.

Im Hof vor dem Haus waren ein Schweine- und ein Hühnerstall sowie ein Schuppen untergebracht. Zu beiden Seiten des Wohngebäudes und dahinter befand sich ein kleiner Garten, in dem das Ehepaar Obst und Gemüse anbaute.

Tina und ihre Stiefmutter wurden von den Vermietern herzlich begrüßt und in ihrem neuen Zuhause willkommen geheißen. Noch bevor Tina und ihre Stiefmutter das Haus betraten, lud Max, der jüngere der beiden Buben, Tina ein, mit ihm im Sandkasten zu spielen, den sein Vater im Hof für die Kinder eingerichtet hatte. Tina, die bisher still neben ihrer Stiefmutter gestanden hatte, fragte schüchtern bei ihr nach, ob sie das auch dürfe.

„Aber natürlich darfst du mit dem Max im Sandkasten spielen", entgegnete ihr die Stiefmutter mit übertriebener Freundlichkeit, wobei sie ihr scheinbar zärtlich über das Haar strich, „da musst du doch nicht erst fragen."

Zuerst war Tina über den unerwartet freundlichen Ton der Stiefmutter etwas verunsichert. Doch dann erlebte sie ein Glücksgefühl, das in ihr die Hoffnung aufkeimen ließ, dass sich ihre bisher böse Stiefmutter nun in eine gute Stiefmutter verwandelt hatte. In dieser fröhlichen Stimmung folgte sie Max zum Spielen in den Sandkasten. Als ihr aber Fini die allzu bekannte Ermahnung hinterherrief, dass sie sich nicht schmutzig machen dürfe, kam Tina nicht umhin, sich durch diese mahnenden Worte in Erinnerung zu rufen, welche schrecklichen Konsequenzen eine Zuwiderhandlung nach sich ziehen konnte. Das Vermieter-Ehepaar, das den kurzen Dialog verfolgt hatte, quittierte zufrieden das vermeintlich gute Einvernehmen zwischen den beiden.

Nach Einzug in die neue Wohnung hielt sich Fini für mehrere Wochen deutlich zurück, ihrer Stieftochter Gewalt anzutun. Das Zusammenleben mit ihr wäre für Tina daher auch erträglich gewesen, wenn sie nicht erneut unter ständigem Hunger hätte leiden müssen. Wie auf Waldbruch musste sie sich, nun beinahe dreieinhalb Jahre alt, gleich einem Säugling, wieder mit dem Inhalt dreier Milchfläschchen am Tag begnügen. Auch stellte sie fest, dass die Milch ihrer Stiefmutter im Vergleich zu der, die ihr noch vor kurzem die Großmutter in der Kreisstadt zum Frühstück serviert hatte, nur ganz schwach nach Milch schmeckte. Als sich Tina Jahre später Details dieser schrecklichen Zeit in Erinnerung rief, war sie sich sicher, dass die Stiefmutter die Milch stark verwässert hatte. Wieder musste sie mit ansehen, wie Fini Brot mit leckerem Aufstrich oder verschiedene Kartoffel- und Gemüse-Gerichte schmatzend verspeiste. Doch Tina wagte nicht, sie zu bitten, sie an den Mahlzeiten teilhaben zu lassen, da sie aus Erfahrung wusste, dass sie mit diesem Begehren die Stiefmutter gegen sich aufbrachte.

Von immerwährendem Hunger getrieben erkundete Tina die Umgebung ihrer neuen Heimat und erweiterte auf der verzweifelten Suche nach etwas Essbarem ständig den Radius ihrer Ausflüge. Unter Obstbäumen auf Äckern und Wiesen stürzte sie sich auf angefaultes Fallobst wie Äpfel, Birnen oder Zwetschgen, das sie heißhungrig verzehrte. Eines Tages gelangte sie auf ein dicht mit hohen Pflanzen bewachsenes Feld, wo Früchte gediehen, die sie nicht kannte. Erst viel später fand sie heraus, dass es sich um ein Maisfeld gehandelt hatte.

Sie versteckte sich im Gewirr der dicht stehenden Stauden, riss einen Kolben ab und befreite ihn von der Hülle. Darunter entdeckte sie Körner und entfernte sie einzeln mit den Zähnen. Zwar waren sie hart und hatten wenig Geschmack, aber sie schienen geeignet, das Hungergefühl zu mildern. Als sie mit dem Verzehr der Körner ein gewisses Sättigungsgefühl erreicht hatte, hob sie mit einer Hand ihr Schürze an, die sie immer über ihrem Kleid trug, bildete daraus ein Behältnis, und legte so viele Kolben hinein, wie sie darin unterbringen konnte. Ungesehen kam sie damit auf den Hof und vor das Haus. Vorsichtig blickte sie sich nach allen Seiten um und vergewisserte sich, dass sie nicht beobachtet wurde. Dann versteckte sie ihre „Ernte" im Hohlraum unter dem Treppenabsatz vor der Haustür. Von dort bediente sie sich immer heimlich, wenn sich der Magen wieder meldete.

Die Maiskörner verhalfen Tina zwar über den schlimmsten Hunger hinweg, verursachten ihr jedoch auch immer wieder unangenehme Bauchbeschwerden. In den folgenden Tagen ging sie mehrmals heimlich hinaus auf das Feld, um

Nachschub zu holen. Doch eines Tages fand sie nur noch ein abgeerntetes Feld vor, was sie sehr traurig stimmte.

Von den beiden Kindern des Ehepaares, freute sich besonders Max über Tinas Einzug in sein Elternhaus. Eines Tages überraschte er seine Mutter mit der Frage, ob Tinas Stiefmutter böse sei.

„Warum glaubst du, dass sie böse ist?" wollte die Mutter von ihm wissen.

„Weil die Stiefmütter von Aschenputtel und Schneewittchen auch böse waren", gab er zur Antwort.

Seine Mutter versuchte ihn davon zu überzeugen, dass Stiefmütter nur in Märchen böse seien, sie hatte jedoch das Gefühl, dass ihr Max nicht so recht glauben wollte. Vermutlich war dem Jungen nicht entgangen, dass Tina jedes Mal ängstlich zusammenzuckte, wenn sie von ihrer Stiefmutter in die Wohnung gerufen wurde.

Gerd, der ältere der beiden, verhielt sich Tina gegenüber anfangs sehr zurückhaltend, weil, wie er meinte, Mädchen alle doof seien. Doch es dauerte nicht lang, da musste er seine Sicht auf Mädchen, zumindest was Tina anbelangte, revidieren. Er tat es auf die Weise, dass er sich immer dann stillschweigend den beiden Kindern anschloss, wenn Tina ihren von Frieder erworbenen Schatz an interessanten Spielideen vor den beiden ausbreitete.

Neben vielen anderen Vorschlägen kam von Tina die Anregung, im Sandkasten Landschaften entstehen zu lassen. Gemeinsam formten die Kinder aus feuchtem Sand hohe Berge, flache Hügel sowie tiefe Täler. Anschließend forderte Tina die Buben auf, mit ihr kleine Zweige zu sammeln, und sie, wie sie es von Frieder gelernt hatte, als "Bäume" in die die Miniaturlandschaft einzufügen.

Ein andermal wollte sie den Buben mit „Wolken weggucken", einem weiteren Spiel, das sie noch von Tante Marie kannte, imponieren. Als sie am Himmel eine kleine weiße Wolke ausgesucht hatte, erklärte sie den Freunden, was sie tun müssten, um die Wolke verschwinden zu lassen, und ergänzte:

„Wenn wir sie weggeguckt haben, dann dürfen wir uns etwas Schönes wünschen."

Obwohl es nach Zauberei klang, was Tina ihnen da erzählte, wollten die Jungen selbst prüfen, ob es wirklich funktionierte. Alle drei starrten gen Himmel, und es schien wirklich so, als nähme der Umfang des betreffenden Wölkchens nach einer Weile deutlich ab. Doch plötzlich schob sich eine riesige dunkle Schlechtwetterwolke vor ihr kleines weißes Wölkchen und bedeckte es vollständig. Es war zwar nun verschwunden, aber nicht weil sie es „weggeguckt" hatten.

Enttäuscht über die gescheiterte Gelegenheit, den Buben ihre Wolkenvorführung zu demonstrieren, ließ sich Tina anderntags ein besonders aufregendes Spiel, das „Purzelbaumrad", einfallen. Sie hatte auch schon eine Idee, wo es gut funktionierte, und lotste die beiden Jungen zum nahe gelegenen Bahndamm, der an dieser Stelle relativ hoch angelegt war. Als alle drei bis nahe an das Gleisbett hinaufgestiegen waren, rollte Tina vor den staunenden Kindern mit der von Frieder erlernten Technik wie ein Rad den Hang hinunter. Rasch wurde diese Purzelbaumvariante auch von Gerd und Max übernommen, und beide waren davon sehr begeistert. Die entsetzte Mutter der Buben, die das seltsame Treiben von ihrem Küchenfenster aus beobachtet hatte, setzte dem ein rasches Ende, indem sie die Kinder unter heftigem Gestikulieren zurück zum Wohnhaus beorderte. Dort wurden die Geschwister, aber auch die Anstifterin, wegen ihres Leichtsinns, an einem so gefährlichen Ort zu spielen, von Frau Ertl heftig gerügt.

An einem sonnigen Herbsttag spielte Tina mit ihren neuen Freunden wieder im Hof des Anwesens. Zur Mittagszeit rief Frau Ertl ihre Kinder zu Tisch. Da sie wusste, dass ihre Mieterin nicht zuhause war, forderte sie auch Tina auf, mit hereinzukommen, um mit ihnen zu Mittag zu essen. Tina ließ sich nicht zweimal bitten und folgte den beiden Jungen freudig in die Ertl-Wohnung. Es gab Pellkartoffeln und rote Bete, und sie genoss es außerordentlich, endlich wieder etwas anderes als nur Milch in den Magen zu bekommen. Sie aß die gleich große Portion wie Max, worüber sich Frau Ertl sehr wunderte, da Tina in ihrer körperlichen Entwicklung altersentsprechend weit zurücklag. Doch der Verdacht, dem Kind werde von seiner Stiefmutter die notwendige Nahrung bewusst verweigert, um es langsam verhungern zu lassen, kam ihr trotzdem nicht in den Sinn, da in diesen Zeiten der oft schlechten Lebensmittelversorgung Unterernährung keine seltene Erscheinung war.

Auch waren Frau Ertl und ihren Kindern schon vor längerem die unnatürliche Verfärbung und beginnende Vernarbung an Tinas Händen aufgefallen. Ihnen hatte Tina ebenso wie den Großeltern von ihrer eigenen Ungeschicklichkeit erzählt und gleichzeitig versucht, ihre Hände schamhaft hinter ihrem Rücken zu verstecken.

Nachdem Tina ihren Teller leer gegessen hatte, hörte man, dass ihre Stiefmutter das Haus betrat und sich anschickte, die Treppe emporzusteigen. Frau Ertl ging in den Hausflur und rief ihr hinterher:

„Frau Engel, die Tina ist hier bei uns. Sie hat auch schon mit uns zu Mittag gegessen."

Fini drehte sich um und entgegnete ihrer Vermieterin unwirsch:

„Das wäre wirklich nicht nötig gewesen, Frau Ertl. Glauben Sie denn, meine Stieftochter kriegt bei mir nichts zu essen?"

Dann rief sie nach Tina, und forderte sie in barschem Ton auf, sofort mit ihr nach oben zu kommen. Tina verließ die Wohnung der Ertls und folgte ihrer Stiefmutter in Angst auf eine zu erwartende Strafe.

Verblüfft über die unfreundliche Reaktion ihrer Mieterin ging Frau Ertl kopfschüttelnd in ihre Wohnung zurück und nahm sich vor, Tina nicht wieder zum Essen einzuladen. Sie wollte künftig alles vermeiden, was zur Störung des Hausfriedens beitragen könnte. Aber ihr dämmerte langsam, dass der Umgang mit der neuen Mieterin und ihrer Stieftochter doch nicht so problemlos verlief, wie sie und ihr Mann es sich vorgestellt hatten.

Schon auf der Treppe verspürte Tina aufkommende Übelkeit. Oben in der Küche verstärkte sich das Gefühl zu einem heftigen Würgereiz, und sie schaffte es gerade noch rechtzeitig, sich über den in einer Ecke stehenden Eimer zu beugen. Dann erbrach sie nach und nach alles, was sie gerade bei Ertls gegessen hatte. Eine liebende Mutter hätte das Kind getröstet, ihm sicherlich den Kopf gestützt, um den unangenehmen Zwischenfall zu mildern. Stattdessen zischte die Stiefmutter voller Häme:

„Das kommt davon, wenn man bei anderen Leuten und nicht zuhause zu Mittag isst!"

Unendlich lange Minuten plagte sich das Kind, bis sich auch der letzte Rest des Mageninhaltes entleert hatte. Erschöpft von dem lang anhaltenden Vorgang wollte sich Tina nun auf einen Stuhl setzen, um auszuruhen, aber die Stiefmutter zwang sie, sich wieder vor den Eimer zu knien. Und mit den Worten „Wer nicht hören will, muss fühlen" drückte sie ihr einen Löffel in die Hand und befahl ihr, das Erbrochene aus dem Eimer zu essen. Schon die bloße Vorstellung, so etwas Widerliches tun zu müssen, rief bei Tina erneuten Würgereiz hervor, und wimmernd flehte sie ihre Stiefmutter an, ihr das zu ersparen. Doch wie bereits bei zurückliegenden Begebenheiten zeigte Fini auch hier kein Erbarmen. Sie packte das Kind mit der einen Hand am Nacken und riss ihm mit der anderen den Löffel aus der Hand. Dann tauchte sie ihn selbst in den Ekel erregenden Brei ein und stieß ihn dem Kind erbarmungslos in den Mund. Es war ihr einerlei, wenn sie damit bei ihm erneut hörbaren Würgereiz hervorrief. Sie tauchte ein und stieß, immer wieder. Mitleidslos führte sie diese grässliche Tortur fort, bis der Eimer schließlich leer war. Da das Haus sehr hellhörig war, bekamen Frau Ertl und die Kinder zwar mit, dass sich Tina erbrach. Aber ihnen blieb verborgen, was sich im Folgenden ereignete.

Mit dieser Gräueltat gab Fini ihre anfängliche Zurückhaltung auf und hatte keine Skrupel mehr, trotz Wohnortnähe der Familie ihres Mannes wieder ihr wahres Gesicht zu zeigen. Waren für Tina schon der ständige Hunger und die fieberhafte, doch oft vergebliche Suche nach etwas Essbarem eine unbeschreibliche Qual gewesen, so setzte Fini die auf Waldbruch begonnene Serie an Misshandlungen in der neuen Heimat noch intensiver fort.

Wieder sah Tina über Wochen und Monate, in denen sie der Willkür ihrer tyrannischen Stiefmutter ausgesetzt war, keinen Ausweg aus ihrem Martyrium. Ängstlich achtete sie darauf, ihrer Stiefmutter keinerlei Anlass zu bieten, auf sie wütend zu sein. Doch Fini fand immer einen Grund, ihr sowohl verbal als auch physisch übel mitzuspielen. Schon die minimale Abweichung einer von ihr mutwillig festgesetzten Norm hatte bei ihr beängstigende Wutausbrüche zur Folge, dessen Wucht das Kind unmittelbar zu spüren bekam.

Die Familie Ertl wurde in ihrer Wohnung nun häufig Zeuge dieser Wutanfälle und sie bekamen mit, dass das Kind gleichzeitig heftig attackiert wurde. Von Tina war in diesen Momenten nicht einmal ein leises Wimmern zu hören, da sie wegen weiterer Strafandrohungen nicht wagte, ihren Angst- und Schmerzäußerungen freien Lauf zu lassen.

Herr und Frau Ertl hatten zu diesem Zeitpunkt noch nicht den Mut, aktiv gegen die Misshandlungen einzuschreiten, da sie vom Jugendamt, an das sie sich inzwischen gewandt hatten, den nötigen Rückhalt vermissten. Sie befürchteten, dass es für das Kind eher nachteilig sei, wenn sie sich direkt einmischten. Das Ehepaar war inzwischen davon überzeugt, dass das Kind unter einer bewusst herbeigeführten Unterernährung litt, und die Verletzungen an seinen Händen von der Stiefmutter verschuldet waren.

Mit zunehmendem Terror, den ihre Mieterin an ihrem Stiefkind veranstaltete, wuchs auch der psychische Druck auf die Familie Ertl. Die Eheleute erwogen sogar, das Mietverhältnis zu kündigen, damit wieder Ruhe im Haus einkehrte. Aber schnell verwarfen sie den Gedanken wieder, weil sie befürchteten, dem Kind damit das Wenige an Schutz, das sie ihm bieten konnten, zu entziehen. Angesichts der auf den Eheleuten lastenden Sorge um das Schicksal des Kindes, erschien ihnen die physische und psychische Belastung, die sie durch die Pflege der alten und moribunden Vormieter über mehrere Jahre auf sich genommen hatten, im Nachhinein als Bagatelle.

Aus Verzweiflung über die Untätigkeit der Behörde erzählten die Ertls Nachbarn und anderen Bekannten von den schlimmen Vorkommnissen in ihrem Haus. Doch das änderte nichts an der bestehenden Situation. Meistens vermieden es die Leute, zu den Anschuldigungen konkret Stellung zu beziehen, oder Ertls bekamen die lapidare Antwort, dass eine gewisse Strenge noch keinem Kind geschadet habe.

Tinas Misshandlungen durch die Stiefmutter blieben auch den Ertl-Kindern nicht verborgen, und Max sah sich in seiner Annahme bestätigt, dass Stiefmütter nicht nur in den

Märchen böse sind. Er stellte sich vor, er sei ein Prinz, der nun gut auf seine Prinzessin aufpassen müsse, damit ihr die böse Stiefmutter nichts Schlimmes antun könne. Diese Gesinnung sollte Tina eines Tages das Leben retten.

Oft wartete Max geduldig, bis er Tina allein die Treppe herunterkommen hörte. Vom Küchenfenster aus beobachtete er, ob sie nur die im Hof befindliche Toilette aufsuchte, um gleich wieder nach oben zu gehen, oder ob sie sich anschickte, in den Schuppen zu gehen, um auf ihn zu warten. Die Gelegenheiten, das Haus zu verlassen, waren für Tina rar geworden; denn seit sie bei Ertls zu Mittag gegessen hatte, durfte sie nicht mehr so häufig wie früher allein außer Haus gehen.

Aber selbst hinter dem scheinbaren Entgegenkommen der Stiefmutter, dem Kind zu gestatten, nach draußen zu gehen, steckte offenbar eine hinterhältige Absicht, da das dünne Mäntelchen, das sie dem Kind anziehen ließ, wenig geeignet war, den kindlichen Körper ausreichend vor der inzwischen kalten Witterung zu schützen.

Tina wusste, dass sie immer nur ein paar Minuten allein im Schuppen ausharren musste, bis Max mit einiger Verzögerung aus der Wohnung seiner Eltern kam. Wenn Max schließlich mit einem Strahlen im Gesicht bei ihr auftauchte, war das für sie wie ein Glücksmoment. Der Schuppeneingang war von den Fenstern im Dachgeschoss aus nicht einsehbar. So konnte Max jedes Mal eine Kleinigkeit zum Essen mit in den Schuppen schmuggeln, ohne von Tinas Stiefmutter beobachtet zu werden. Wenn er dann seiner Prinzessin feierlich die mit Marmelade bestrichenen Brotscheiben überreichte, die ihm seine Mutter für sie mitgegeben hatte, hatte Tina das Gefühl, einen wertvollen Schatz geschenkt zu bekommen.

„Iss nur schön langsam, damit dir nicht wieder schlecht wird", ermahnte Max seine Prinzessin bei jedem neuerlichen Treffen und sah ihr zufrieden zu, wie sie das Brot genüsslich verspeiste. Für Tina war diese zusätzliche Nahrungszufuhr nicht nur sehr willkommen, sondern auch absolut lebensnotwendig, da sie allein mit der wenig nährstoffhaltigen Milch auf Dauer nicht hätte überleben können.

Die weiterhin sinkenden Temperaturen in den folgenden Wochen ließen bald keine regelmäßigen Treffen der beiden Kinder im Schuppen mehr zu. Frau Ertl holte daher das Kind, sooft es seiner habhaft werden konnte, heimlich in ihre Wohnung und gab ihm dort etwas zu essen. Sie war fest entschlossen, alles zu tun, um das Kind zumindest vor dem Verhungern zu bewahren, und hätte es inzwischen auch auf eine Konfrontation mit ihrer Mieterin ankommen lassen, falls Fini sie daran zu hindern versucht hätte. Während Tina die kleine Mahlzeit hinunterschlang, lauschte sie immerzu nach draußen, weil sie fürchtete, ihre Stiefmutter könnte sie bei ihrem verbotenen Tun erwischen. Bei jedem Geräusch im Treppenhaus, und sei es nur ein leichtes Knacken der Stufenbretter, zuckte sie ängstlich zusammen. Nach dem Imbiss huschte sie schnell wieder ins Treppenhaus und begab sich zurück in die Dachwohnung.

Seit   einiger Zeit wachte Tina des Öfteren in der Nacht auf und verspürte heftigen Drang, Wasser zu lassen. Die einzige Toilette für beide Parteien war das Plumpsklo, das im Schweinestall untergebracht war. Die Stiefmutter hatte für ihre nächtlichen Verrichtungen mit entsprechendem Nachtgeschirr vorgesorgt, das aber Tina nicht benutzen durfte. So musste sie, wenn sich bei ihr ein Bedürfnis regte, barfuß und nur mit einem dünnen Hemdchen bekleidet, nach unten gehen. Von der Haustüre aus führte ihr Weg ins Freie. Dort überquerte sie in Eiseskälte, und wenn Mond und Sterne gerade nicht für eine schwache Beleuchtung sorgten, oft in völliger Dunkelheit den Hof, und suchte den kalten Schweinestall auf, um das Klo zu benutzen.

Eines Nachts wachte Tina auf und stellte erschrocken fest, dass sie eingenässt hatte. Ursache dieses Missgeschicks könnte zum einen die ständige Unterkühlung gewesen sein, dem ihr kindlicher Körper fahrlässig ausgesetzt war, und zum anderen die häufigen, aus immerwährender Angst resultierenden Albträume, von der sie nachts heimgesucht wurde. Unheil fürchtend weckte sie die Stiefmutter, die neben ihr im Doppelbett schlief, und teilte ihr ängstlich mit, was ihr passiert war.

Dieses „Vergehen" wurde von der Stiefmutter zuerst lautstark dramatisiert, womit sie das darunter schlafende Ehepaar aus dem Schlaf riss. Ertls hörten Ausdrücke wie „du Schwein" oder „die größte Schweinerei die ich je erlebt habe", und sie rätselten, was sich wohl inmitten der Nacht über ihnen abspielte. Tina ahnte, dass es nicht nur bei heftigen Worten blieb, und wie erwartet, folgte Teil zwei der Strafe: Die Stiefmutter packte sie an den Haaren und schlug ihren Kopf, mit dem Kinn voraus, mit voller Wucht auf die Bettkannte. Aus einer klaffenden Wunde an Tinas Kinnspitze tropfte Blut auf den Fußboden, was erneut den Zorn der Stiefmutter hervorrief. Ärgerlich warf sie ihr einen schmutzigen Lappen zu, mit dem sie den Blutfluss stillen sollte. Der gleiche Lappen wurde dann von der Stiefmutter in Wasser getaucht, und Tina musste damit das auf den Boden getropfte Blut selbst aufwischen.

Frau Ertl ging zum zweiten Mal zum Jugendamt und prangerte an, dass das Kind weiterhin von seiner Stiefmutter regelmäßig misshandelt werde. Sie und ihr Mann könnten von ihrer Wohnung aus deutlich hören, dass in der darüber-liegenden Wohnung wahre Dramen abliefen. Auch trage das Kind nicht zu übersehende äußere Anzeichen von Gewalt.

Frau Ertl fuhr fort, dass Tina von ihrer Stiefmutter nur ein Minimum an Nahrung bekomme, dass sie verhungerte, wenn sie ihr nicht hin und wieder heimlich Essen zukommen ließe.

Beide Male wurde Frau Ertl von einer älteren Sachbearbeiterin um Geduld gebeten und vertröstet, sie werde sich schon bald um die Angelegenheit kümmern. Im Augenblick aber wisse sie vor Arbeit weder ein noch aus, da sie nicht nur die Sachbearbeiterin des Jugendamtes, sondern auch die einzige Vertreterin mehrerer vor dem Krieg zusammengelegter Abteilungen sei.

Es war der 24. Dezember 1943. Ein tiefer eiskalter Winter hatte im gesamten Rhön-Gebiet, in dessen Ausläufern auch die Kreisstadt und die umliegenden Dörfer liegen, Einzug gehalten. Bei einem Zusammentreffen im Hausflur erzählte Max seiner Freundin, dass heute Abend das Christkind komme, und flüsternd fügte er hinzu, dass er durchs Schlüsselloch geschaut und seine Mutter dabei beobachtet habe, wie sie den Christbaum schmückte.

„Und uns hat sie immer erzählt, dass das Christkind den Baum schmückt", beendete er entrüstet seinen Bericht.

Tina wäre es völlig gleichgültig gewesen, wer in ihrer Wohnung den Baum schmückte, wenn dort nur der Hauch einer feierlichen Stimmung zu spüren gewesen wäre. So war für sie Heilig Abend ein Tag wie jeder andere, geprägt von immerwährender Angst und quälendem Hunger.

Schemenhaft erinnerte sie sich nach dem Gespräch mit Max an den glänzenden, mit bunten Kugeln behangenen Christbaum, der letztes Jahr an Weihnachten in der Münchner Wohnung gestanden hatte. Und sie entsann sich auch, dass unter dem Baum Geschenke lagen. Damals war ihre Welt noch in Ordnung und ihre Kindheit glücklich und unbeschwert gewesen. Das galt auch für die kurze Zeit, in der sie sich bei den Großeltern und Tante Marie in Esting aufgehalten hatte. Wenn Erinnerungen an diese schönen Kindheitsabschnitte in ihr wach wurden, wusste sie oftmals nicht, ob sie das alles nur in einem wunderschönen Traum durchlebt hatte, oder ob es wirklich eine Zeit gegeben hatte, in der sie ein glückliches Kind sein durfte, frei von Angst, Bedrohung und Hunger.

Seit dem folgenschweren nächtlichen Missgeschick schlief Tina aus Angst vor erneutem Einnässen noch unruhiger als zuvor. Sie musste auch in dieser Nacht wieder zur Toilette gehen. Wie gewohnt, stieg sie barfuß und nur mit ihrem dünnen Nachthemdchen bekleidet, die Stufen des Treppenhauses hinab. Sie öffnete die Haustür und überquerte in der winterlichen Kälte auf dem gefrorenen Boden die paar Meter, die zwischen Haus und Schweinestall lagen, ging schließlich in den Stall und suchte dort die Toilette auf. Wie immer grunzten die Schweine vorwurfsvoll, da sie sich offenbar in ihrer Nachtruhe gestört fühlten.

Wenig später hörte sie jemanden über den Hof kommen, die Stalltür wurde geöffnet und Schritte näherten sich der Toilettentür. Tina dachte, es sei jemand von der Ertl-Familie, und machte sich bemerkbar. Die Tür zum Häuschen wurde aufgerissen und Tina wusste trotz der Dunkelheit sofort, dass ihre Stiefmutter vor ihr stand. Wortlos packte Fini ihre Stieftochter, riss sie von ihrem Sitz und trug sie zum steinernen Schweinetrog. Weiterhin ohne ein Wort zu verlieren bückte sie sich hinunter und presste das Kind mit dem Rücken voran in den zu Eis erstarrten Inhalt des Trogs. Tina hörte, wie unter ihr die Eisplatten barsten, und sie spürte, wie dessen scharfe Kanten durch ihr dünnes Hemd in die Haut drangen. Schließlich verließ die Stiefmutter den Raum, und Tina hörte, wie sie zurück ins Haus ging.

Gefangen zwischen den scharfkantigen Stücken des geborstenen Eises war Tina unfähig, sich selbst zu befreien.

Sie setzte an, sich lautstark bemerkbar zu machen. Doch eine entsetzliche Angst vor der Rückkehr der Stiefmutter und einer damit verbundenen weiteren Züchtigung erstickte ihren Hilferuf in der Kehle. Obwohl sie furchtbar fror, realisierte sie nicht, dass sie in kürzester Zeit den Erfrierungstod erlitt, falls sich ihre Situation nicht umgehend änderte. Leise weinend, weniger vor Schmerz, als vor der ausweglos erscheinenden Lage, steckte sie, bar jeglicher Hoffnung auf Rettung, im Schweinetrog fest.

Die Eheleute Ertl waren am Heiligen Abend später als sonst zu Bett gegangen und schliefen noch nicht lange. Frau Ertl erwachte, als die Wohnungstür im Dachgeschoss in ihren Angeln quietschte. Am leichtfüßigen Tapsen auf den Treppenstufen registrierte sie, dass Tina auf dem Weg zur Toilette war. Wenig später wurde die Tür der oberen Wohnung erneut geöffnet, und sie hörte ihre Mieterin leise die Stufen herabsteigen. Das kam ihr seltsam vor, da Tinas Stiefmutter sonst nie in der Nacht zur Toilette ging. Nichts Gutes ahnend, weckte sie ihren Mann. Nach einer Weile hörten sie beide, wie ihre Mieterin ohne das Kind in das Haus zurückkehrte und in ihrer Wohnung verschwand.

„Da stimmt etwas nicht," sagte Frau Ertl zu ihrem Mann gewandt, „ich geh' lieber mal im Stall nachsehen."

Schnell kleidete sie sich notdürftig an und eilte in den Schweinestall. Dort fand sie das wimmernde Kind, eingeklemmt zwischen den geborstenen Eisplatten, im Schweinetrog vor. Für Frau Ertl bestand kein Zweifel, dass sich das Kind nicht selbst in diese Lage gebracht haben konnte, sondern es sich hierbei um eine weitere barbarische Tat seiner Stiefmutter handelte. Sie befreite Tina aus ihrer misslichen Lage und trug sie in ihre Wohnung.

In der Küche stellte das Ehepaar fest, dass Tinas Nachthemd auf der Rückseite blutverschmiert war. Frau Ertl zog ihr das Hemd aus und sah, dass der Rücken von zahlreichen blutenden Schnittwunden übersät war.

„Diesem Ungeheuer gehört endlich das Handwerk gelegt", presste Herr Ertl zwischen den Zähnen hervor, so leise, dass es Tina nicht hören konnte.

Wichtiger als die sofortige Versorgung der Wunden erschien den beiden, das vor Kälte zitternde und stark unterkühlte Kind möglichst schnell wieder aufzuwärmen. Frau Ertl legte Tina daher vorerst ein frisches Handtuch über den wunden Rücken, wickelte ihren kleinen Körper in mehrere Decken ein und legte sie auf die Bank am Esstisch. Gleichzeitig entfachte ihr Mann das Herdfeuer neu, um die Umgebungstemperatur anzuheben und seiner Frau zu ermöglichen, Tee zu kochen. Als der Tee fertig war, flößte Frau Ertl dem Kind vorsichtig das heiße Getränk ein, und Tina spürte nach jedem Schluck eine wohltuende Wärme in sich aufsteigen.

Als Frau Ertl sicher war, dass Tina ausreichend aufge-wärmt war, besah sie sich den verletzten Rücken erneut. Die Blutungen waren glücklicherweise zum Stehen gekommen, und sie stellte befriedigt fest, dass die Hautverletzungen nur oberflächlicher Natur waren. Jetzt konnte sie darangehen, die Wunden zu desinfizieren. Wegen ihrer beiden Buben, die häufig mit malträtierten Knien oder Ellbogen nach Hause kamen, hatte sie immer ein Jodfläschchen im Küchenschrank stehen. Sie bereitete Tina auf die schmerz-hafte Prozedur vor, indem sie ihr erklärte, sie müsse ihr jetzt Wundertropfen auf ihre verletzte Haut träufeln, um sie von kleinen bösen Tierchen zu befreien, und fügte hinzu, dass diese Wundertropfen brennen müssten, um die Tierchen zu vertreiben. Zum Erstaunen des Ehepaares ließ Tina die Wundbehandlung ohne Wehklagen über sich ergehen.

Nach kurzer Beratschlagung mit ihrem Ehemann bereitete Frau Ertl für Tina auf dem Sofa in der Wohnküche ein Nachtlager. Beide gingen davon aus, dass ihre Mieterin das

Kind in dieser Nacht nicht vermisste, und Tina war froh und dankbar, vorübergehend außer Reichweite der Stiefmutter zu sein. In dieser Zeit musste sie wenigstens nicht befürchten, von ihr erneut attackiert zu werden. Aber als sie eingeschlafen war, litt sie wieder unter schlimmen Traumerlebnissen.

Am nächsten Morgen, es war der erste Weihnachtsfeiertag, war Frau Ertl vor ihrer Familie aufgestanden, um in der Küche Feuer zu machen und den Frühstückstisch zu decken. Tina schlief noch tief und fest, daher verrichtete sie ihre Arbeit leise, um das Kind nicht zu wecken. Gegen 8.00 Uhr hörte sie Tinas Stiefmutter die Treppe herunterkommen und vor das Haus treten. Mit einem Blick aus dem Küchenfenster gewahrte sie im schwachen Morgenlicht, dass ihre Mieterin den Stall bzw. die Toilette aufsuchte. Frau Ertl war nun gespannt, wie sie sich in den nächsten Minuten verhielt. Erwartete sie das Vorfinden ihres toten Stiefkindes im Schweinetrog oder hatte sie die nächtliche Rettungsaktion mitbekommen? Wenig später klopfte es an der Wohnungstür und Frau Ertl öffnete sie nur einen Spalt breit. Sie wollte unter allen Umständen verhindern, dass diese Frau ihre Wohnung betrat.

„Ist die Tina bei Ihnen?", fragte Fini freundlich. In ihrer Frage lag keine Spur von Besorgnis, wie man es von einer Mutter hätte erwarten dürfen, deren Kind in der Nacht abhandengekommen ist.

„Ja, sie ist hier. Aber sie schläft noch."

Während Frau Ertl antwortete, fixierte sie ihr Gegenüber. Keine Veränderung in Finis Gesichtszügen verriet, was in ihr wirklich vorging.

„Da bin ich aber beruhigt", fuhr Fini fort.

„Ich habe mir schon Sorgen gemacht. Als ich aufgewacht bin, war das Bett neben mir leer, und auf dem Klo war Tina auch nicht."

In diesem Augenblick kam Günther Ertl, nur mit einem Nachthemd bekleidet, aus dem Schlafzimmer gestürmt. Mit entschlossenem Gesichtsausdruck schob er seine Frau beiseite, riss die Tür auf, drängte Fini weiter in den Hausflur und schloss die Wohnungstür von außen. Sein Gesicht war wutverzerrt, als er lospolterte:

„Sie halten uns wohl für sehr dumm, Frau Engel. Glauben Sie, wir hätten nicht mitbekommen, dass Sie das hilflose Kind heute Nacht im Schweinetrog elend umkommen lassen wollten. Wenn meine Frau es dort nicht herausgeholt hätte, wäre es jetzt tot, und Sie wären eine Mörderin! In meinen Augen sind Sie kein Mensch, Frau Engel, sondern ein Ungeheuer, das weggesperrt gehört. Ich warne Sie, wenn Sie noch einmal versuchen sollten, dem Kind auch nur ein Haar zu krümmen, werde ich Sie eigenhändig aus dem Haus werfen. Dann können Sie meinetwegen im Schweinestall übernachten."

Fini hatte die verbale Attacke ihres Vermieters völlig unvorbereitet getroffen. Kreidebleich drehte sie sich um und ging wortlos zurück in ihre Wohnung. Frau Ertl, die hinter der geschlossenen Tür alles mit angehört hatte, war äußerst überrascht über die ihr bis dahin unbekannte Impulsivität ihres Mannes. Noch nie hatte sie ihn so wütend erlebt. Sie öffnete ihm die Tür, sah, dass er vor Erregung zitterte und nahm ihn in die Arme, um ihn zu beruhigen. Im Stillen war sie sehr stolz auf ihn.

Tina war vom Lärm im Hausflur aufgewacht. Sie hörte, wie Herr Ertl laut schimpfte, wusste aber nicht, was dies zu bedeuten hatte. Da sie gewohnt war, von ihrer Stiefmutter ständig gerügt zu werden, glaubte sie, auch jetzt Ursache der lauten Unmutsäußerung zu sein. Als Frau Ertl zurück in die Küche kam, fragte sie zaghaft:

„Hat der Onkel Günther wegen mir geschimpft?"

„Nein, Onkel Günther hat nicht wegen dir geschimpft",

tröstete sie das Kind, und fuhr fort: „Wegen dir muss man doch nicht schimpfen, du bist doch so ein liebes und braves Mädchen."

Frau Ertl besah sich noch einmal die Wunden auf Tinas Rücken und war mit dem Ergebnis ihrer nächtlichen Behandlung zufrieden. Nur Tinas Hemd war verständlicherweise mit vielen Jod- und Blutflecken versehen. So wollte sie das Kind auf keinen Fall zu seiner Stiefmutter zurückschicken. Sie vereinbarte daher mit ihrem Mann, Tina mindestens noch bis zum nächsten Tag hier zu behalten. Während sie ihr das Hemd auszog, ihr das Gesicht und den Rücken wusch, sagte sie ihr, dass sie noch eine weitere Nacht bei ihnen schlafen dürfe, und Tina war überglücklich. Frau Ertl brachte ihr ein paar Kleidungsstücken von Max, die ihr jedoch viel zu groß waren. Tina zog sich alleine an, und Frau Ertl wickelte Hemd und Hose soweit hoch, dass sie sich darin uneingeschränkt bewegen konnte. Wenig später saß die ganze Familie zusammen mit ihrem Gast am Frühstückstisch und die Ertl-Kinder wunderten sich über Tinas Anwesenheit. Angesichts Tinas Ersatzkleidung kam ihnen Mutters Erklärung: „weil heute Weihnachten ist", etwas seltsam vor. Sie gaben sich aber letztlich damit zufrieden und freuten sich, dass Tina bei ihnen war. Zum Frühstück gab es Weihnachtskuchen, den Frau Ertl tags zuvor gebacken hatte, die Erwachsenen tranken Kaffee und die Kinder bekamen eine Tasse Milch.

Am Abend wurden im Wohnzimmer die Kerzen des Weihnachtsbaumes angezündet. Für die Ertl-Kinder war es nach dem Heiligen Abend das zweite Mal, dass der Lichterbaum brannte. Als Tina mit der Familie davorstand und die anderen „Stille Nacht, heilige Nacht" und das Lied vom Tannenbaum sangen, fühlte sich Tina in die Münchner Wohnung zurückversetzt, wie sie dort Weihnachten mit ihrer Mutter gefeiert hatte. Noch bis zum nächsten Abend genoss sie es, nicht bei ihrer Stiefmutter sein zu müssen.

Gleich am ersten Werktag nach den Weihnachtsfeiertagen begab sich Frau Ertl erneut ins Landratsamt, und unterrichtete die Sachbearbeiterin des Jugendamtes über die weitere Eskalation in ihrem Hause.

„Die Kindesmisshandlung durch Frau Engel hat am Heiligen Abend eine neue Qualität erreicht. Das Kind wäre im Schweinetrog erfroren, wenn ich es nicht davor bewahrt hätte", schloss Frau Ertl ihre Ausführungen. Und sie fügte flehend hinzu:

„Bitte tun sie endlich etwas, sonst wird das Kind die Misshandlungen eines Tages nicht überleben. Sie können von uns nicht verlangen, dass wir Tag und Nacht auf der Lauer liegen, um von dem Kind weiteres Unheil abzuwenden. Es ist *Ihre* Aufgabe, endlich Abhilfe zu schaffen!"

Die Sachbearbeiterin versuchte Frau Ertl zu beruhigen:

„Wir haben ja schon unsere Fühler nach einer Pflegestelle für das Kind ausgestreckt. Es ist nur eine Frage der Zeit, bis wir geeignete Pflegeeltern gefunden haben."

Frau Ertl ließ in ihrem Drängen nicht locker:

„Frau Engel hat durch das mutige Vorgehen meines Mannes sicher einen Schuss vor den Bug erhalten, der sie in Zukunft hoffentlich vor weiteren Übergriffen auf das Kind abhält. Aber garantieren kann ich das nicht, da die Frau unberechenbar zu sein scheint. Wenn Sie verhindern wollen, dass das Kind eines Tages tot ist, bitte ich Sie inständig, ihre Anstrengungen zu verstärken, um es dort endlich herauszuholen. Mein Mann und ich sind davon überzeugt, dass es in jedem Heim besser aufgehoben wäre, als bei seiner Stiefmutter. Hätten wir keine eigenen Kinder, würden wir Tina bei uns aufnehmen. Aber es ist für uns in diesen Zeiten der Lebensmittelknappheit unmöglich, auf Dauer drei Kinder zu ernähren."

Tina erlebte tatsächlich einen längeren Zeitraum, in der

sich ihre Stiefmutter sehr zurückhielt, ihr körperliches Leid zuzufügen. Doch die Stimmung in der gemeinsamen Wohnung war alles andere als harmonisch. Die Stiefmutter fand weiterhin Gründe, um an ihr ständig etwas auszusetzen. Auch änderte sich nichts an Tinas Mangelernährung, und nach wie vor war sie auf ein Zubrot durch die Familie Ertl angewiesen.

Im Juli 1944 konnte sich Fini wieder einmal nicht beherrschen und ließ ihre Wut an ihrer Stieftochter aus. Frau Ertl sah von ihrem Küchenfenster aus, dass sich Tina zusammen mit ihrer Stiefmutter im Hof vor dem Haus aufhielt, und Fini schien, wie so oft, in furchtbar schlechter Stimmung zu sein. Frau Ertl hörte sie durch das geschlossene Fenster keifen, konnte aber ihre Worte nicht verstehen. Dann plötzlich musste sie mit ansehen, wie ihre Mieterin das Kind am Haarschopf packte und seinen Kopf mehrmals gegen die Wand des Schuppens schlug. Von Entsetzen getrieben eilte sie nach draußen, um der Frau Einhalt zu gebieten.

„Frau Engel, hören sie sofort auf, dem Kind weh zu tun," rief sie erregt. „Warum tun sie so etwas?"

Fini ließ von ihrer Stieftochter ab, drehte sich um und strafte Frau Ertl mit einem vorwurfsvollen Blick, wie um ihr zu signalisieren, dass sie sich hier nicht einzumischen habe. Als Frau Ertl dem Blick ihres Gegenübers standhielt, ließ sich Fini herab und versuchte ihr Tun als das Selbstverständlichste in der Welt darzustellen:

„Ich hab' schon seit längerem nichts mehr von ihrem Alten gehört", begann sie aufgebracht. Dabei deutete sie auf Tina.

„Der hurt sicher irgendwo in der Weltgeschichte herum, und *ich* muss seinen Bankert großziehen".

Frau Ertl war inzwischen einiges von ihrer Mieterin gewohnt, aber diese dreiste Rechtfertigung für deren brutales Vorgehen an ihrer Stieftochter machte sie sprachlos. Wie Tina später vermutete, dürfte die Ursache für diese hässliche Szene darauf zurückzuführen sein, dass ihre Stiefmutter seit einiger Zeit keine Feldpost mehr von ihrem Mann erhalten hatte. Es war bezeichnend für Finis Charakter, dass sie das plötzliche Fehlen eines Lebenszeichens ihres Ehegatten offenbar anderes interpretierte, als eine Ehefrau, die sich um das Schicksal ihres im Krieg befindlichen Mannes sorgt.

Tina kann sich schwach daran erinnern, dass ihre Stiefmutter sowohl auf Waldbruch, als auch in B. regelmäßig Briefe erhalten hatte. Nie hatte sie ihr gegenüber erwähnt, dass sie von ihrem Vater seien, geschweige denn, dass sie ihr jemals etwas daraus vorgelesen hätte, wie sie es von ihrer Mutter gewohnt war.

Des Dramas letzter Akt erfolgte Mitte November 1944, als Max seinen großen Auftritt hatte und Tina dabei das Leben rettete. Es war später Nachmittag, und die Abenddämmerung machte sich schon deutlich bemerkbar. Tina weiß nicht mehr, was ihre Stiefmutter damals veranlasste, sie ganz plötzlich grob am Handgelenk zu packen, und sie erst aus der Wohnung und schließlich aus dem Haus zerrte. Ihre Stieftochter weiter hinter sich herziehend schritt Fini mit ihr über den Hof, überquerte die dahinterliegende Wiese und strebte dem nahegelegenen Bahndamm zu.

Als Max hörte, dass Tina mit ihrer Stiefmutter das Haus verließ, ging er ans Küchenfenster und blickte hinaus, um nachzusehen, was die beiden vorhatten. Er registrierte, dass Tina trotz der Kälte keinen Mantel anhatte, sondern nur ihre Schürze über dem Kleid trug. Die beiden mit seinen Blicken weiter verfolgend beobachtete er, dass Tina ihrer Stiefmutter nicht freiwillig folgte, sondern von ihr regelrecht in

Richtung Bahndamm geschleppt wurde. Wenig später wurde er Zeuge, wie Frau Engel Tina die Böschung des Damms hinaufzog. Dann verlor er sie beide aus den Augen, da ihm Bäume und Buschwerk die Sicht versperrten.

Tina ließ alles mit sich geschehen, obwohl sie ahnte, dass ihre Stiefmutter nahe am Bahngleis nichts Gutes im Sinn hatte. Nach all der erlittenen Pein war sie inzwischen so eingeschüchtert, dass sie, ähnlich einem Beutetier beim Anblick einer Schlange, in eine Art Schockstarre verfiel, die sie daran hinderte, sich zu wehren, oder um Hilfe zu rufen, oder gar den Versuch zu unternehmen, sich vor der drohenden Gefahr in Sicherheit zu bringen. Sie ergab sich einfach ihrem Schicksal. Dieser Zustand dauerte auch noch an, als sich die Stiefmutter bereits wieder entfernt hatte.

Max wusste zwar nicht, was sich dort drüben abspielte, aber er fühlte, dass sich seine Prinzessin in höchster Gefahr befand. Schnell lief er in den Stall, wo sein Vater die Schweine fütterte, und berichtete ihm aufgeregt, was er gerade beobachtet hatte. Einen Augenblick lang sah Herr Ertl seinen Sohn ungläubig an. Dann aber warf er die Handschaufel beiseite, mit der er gerade das Schweinefutter in den Trog gefüllt hatte, drehte sich wortlos um und verließ überstürzt den Stall. Im Freien rannte er in Richtung des Bahndamms. Noch über die Wiese eilend, sah er circa zweihundert Schritte vor sich, wie seine Mieterin gerade den Hang allein herunterkam. Als sie mit ihm auf gleicher Höhe war, schrie er sie an, ohne anzuhalten:

„Wo ist das Kind?"

Sie schaute ihn zwar erschrocken an, setzte aber ihren Weg fort, ohne zu antworten. Günther Ertl rannte in großen Sprüngen weiter und erreichte endlich den Bahndamm. Er sah Tina oben in Gleisnähe der einspurigen Bahnstrecke kauern und hastete die Böschung hinauf. Völlig außer Atem erreichte er das Kind, das dicht neben dem Gleiskörper kniete. Die Stiefmutter hatte es dort mit seinen eigenen Schürzenbändern festgebunden, und ein vorbeirauschender Zug hätte es in dieser Position in Stücke gerissen. Günther Ertls Hände zitterten, als er die Knoten an den Bändern löste. Das Kind wäre dazu nicht in der Lage gewesen, so sehr waren die Stoffteile miteinander verknüpft. Erschöpft aber glücklich brachte er das Kind weg vom Bahngleis in Sicherheit. Mit Tina auf dem Arm hatte Günther Ertl gerade sein Grundstück erreicht, als aus der Ferne das Pfeifsignal des Personenzugs ertönte, der, wie jeden Werktag um diese Zeit, den Bahnhof in der Kreisstadt bereits verlassen hatte und in wenigen Augenblicken drüben am Bahndamm vorbeikommen musste.

Er informierte kurz seine Frau über den aktuellen Vorfall und übergab ihr das Kind. Dann ging er hinauf an die Wohnungstür der Mieterin. Er wollte unter allen Umständen vermeiden, dieser „Hexe," wie er Fini in Gegenwart seiner Frau nannte, gegenüberzutreten, da er nicht garantieren konnte, seine Gefühle unter Kontrolle zu behalten. Ruhig und ohne seine Stimme zu erheben, sprach er seine Mieterin durch die geschlossene Wohnungstür an:

„Frau Engel, ich fordere Sie dringend auf, Tinas gesamte Kleidung vor die Tür zu legen. Meine Frau holt sie in einer viertel Stunde ab. Wir werden dafür sorgen, dass das Kind ab sofort von ihren Übergriffen verschont bleibt. Es wird bei uns bleiben, bis das Jugendamt geeignete Pflegeeltern gefunden hat."

Nach einer kurzen Pause fuhr er fort:

„Und Sie, Frau Engel, sollten sich schnellstmöglich nach einer anderen Bleibe umsehen! Einen Menschen, der sich so grausam an einem Kind vergreift, können und wollen meine Frau und ich nicht länger unter unserem Dach dulden. Das Jugendamt wird von mir einen ausführlichen Bericht über alle ihre Missetaten erhalten. Ich hoffe, dass Sie für alles, was sie dem armen Kind angetan haben, ihre gerechte Strafen bekommen."

Fini wagte nicht, gegen Herrn Ertls Anordnung zu verstoßen und legte, wie ihr geheißen, Tinas Kleidung vor ihre Tür. Da es offenbar sehr schwierig für sie war, eine neue Wohnung zu finden, und das Ehepaar Ertl sie nicht einfach vor die Tür setzen konnte, blieb sie zum Leidwesen des Ehepaares noch mehrere Monate bei ihnen wohnen.

Tina versuchte in späteren Jahren zu ergründen, warum ihre Stiefmutter sie so niederträchtig behandelt hatte. Auch beschäftigte sie die Frage, was Fini im September 1943 bewogen haben mochte, das Allgäu zu verlassen, um mit ihr in Franken, der Heimat ihres Vaters, ein neues Quartier zu suchen:

‚Analysiert man Finis Verhalten, dann liegt der Schluss nahe, dass sie mit der Heirat meines Vaters nur ihre finanzielle Absicherung im Auge hatte. Die damit verbundene Auflage, mich groß zu ziehen, hatte von Anfang an keinen Platz in ihrer Lebensplanung. So musste sie einen Weg finden, sich dieser lästigen Verpflichtung zu entledigen.

An die Großeltern in Esting konnte sie mich nicht zurückgeben. Sie musste befürchten, dass mein Vater diesen Schritt nicht toleriert und ihn vielleicht sogar zur Ehescheidung veranlasst hätte. Um mich loszuwerden, gleichzeitig aber ihren Unterhalt nicht zu verlieren, gab es für Fini daher nur zwei Optionen: Sie musste entweder durch stetige Unterernährung meinen „natürlichen Tod" herbeizuführen, oder dafür sorgen, dass ich „durch einen tragischen Unfall" ums Leben kam. Da ihr offenbar die erste Variante oft zu lange dauerte, griff sie immer wieder zu noch drastischeren Mitteln.

Aber woher rührte Finis Geringschätzung eines Menschenlebens? Eine Erklärung könnte sich aus ihrem berufsbedingten Aufenthalt im Konzentrationslager Dachau ergeben. War ihr dort als Zeugin der an Insassen verübten Grausamkeiten jegliches Mitgefühl abhandengekommen, was sie befähigte, mir ohne Gewissensnöte ständig nach dem Leben zu trachten? Oder war ihr Verhalten ganz einfach in der menschenverachtenden Grundhaltung ihrer Familie zu suchen? Denn diese Gesinnung musste auf Waldbruch vorgeherrscht haben, sonst wären Finis skrupellose Taten an mir weder von ihren Eltern, noch von ihrer Schwester toleriert worden, wie es bedauerlicherweise der Fall war.

Ausschlaggebend für das Verlassen des Hofes im Allgäu war sicherlich Kathis Anteilnahme an meinem Schicksal und Finis Unsicherheit, inwieweit die Müllerin über mein Martyrium unterrichtet war. Sie und die Familie hatten vermutlich Angst, von Kathi wegen Kindesmisshandlung angezeigt zu werden. Die Aufforderung, mich außer Reichweite zu bringen, dürfte von Finis Mutter ausgegangen sein, da sie das alleinige Sagen auf dem Hof hatte. Vor der Abreise unterband man alle weiteren Kontakte mit den Mühlenbewohnern, damit ich nicht noch in letzter Minute etwas ausplaudern konnte.

Wegen der zunehmenden Luftangriffe auf München kam für meine Stiefmutter sicher nicht in Betracht, mit mir in die Münchner Wohnung zurückzukehren. Da sich aber während der Kriegswirren eine Wohnungssuche in einer fremden Region äußerst schwierig gestaltet hätte, hoffte sie vermutlich, unter Berufung auf die Familie meines Vaters, in deren Wohnortnähe eine geeignete Unterkunft zu finden, was ihr schließlich auch gelang.'

Leider ist Kindesmisshandlung heute noch immer Thema in den Medien. Wenn Tina durch Berichterstattung mit dem unvorstellbaren Leid konfrontiert wird, das selbst leibliche

Eltern imstande sind, ihren Kindern zuzufügen, ist sie stets erschüttert und tief bewegt. Die schreckliche Erfahrung, selbst durch eine ähnliche Hölle gegangen zu sein, befähigt sie wie kaum jemanden anderen, sich mit diesen kleinen geschundenen Seelen zu identifizieren. Nach dem Gehörten fällt es ihr jedes Mal schwer, sofort wieder zur Tagesordnung überzugehen.

Siebentes Kapitel

Es dauerte noch circa eine Woche, bis das Jugendamt die Verhandlungen mit Tinas künftiger Pflegefamilie erfolgreich abgeschlossen hatte. Doch Tina wurde die Zeit nicht zu lang. Sie war ja nun vor ihrer Stiefmutter in Sicherheit und musste auch nicht mehr hungern.

Eines Morgens klopfte eine Frau mittleren Alters bei Frau Ertl an und stellte sich ihr als Tinas künftige Pflegemutter vor. Nach Vorlage eines vom Jugendamt ausgestellten Berechtigungsnachweises wurde sie von Frau Ertl hereingebeten, und Tina stand zum ersten Mal der Frau gegenüber, bei der sie einen Großteil ihres künftigen Lebens verbringen sollte. Tina wäre auch gern bei der Familie Ertl geblieben, allein schon wegen Max, den sie voll in ihr Herz geschlossen hatte. Frau Ertl hatte sie jedoch, unmittelbar nachdem sie und ihr Mann sie von der Stiefmutter getrennt hatten, vorsichtig darauf vorbereitet, dass sie in den kommenden Tagen oder Wochen von einer Pflegefamilie aufgenommen werde. Das ging aus einer Information hervor, die Ertls inzwischen vom Jugendamt erhalten hatten. Dennoch war Tina sehr traurig, als es jetzt Abschied nehmen hieß.

Die Suche nach einer Pflegefamilie hatte sich im Jugendamt sehr schwierig gestaltet, da wegen der zunehmenden Lebensmittelknappheit in den Kriegsjahren jede Familie froh war, wenn sie ihre eigenen Angehörigen satt bekam. Das Jugendamt hatte auch bei Tinas Verwandten in der Kreisstadt wegen einer Aufnahme angefragt, was Tina erst viele Jahre später erfuhr.

Im Amt war man irgendwann auf die alten Unterlagen des Ehepaares Langguth aus dem Dorf S. in der Rhön, gestoßen, womit es sich 1940 um eine Pflegschaft bemüht hatte. Man nahm Kontakt mit Babette Langguth auf, die jedoch seit 1942 verwitwet war. Nach einer Woche Bedenkzeit und Absprache mit ihrer Mutter, die mit ihr im gleichen Haus lebte, erklärte sich Frau Langguth schließlich bereit, Tina in Pflege zu nehmen.

Babette Langguth war achtundvierzig Jahre alt, als Tina von ihr aufgenommen wurde. Sie bekam keine Witwenrente, da ihr verstorbener Ehemann wegen ständiger Auslandsaufenthalte nie Beiträge in die deutsche Rentenversicherung eingezahlt hatte. Auch ein eigenes Einkommen hatte sie nicht, außer vielleicht ein geringes Entgelt nach Übernahme der Pflegschaft. Finanziell war sie nahezu vollständig auf ihre 77-jährige Mutter angewiesen, die eine Pension durch ihren verstorbenen Ehemann erhielt, der lange Jahre als Dorfpolizist im Ort tätig gewesen war. Babettes Mutter war wegen ihres schweren Diabetes und mehrerer daraus resultierender Begleiterkrankungen auf die Pflege ihrer Tochter angewiesen. Daher hatte sie Babette als Pflegerin angestellt, für die sie auch Sozialbeiträge entrichtete.

Tinas Pflegschaft wurde einem Vormund unterstellt, der ein Geschäftsmann aus der Kreisstadt war. Doch in all den Jahren sah und hörte Tina nie etwas von diesem Vormund. Das lag vermutlich daran, dass der Mann dieses Amt nicht freiwillig innehatte und froh war, wenn er mit der Angelegenheit nicht behelligt wurde. Aber es gab auch Situationen in Tinas Leben, in denen der Vormund durch seine Einflussnahme beträchtliche Vorteile für sein Mündel hätte erwirken können.

Tina sind viele Einzelheiten des Tages dieser ersten Begegnung noch in guter Erinnerung. Zuerst musste sie sich im Kreiskrankenhaus zum Ausschluss ansteckender Krankheiten untersuchen lassen. Die lagen zum Glück nicht vor, dafür wurde bei ihr, wie nicht anders zu erwarten war, eine extreme Unterernährung festgestellt. Sie brachte mit über viereinhalb Jahren gerade einmal vierundzwanzig Pfund auf die Waage, ein Grund für das Krankenhauspersonal, ihr in der Krankenhausküche eine kräftige Mahlzeit zuzubereiten. Nach Untersuchung und Einnahme der Mahlzeit ging Tina an der Hand ihrer Pflegemutter auf den Marktplatz der Stadt, um dort zwei Geschäfte aufzusuchen. In einem Schuhgeschäft beabsichtigte Babette, Tina ein Paar neue Schuhe zu kaufen. Der Inhaber, der von Tinas traurigem Schicksal gehört hatte, bestand darauf, ihr die Schuhe zum Geschenk machen zu dürfen.

Im einem Schmuckgeschäft, gleich in der Nähe, hatte die Pflegemutter für Tina ein Paar Ohrringe zurücklegen lassen. Um sie auch tragen zu können, sollten erst noch Ohrlöcher von der Krankenschwester in ihrem künftigen Heimatort gestochen werden. Als Tina die Ohrringe näher betrachtete, erkannte sie oben ein Kreuz, ganz unten einen Anker und dazwischen ein Herz, in das ein leuchtend blauer Stein eingefasst war. Wie Tina von der sehr vom christlichen Glauben geprägten Pflegemutter erfuhr, symbolisierten die einzelnen Objekte die drei göttlichen Tugenden: Das Kreuz stehe für den Glauben, der Anker für die Hoffnung und das Herz für die Liebe.

Im Augenblick aber waren es für Tina nur wunderschöne Ohrringe, und sie war außer sich vor Freude über dieses schöne Geschenk. Als sich die Pflegemutter zum Zahlen anschickte, winkte der Juwelier ab, und gab überraschenderweise zu verstehen, dass dies sein Einstiegsgeschenk für Tinas neues Leben sei.

Anschließend fuhren sie mit dem Bus von der Kreisstadt nach S. Von der Bushaltestelle in der Mitte des Dorfes bis zu Tinas neuem Zuhause waren es nur wenige Meter. Das alte Einfamilienhaus war direkt an der Ortsstraße gelegen. Es bestand aus Erd- und Dachgeschoss und war von einem

Obst- und Gemüsegarten umgeben.

Als sie das Haus betraten, wurde Tina von ihrer neuen Großmutter schon erwartet und herzlich willkommen geheißen. Ein weiteres Familienmitglied freute sich über Tinas Ankunft und begrüßte sie stürmisch: Es war ein Rehpinscher-Männchen namens Hansi, das ebenso dünn aussah wie Tina. Doch im Gegensatz zu ihr beruhte seine Schmächtigkeit auf seiner Rasse und nicht auf Unterernährung. Freudig hüpfte er an Tina hoch, als gehörte sie schon immer zur Familie. Tina hatte keine Berührungsängste und empfand sofort große Zuneigung zu dem kleinen Tier.

Großmutter Helene war bei Ankunft der beiden noch mit der Zubereitung des Abendessens beschäftigt. Für die Erwachsenen hatte sie Kartoffelpüree mit Sauerkraut vorgesehen, das Kind aber sollte zu Feier des Tages etwas ganz Besonderes, nämlich einen Schokoladenpudding, bekommen. Noch bevor Tina vom Pudding kostete, fragte sie schüchtern, ob sie auch von den Speisen der Erwachsenen etwas essen dürfe. Die beiden Frauen wussten nicht viel über Tinas entbehrungsreichem Alltag bei ihrer Stiefmutter, und waren daher überrascht, dass sie das gewöhnliche Essen einer leckeren Süßspeise vorzog.

„Natürlich, mein Kind", sagten beide Frauen wie aus einem Mund, „du darfst essen, was dir schmeckt."

Langsam verlor Tina ihre Schüchternheit, und sie fühlte, in ihrem neuen Zuhause wirklich willkommen zu sein. Nach dem Essen zeigte ihr die Pflegemutter ihr Zimmer, das im Dachgeschoss lag. Es war zwar mit alten Möbeln ausgestattet, aber Tina war dennoch sehr davon begeistert. Es war das erste Mal in ihrem Leben, dass sie ein eigenes Zimmer besaß, und sie konnte ihr Glück kaum fassen.

Es dauerte mehrere Wochen, bis sich Tina an den Gedanken gewöhnt hatte, von jetzt an für immer in der Umgebung lieber Menschen leben zu dürfen, wie es ihr zuletzt bei der Familie Ertl für kurze Zeit zuteilgeworden war. Die schlimme und entbehrungsreiche Zeit bei ihrer Stiefmutter hatte bei ihr nicht nur äußere Spuren hinterlassen. Häufig schrie sie nachts, von Albträumen geplagt, laut auf, und Babette musste immer wieder an ihr Bett kommen, um sie zu beruhigen.

Tinas zweiter Start, sich einem Kindergartenalltag unterzuordnen, verlief diesmal völlig unspektakulär. Der Kindergarten wurde von der Kindergartenschwester, einer der drei im Dorf lebenden Nonnen, geleitet. Tina freute sich jeden Tag aufs Neue, die Einrichtung besuchen zu dürfen, und schnell freundete sie sich dort mit gleichaltrigen Mädchen an. Die Mädchen kamen auch regelmäßig zu ihr zum Spielen nach Hause. Umgekehrt war es eher selten, dass Tina zu einem Gegenbesuch das Haus verlassen durfte. Diese Haltung der Pflegemutter entsprang ihrer übergroßen Sorge, dem Kind könnte außer Haus etwas zustoßen, und ihr würde angelastet, ihre Aufsichtspflicht verletzt zu haben. Über viele Jahre hinweg musste Tina mit ihrer Pflegemutter um jedes Stück Freiraum ringen, den sie ihr aus den genannten Gründen nicht gestatten wollte.

Mit ein Grund für ihre übertriebene Fürsorge waren sicher die ungewohnten Aktionen des Jugendamtes. Denn seltsamerweise zeigte sich die Behörde, nachdem Tina nicht mehr der Willkür ihrer Stiefmutter ausgesetzt war, plötzlich äußerst engagiert. In regelmäßigen Abständen stand nun unangemeldet eine Mitarbeiterin des Amtes vor der Tür, um zu prüfen, wie es um das Kindeswohl bestellt sei. Sie sah sich jedes Mal genauestens im Haus um, suchte Tinas Zimmer auf, untersuchte dort das Bett und nahm Kleidung und Wäsche in Augenschein. Dann musste sich Tina entkleiden und wurde akribisch nach möglichen Hämatomen untersucht. Tina begann diese Besuche mit Argwohn zu betrachten; denn für sie war sehr schnell klar, dass allein diese Frau daran schuld war, warum sie viele Dinge nicht tun durfte, die für ihre Freundinnen selbstverständlich waren. Dieses „absurde Theater", wie sie es später bezeichnete, dauerte mehrere Jahre, die Einengung ihrer Freiräume durch die Pflegemutter noch viel länger.

Aufgrund der achtzehnmonatigen Mangelernährung litt Tina über einen langen Zeitraum hinweg an einer Unverträglichkeit normaler Speisen. Auch ihr Immunsystem war enorm geschwächt, denn ständig hatte sie gegen irgendwelche Infekte anzukämpfen. Brachen im Kindergarten Masern, Windpocken oder Röteln aus, so blieb Tina ebenfalls nicht davon verschont. Kaum war die eine Krankheit abgeklungen, so kündigte sich auch schon die nächste an.

Immer wenn Tina krankheitshalber das Bett hüten musste, durfte sie in der Wohnküche auf dem Sofa liegen. Auf dem kleinen Teppich vor dem Sofa streckte sich Hansi, der Rehpinscher aus, der, wie es schien, Tina tief in sein Hundeherz geschlossen hatte. Während er seinen Kopf auf seine Pfoten legte, schlief er nicht, sondern hatte seine Augen stets wachsam auf Tina gerichtet.

Einmal kam eine Nachbarin zu einem Krankenbesuch. Als sie sich über den Hund beugte und dem auf dem Sofa liegenden Kind mit ihrer Hand tröstend übers Haar streichen wollte, verstand Hansi diese Geste offenbar als Bedrohung für sein kleines Frauchen. Noch bevor die Hand Tinas Haar erreicht hatte, sprang er hoch und biss der Frau in den Daumen, dass sie vor Schmerz aufschrie.

Anfang April 1945 waren Verbände der US-Army auch in die unterfränkische Rhön vorgedrungen. Als sich die Amerikaner dem Dorf S. näherten, verkroch sich die Bevölkerung ängstlich in einem Keller, da sie befürchtete, ihr Ort würde ebenso von den Amerikanern beschossen, wie andere Dörfer in der Umgebung. In der hessischen Rhön hatten die Soldaten bereits massiv auf einen sinnlosen Widerstand reagiert, der sich auf Veranlassung des zuständigen Gauleiters gegen die amerikanischen Panzerverbände formiert hatte.

Nach der Aufforderung des Bürgermeisters, unverzüglich den Schutzraum aufzusuchen, hatten Babette, Oma Helene und Tina das Haus sehr überstürzt verlassen. Im Schutzraum fiel Tina auf, dass sie in ihrer Aufregung Hansi im Haus vergessen hatte. Schnell wollte sie allein ins Haus zurückkehren, um den Hund zu holen, doch Babette hielt sie zurück. Tinas anfängliches leises Weinen wurde zunehmend lauter und verzweifelter, da sie befürchtete, sie werde ihren Hansi nie wiedersehen.

Der Bürgermeister des Ortes, einst selbst Hundebesitzer, konnte nachempfinden, wie Tina um ihren Hund bangte und beruhigte sie:

„Du musst nicht weinen, Kind, ich geh' jetzt und hol' dir deinen Hund."

Nach diesen Worten machte er sich auf, nahm zur Sicherheit seine weiße Fahne an sich und verließ unter den verwunderten Blicken der Anwesenden den Keller. Er ließ sich selbst durch Warnungen wie „Wegen eines Köters solltest du dein Leben nicht aufs Spiel setzen.", zurückhalten, wofür ihn Tina sehr bewunderte. Für sie folgten bange Minuten der Angst und Ungewissheit, ob es dem Bürgermeister wirklich gelang, ihren Hund hierher zu bringen. Endlich kehrte er mit dem kleinen Tier auf dem Arm zurück, und Tina nahm Hansi froh und glücklich in Empfang. Nun widmete sie sich ganz ihrem Liebling und vergaß die Bedrohung, wovor sich alle anderen Menschen im Schutzraum weiterhin fürchteten. Die Furcht war berechtigt, denn die Amerikaner beschossen auch das Dorf S., bevor sie es einnahmen.

In Tinas Augen war der Bürgermeister ein großer Held, und noch viele Jahre später sprach sie ihn mit dankbarer Bewunderung auf sein mutiges Handeln an.

Als das Rumpeln und Rattern der den Ort durchquerenden Armeefahrzeuge verstummt war, und die Menschen erleichtert ihren Rückzugsort verlassen konnten, fanden Tina, ihre Pflegemutter und deren Mutter zuhause ein einziges Chaos vor. Alle Schränke waren durchwühlt, und viele Gegenstände lagen am Boden. Letztendlich vermissten sie ein teures Kaffeeservice, alle schönen Tischtücher und eine überdimensionale bunt bemalte Meerschaumpfeife. Sie hatte Babettes verstorbener Ehemann einst in den USA erworben und war von Tina häufig bewundert worden. Nun gelangte sie möglicherweise zurück in ihr Ursprungsland.

Im Herbst 1946 wurde Tina eingeschult. Zu Beginn des Schuljahres erfolgte eine ärztliche, wie auch eine zahnärztliche Untersuchung. Der Arzt konstatierte ihr, dass sie für ihr Alter und ihre Größe viel zu untergewichtig sei. Tatsächlich hatte sich Tina noch immer nicht von den Folgen der Mangelernährung durch ihre Stiefmutter erholt.

Ein Zahnarzt, der den Zahnstatus der Erstklässler untersuchte, entdeckte bei Tina eine Anomalie im Bereich des Unterkiefers und eine Narbe an der Kinnspitze. Er wollte gerne Näheres über ein zurückliegendes Unfallereignis wissen und fragte Tina:

„Du weißt doch sicher, dass du irgendwann einen Unterkieferbruch erlitten hast. Kannst du mir sagen, wann und wie das passiert ist?"

Tina erinnerte sich sofort an das schlimme Ereignis jener Nacht, in der sie eingenässt hatte, und die Stiefmutter sie daraufhin zur Strafe an den Haaren gepackt, ihren Kopf gegen die Bettkante geschleudert hatte und sie dort mit ihrem Kinn hart aufgeschlagen war. Doch sie schämte sich, wie so oft in der Vergangenheit, anderen Leuten zu erzählen, zu welcher Brutalität ihre Stiefmutter fähig gewesen war, und gab sich unwissend.

Auch während eines Teils ihrer Grundschulzeit blieb Tina häufiger als ihre Mitschüler nicht von Krankheiten verschont und musste viele Fehlzeiten in Kauf nehmen. Das bedeutete jedoch nicht, dass sie Schwierigkeiten hatte, in der Schule mitzukommen. Im Gegenteil: Da ihr das Lernen sehr leichtfiel, und sie sich sehr ehrgeizig zeigte, war sie immer in der Lage, den Stoff versäumter Unterrichtsstunden schnell nachzuholen.

In der Schule waren die erste und zweite Klasse in einem Raum zusammengelegt, und jede Klasse wurde abwechselnd unterrichtet. Während sich die Lehrerin dem einen Jahrgang widmete, musste der andere die von ihr gestellten schriftlichen Aufgaben lösen. Tina hatte immer alle Arbeiten im Handumdrehen erledigt und lauschte anschließend aufmerksam, was die Lehrerin den Kindern der zweiten Klasse erklärte.

Schon in kürzester Zeit nach der Einschulung begann sie selbständig zu lesen. Zuhause hatte sie schon vor längerer Zeit, als sie des Lesens noch unkundig war, verschiedene Kinderbücher entdeckt und war immer etwas ärgerlich darüber gewesen, nicht lesen zu können, sondern sich mit dem Betrachten der Bilder zufrieden geben zu müssen. Jetzt war endlich der Zeitpunkt gekommen, den Geheimnissen, die sich hinter den Bildern verbargen, auf die Spur zu kommen.

Von nun an saß sie, häufig völlig entrückt, in einer Ecke, wo sie sich ungestört fühlen konnte, und verlor sich in den Geschichten aus dem „Struwwelpeter" oder erlebte zusammen mit „Heidi" deren aufregende Abenteuer in den Schweizer Bergen. Im Lesen von Büchern entdeckte Tina für sich eine wunderbare neue Welt, die sie ihr ganzes Leben nicht mehr losließ.

Tina konnte nicht nur sehr früh perfekt lesen, sondern meisterte auch alle übrigen Schulfächer mit Bravour. Als sie sich ganz zu Beginn ihrer Schullaufbahn hinsetzte, um ihre Hausaufgaben zu machen, wurde ihr von ihrer Pflegemutter Hilfe angeboten; denn Babette wusste von anderen Müttern, dass sie ihre Kinder beim Lernen unterstützen mussten. Doch Tina benötigte keinerlei Hilfe, sondern lehnte sie lachend ab. Sie war in der Lage, die gestellten Aufgaben in kurzer Zeit und immer zur vollen Zufriedenheit ihrer Lehrerin anzufertigen.

Sie war auch in vielen anderen Dingen sehr ehrgeizig und legte eine für ihr Alter ungewöhnliche Selbständigkeit an den Tag. Die beiden Frauen zuhause waren immer wieder verblüfft, wie ordentlich Tinas Zimmer aufgeräumt war. Alles lag an seinem Platz, und in ihrem Kleiderschrank herrschte immer eine penible Ordnung. Auch bei der Essenszubereitung mithelfen zu dürfen, bereitete ihr Freude. Sie erkundigte sich bei ihrer Pflegemutter oder Pflegegroß- mutter genauestens, welche Zutaten die einzelnen Gerichte enthielten, und war schon mit sechs Jahren in der Lage, einfache Speisen selbst zuzubereiten.

Sobald Tina Schreiben gelernt hatte, verfasste sie ihren ersten Brief, den sie nach Esting zu schicken gedachte. Sie kannte aber weder den Nachnamen ihrer Großeltern, noch den Straßennamen. Aber sie wusste sich zu helfen und schrieb folgende Adresse auf das Kuvert:

An
Oma Berte, Opa Franz und Tante Marie
Esting bei München
dort, wo Tina Engel gewohnt hat

Sie zweifelte keinen Augenblick daran, dass der Postbote ihren Brief richtig zustellte. Sehnsüchtig wartete sie auf Rückantwort, die auch tatsächlich nach gut eineinhalb Wochen eintraf. Glücklich, endlich wieder Kontakt mit ihren Lieben in Esting zu haben, öffnete sie erwartungsvoll den Brief, den ihr Oma Berte geschickt hatte. Da sie Omas Sütterlinschrift nicht lesen konnte, bat sie ihre Pflegemutter, ihr den Inhalt des Briefes vorzulesen.

Oma Berte hatte keine guten Nachrichten für ihre Enkelin. Sie schrieb ihr, dass ihr Großvater schon seit mehreren Jahren tot sei. Er sei drei Monate, nachdem sie von ihrem Vater aus Esting weggeholt worden war, an gebrochenem Herzen gestorben. Auf diese traurige Nachricht hin vergoss Tina viele Tränen und trauerte tagelang um ihren geliebten Opa Franz.

Marie hatte Ende Mai 1943 den Eltern die traurige Nachricht mit nach Hause gebracht, dass Tina zusammen mit ihrer Stiefmutter München an einen unbekannten Ort verlassen habe. Da aufgrund der Abreise nun die letzte Verbindung zu seiner Enkelin abgerissen war, fühlte sich Franz auch seines restlichen Lebensmutes beraubt. Fortan schottete er sich noch intensiver als bisher von seiner Umgebung ab, kommunizierte kaum noch mit Berte und Marie oder anderen Menschen und nahm so gut wie keine Nahrung mehr zu sich. Berte und Marie sahen das drohende Unheil kommen und verständigten den Hausarzt. Aber Franz war für keinerlei Ratschläge offen und lehnte jegliche Hilfe ab. „Lasst mich in Ruhe", entgegnete er traurig, „ich hab' mit der Welt abgeschlossen."

Er wurde am Friedhof in Esting neben seiner Tochter Theresa, Tinas Mutter, beigesetzt.

Die Folgen der Mangelernährung machten sich bei Tina auch noch 1947 bemerkbar. Babette war im Spätsommer an ihr aufgefallen, dass sie im Vergleich zu anderen Kindern sehr blass aussah, und stellte sie unter der Verdachtsdiagnose „Blutarmut" dem Hausarzt vor. Bevor der Arzt aber Tina Blut entnahm, schickte er sie zum Röntgen ins Kreiskrankenhaus. Dort sah man im Röntgenbild eine gestörte Mineralisation in Tinas Knochen, was auf einen Calciummangel zurückzuführen war.

Der Hausarzt erklärte der Pflegemutter, dass man zum Glück noch rechtzeitig erkannt habe, dass das Kind unter Rachitis leide, und man sofortige Gegenmaßnahmen ergreifen müsse, damit sich die Knochen nicht in ihrer Form veränderten. Er verkündete der Pflegemutter, dass Tina ab sofort Calciumtabletten einnehmen müsse. Da aber das Calcium nur im Zusammenspiel mit Vitamin D seine Wirkung im Knochen entfalten könne, sei es wichtig, Tina über einen längeren Zeitraum einer regelmäßigen Bestrahlung mit ultraviolettem Licht zu unterziehen.

Im näheren Umkreis gab es nur eine einzige Einrichtung mit diesem Behandlungsangebot, und die befand sich nicht in der Kreisstadt, sondern in B. B. ist aber von S. circa acht Kilometer entfernt, und es bestand zur damaligen Zeit keine direkte Busverbindung zwischen den beiden Orten. Tina hätte mit dem Bus zuerst in die Kreisstadt zurückfahren müssen, um nach langer Wartezeit eine Busverbindung nach B. zu erhalten.

Zur ersten Sitzung wurde Tina von ihrer Pflegemutter in die Einrichtung begleitet. Dort setzte man ihr eine dunkle und dicht anliegende Brille auf, um ihre Augen vor den UV-Strahlen zu schützen. Dann wurde zuerst die Vorderseite, und später die Rückseite ihres Körpers von der Höhensonne bestrahlt. Anfangs durfte sie sich nur wenige Minuten der Strahlung aussetzen. In den folgenden Tagen steigert man die Behandlungsdauer von Mal zu Mal bis zu einer Maximaldauer, die dann aufrechterhalten wurde.

Zu allen weiteren Behandlungsterminen musste Tina, ungeachtet der Witterung und Jahreszeit, ein ganzes Jahr hindurch, auf sich allein gestellt, drei Mal pro Woche acht Kilometer je Richtung auf der Landstraße zu Fuß zurücklegen. Manchmal hatte sie Glück, und ihr Hausarzt kam mit dem Auto des Wegs und nahm sie ein Stück mit.

Für die gesamte Dauer der Behandlung wurde Tina vom Schulbesuch befreit, und ihre Pflegemutter ging davon aus, dass sie im kommenden Schuljahr die versäumte zweite Jahrgangsstufe nachholte. Aber in Tina reifte bereits im Laufe des Jahres ein eigener Plan. Regelmäßig ließ sie sich von Martha, einer ihrer Freundinnen aus der Nachbarschaft, zeigen, welchen Stoff die Lehrerin jeweils durchgenommen hatte, und übte selbständig zuhause die entsprechenden Aufgaben. Außerdem hatte sie schon im Laufe des vergangenen Schuljahres wegen der Zusammenlegung der Klassen einen Großteil des Unterrichtsstoffs der zweiten Klasse mitbekommen.

Mit dem Ende der Sommerferien 1948 ging auch Tinas UV-Strahlenbehandlung zu Ende. Der Hausarzt war mit dem Ergebnis vollauf zufrieden. Auch ihr Allgemeinzustand schien sich zur Freude aller stabilisiert zu haben. Tatsächlich blieb sie ab sofort bis weit ins Erwachsenenalter hinein von ernsten Krankheiten verschont.

Im neuen Schuljahr ging Tina nicht etwa, wie von der Schulleitung oder der Pflegemutter erwartet, in die zweite Klasse, sondern folgte ihrer Freundin Martha in das Klassenzimmer, in dem der Unterricht der dritten und vierten Jahrgangsstufen stattfinden sollte. Dort setzte sie sich wie selbstverständlich neben ihre Freundin. Der neue Lehrer zeigte sich über ihre Anwesenheit erstaunt und kontaktierte den Rektor und Tinas frühere Lehrerin. Nach einem kurzen Gespräch mit beiden meinte die Lehrerin, dass sie Tina zutraue, den Anschluss zu finden. Und so geschah es auch. Tina hatte keine Mühe, den Stoff der dritten Klasse in sich aufzunehmen und schrieb weiterhin Bestnoten. Dies sollte ihr bis zur Schulentlassung gelingen. Nur einmal erhielt sie in Religion eine zwei, da sie dem Pfarrer im Unterricht widersprochen hatte.

Kurz nach Schuljahresbeginn starb Oma Helene. Mit ihrem Tod fiel auch ihre Pension weg, und Babette verfügte nur über das geringe Entgelt, das ihr für Tinas Pflegschaft zustand. Im Herbst half sie den Bauern bei der Ernte und konnte sich so etwas dazuverdienen. Auch Tina trug als Erntehelferin zum Lebensunterhalt bei und erarbeitete sich Brotmarken oder einen Sack Kartoffeln. Von klein auf ging sie mit einem „Huckelkorb" ins nahegelegene Wäldchen, um dort Holz aufzusammeln, und sorgte so für Heizmaterial im Haus.

Traurig, jedoch neidlos beobachtete sie ihre Freundinnen und Mitschüler, deren Eltern nicht so arm waren, wie sie und ihre Pflegemutter. Manche Eltern waren Besitzer eines großen Bauernhofs oder eines respektablen Handwerksbetriebs, und eine weitere Schulfreundin war die Tochter des Arztes am Ort. Außerdem waren deren Kinder im Vergleich zu ihr Teil einer „richtigen Familie". Schon als Kindergartenkind hatte sie immer gespürt, dass sie wegen ihrer familiären Verhältnisse und ihrer Armut als Außenseiterin angesehen wurde. Diese Erfahrung machte sie nun umso mehr als Schulkind. Das einzige Pfund, mit dem sie wuchern konnte, war ihr Bestreben, in der Schule immer besser als alle anderen zu sein. Das sollte ihr während ihrer gesamten Schullaufbahn gelingen.

In Schuljahr 1948/49 wurde erstmals eine Schulbibliothek

eröffnet, die von einem unbekannten Sponsor ermöglicht worden war. Da Tina inzwischen an der Schule als Bücherwurm bekannt war, überantwortete ihr der Rektor trotz ihres jungen Alters die Verwaltung der Bücherausgabe. Mit dem ihr übertragenen Amt erkannte sie sofort auch den damit verbundenen Nutzen; denn sie war nun in der Lage, alle Neuzugänge erst einmal für sich zu reservieren.

Jeden Sonntag besuchte Tina zusammen mit ihrer Pflegemutter den katholischen Gottesdienst in der örtlichen Stadtpfarrkirche. Dort war sie von den „überirdischen Klängen" der Orgelmusik oftmals derart fasziniert, dass sie vergaß, sich dem Singen der Lieder in ihrem Gesangbuch zu widmen. An einem der Sonntage fasste sie den Mut, sich von ihrer Pflegemutter im Hauptschiff der Kirche davonzustehlen, um die Empore aufzusuchen. Dort sah sie mit Begeisterung Schwester Friedlindis beim Orgelspielen zu. Sie war die Oberin der drei in S. ansässigen Nonnen und die einzige Person am Ort, die in der Lage war, die Kirchenorgel zu spielen. Aufmerksam beobachtete Tina der Organistin geschicktes Fingerspiel und deren Betätigung des Pedals. Nach dem Gottesdienst wandte sich die Nonne an Tina und fragte sie:

„Möchtest du gerne Orgelspielen lernen, Tina?", „Ich kann's dir beibringen, wenn du willst."

„Ja, ich würde schon gern", aber wie soll ich denn mit meinen Füßen da hinunterkommen?" entgegnete sie der Ordensfrau und deutete auf das Pedal.

Die Oberin lachte und klärte sie auf:

„Zuerst musst du natürlich die Grundbegriffe des Orgelspielens am Harmonium üben. Wenn du die beherrscht, wirst du schon groß genug sein, um mit deinen Füßen das Pedal bedienen zu können."

Als Tina ihrer Pflegemutter freudig eröffnete, dass sie sich entschlossen habe, Orgelunterricht bei der Oberin zu nehmen, stieß sie bei ihr auf heftigsten Widerstand. Babette wandte ein, dass sie dafür mehrmals in der Woche außer Haus gehen müsse, und ihr das überhaupt nicht gefalle. Tina hatte sich aber bereits vorgestellt, wie herrlich es wäre, diese wunderschönen Klänge irgendwann selbst hervorbringen zu können.

Als Babette weiterhin an ihrem Verbot festhielt, wurde Tina äußerst zornig und ließ ihren Unmutsäußerungen freien Lauf. Schließlich drohte sie ihrer Pflegemutter, sie auf der Stelle zu verlassen, nach Esting oder Perlach zu ihren Verwandten zu fahren, und nie wieder zurückzukommen, wenn sie nicht einlenkte. Obwohl Babette wusste, dass ihre Pflegetochter ohne finanzielle Mittel nicht in der Lage war, ihr Vorhaben auszuführen, bekam sie durch deren Drohung einen gehörigen Schrecken und willigte schließlich in den Orgelunterricht ein.

So kam es, dass Tina mit achteinhalb Jahren bei der Oberin im Mutterhaus Unterricht am Harmonium und in Harmonielehre erhielt. Neben dem Musikunterricht ging sie mehrmals wöchentlich dorthin, um am Instrument zu üben, da ihr zuhause die Möglichkeit dazu fehlte.

Im Alter von elf Jahren, also nach zweieinhalb Jahren, durfte Tina erstmals in den werktäglichen Frühgottesdiensten den Gesang der Gemeinde mit der Orgel begleiten. Vorher war sie von der Oberin am Instrument mit seinen zwei Manualen und den vielen Registern eingewiesen worden. Das Pedal konnte sie inzwischen auch bedienen, musste sich aber auf die vordere Kante der Orgelbank setzen, um mit ihren Zehen bis dort hinunter zu gelangen.

Zu einem weiteren heftigen Streit zwischen Tina und ihrer Pflegemutter kam es gegen Ende der vierten Klasse, weil Tina eine andere Ansicht über ihre berufliche Zukunft hatte, als Babette. Tina wollte gerne auf die Oberschule wechseln, um dort ihr Abitur zu machen. Aber trotz Einsen in allen Fächern versagte ihr ihre Pflegemutter den Übertritt. Tagelang gab es zwischen Tina und Babette heftige Diskussionen, die jedoch immer mit Tinas Niederlage endeten.

Als Tina ihre Pflegemutter verzweifelt fragte, was sie denn ihrer Meinung nach für einen Beruf erlernen solle, gab ihr Babette zur Antwort: „Du kannst doch ebenso wie deine Freundin Martha Friseuse werden. Dann könnt ihr immer zusammen sein."

„Nie im Leben werde ich Friseuse", schrie Tina erbost, bevor sie sich in ihrem Zimmer einschloss, sich aufs Bett warf und hemmungslos weinte.

Babette wurde sogar zum Lehrer gebeten, der sie davon zu überzeugen versuchte, dass man einem Kind mit einer solch seltenen Begabung den Weg zum Abitur und damit zu einem Studium nicht verbauen dürfe. Der Lehrer dachte, es sei Babettes finanzielle Not, die sie daran hindere, ihre Zustimmung für den Übertritt zu erteilen. Vorsichtig formulierte er, dass sich Mittel und Wege finden ließen, hochbegabten Kindern aus ärmeren Familien den Besuch einer höheren Schule und eines Studiums zu ermöglichen. Er würde sich sogar selbst dafür einsetzen.

Aber Babette wollte von all dem nichts wissen und zeigte keinerlei Entgegenkommen. Tina fand später heraus, dass Babettes Sorge darin bestanden hatte, irgendwann allein und unversorgt dazustehen, wenn sie zum Studium in eine ferne Universitätsstadt ziehen und später einen Beruf fernab der Heimat ausüben sollte.

Ihr war trotz ihrer jungen Jahre deutlich bewusst, dass sie durch dieses Veto ihrer Pflegemutter eine große Chance in ihrem Leben verpasste. Jetzt wäre der geeignete Moment gewesen, an dem der Vormund sein Entscheidungsrecht hätte geltend machen können. Soweit dachte Tina zur damaligen Zeit bedauerlicherweise nicht. So blieb ihr keine andere Wahl, als weiterhin die Volksschule zu besuchen.

Tina suchte daraufhin ihren Frust über ihre verbauten Berufschancen zu kompensieren, indem sie alle im Dorf vorhandenen Lernangebote eifrig aufgriff. Als einer der Lehrer an der Schule Stenografie-Unterricht auf freiwilliger Basis anbot, meldete sich Tina als einzige unter ihren Mitschülern. In kurzer Zeit erreichte sie eine große Fertigkeit in der Kurzschrift, was sich in ihrem späteren Berufsleben als sehr vorteilhaft herausstellen sollte.

Neben dem Orgelspiel bewies sie ihr musikalisches Talent nun auch im Mandolinen- und Gitarrenunterricht. Der eine wurde ihr wiederum von der Oberin, der andere von einem weiteren Lehrer ihrer Schule erteilt. So beherrschte sie mit vierzehn Jahren drei Instrumente auf einem beachtlichen Niveau. Sie bedauert heute, dass sie mit Beginn ihres Berufslebens nicht wenigstens das Musizieren mit den Saiteninstrumenten weiterhin gepflegt hatte. Doch das lag vor allem daran, dass es nicht ihre eigenen, sondern Leihinstrumente waren, und sie sich selbst kein eigenes Instrument leisten konnte.

Im Januar 1954 erreichte Tina ein Brief vom Amtsgericht München. Neugierig und nichts Gutes ahnend öffnete sie das mit dem Vermerk „persönlich" versehene Kuvert und las den folgenden Inhalt des Schreibens:

München, den 17. Januar 1954

Sehr geehrtes Fräulein Engel!
Wir bedauern zutiefst, Ihnen mitteilen zu müssen, dass Ihr Vater, Herr Georg Engel, zuletzt Hauptfeldwebel in der 392. (kroat.) Infanterie-Division, am 2. Januar 1944 bei

Karlovac in Kroatien sein Leben verlor. Dem Amtsgericht München liegt eine eidesstattliche Erklärung des Herrn Hermann Borchert aus Peißenberg, einem Kriegskameraden ihres Vaters, vor, wonach Ihr Vater gemäß damals geltendem Kriegsrecht wegen Fahnenflucht zum Tode verurteilt worden war.

Vor seiner Flucht habe Ihr Vater dem genannten Zeugen anvertraut, aus der Heimat Nachricht erhalten zu haben, wonach seine Tochter von ihrer Stiefmutter schwer misshandelt werde. Er müsse daher unverzüglich nach Hause zurückkehren, um sein Kind vor weiteren Übergriffen in Sicherheit zu bringen. Wegen der sich inzwischen zuspitzenden Lage in Jugoslawien sei Ihrem Vater der beantragte Heimaturlaub nicht genehmigt worden.

Der Zeuge konnte uns leider keine Auskunft über die Lage der Begräbnisstätte Ihres Vaters erteilen.

Es tut uns aufrichtig leid, dass wir Ihnen diese traurige Nachricht zukommen lassen mussten. Sie dürfen sich unseres tiefen Mitgefühls sicher sein.

Hochachtungsvoll
N.N.

Tina hatte zwar längst geahnt, dass ihr Vater nicht mehr lebte, doch die Art und Weise, wie er ums Leben gekommen war, schockierte sie sehr. Sie fühlte sich, als sei sie erneut vom Albtraum ihrer Kindheit eingeholt worden, und dachte an ihres Vaters folgenschwere Maßnahme, durch die er sie ihrer glücklichen Kindheit in Esting beraubt, und dieser widerlichen und grausamen Person anvertraut hatte. Während ihre Tränen auf das Schreiben in ihrer Hand tropften, sprach sie zu ihrem toten Vater:

„Ach Papa, was wäre uns beiden erspart geblieben, wenn du diese Frau nie kennengelernt hättest! Mich hat sie fast zu

Tode gequält und dich ins totale Verderben gestürzt."

Trotz der Todesnachricht und der Information über die Umstände seines Todes konnte Tina ihrem Vater viele Jahre hindurch nicht vergeben, da für sie seine Mitschuld an ihrem erlittenen Martyrium zu dieser Zeit noch schwerer wog, als sein bekundeter Wille nach Wiedergutmachung. Erst viele Jahre später, nach genügend zeitlichem Abstand zu den schrecklichen Ereignissen in ihrer Kindheit, fand sie den inneren Frieden, um sich mit ihm auszusöhnen:

‚Meinem Vater musste nach Erhalt der Nachricht über die mir zugefügten Misshandlungen schlagartig bewusst geworden sein, dass er den schlimmsten Fehler seines Lebens begangen hatte, dieser Frau meine Erziehung anvertraut zu haben. So ist auch zu erklären, dass er keinerlei Vorsicht walten ließ, und sich mit dem Ziel von seiner Truppe entfernte, mir zu Hilfe zu kommen. Dabei nahm er offenbar billigend in Kauf, dass dies sein Todesurteil bedeutete. Vermutlich hoffte er erst dann gefasst zu werden, wenn er mich in Sicherheit gebracht hatte. Er musste mich wirklich sehr geliebt haben!'

Tina konnte nie in Erfahrung bringen, wer ihren Vater über ihr Martyrium unterrichtet hatte.

Wenige Tage nach Erhalt der Hiobsbotschaft aus München erlebte Tina eine weitere unangenehme Überraschung. Bis dahin war sie noch immer mit der Frage beschäftigt, wie der Inhalt der vom Amtsgericht München an ihre Stiefmutter gerichteten Todesnachricht gelautet haben mochte, ob darin ebenso dezidiert wie in ihrem Brief der Grund für ihres Vaters Fluchtversuch aufgeführt war.

In den frühen 1950er Jahren waren Autos auf dem Land sehr selten. Und wenn plötzlich ein Wagen im Dorf auftauchte, schaute man neugierig aus dem Fenster, um zu erfahren, wer sich hierher verirrt hatte. Auch Tina erging es so, als eines Nachmittags ein PKW die Dorfstraße mehrfach auf- und abfuhr. Es sah aus, als suchte der Wagenlenker eine bestimmte Adresse, und plötzlich hielt das Auto direkt vor Babettes Haus. Ein Mann stieg aus und kam mit einem großen Paket auf dem Arm auf die Haustür zu. Noch bevor er sich durch Klopfen bemerkbar machen konnte, hatte Tina bereits die Tür geöffnet. Gleichzeitig sah sie, dass sich im Wagen noch eine weitere Person befand – es war ihre Stiefmutter.

„Ich bin Lothar, der Freund deiner Stiefmutter", stellte er sich vor. „Ich soll dir in ihrem Namen dieses Geschenk überbringen. Es ist ein nagelneues Radiogerät mit UKW. Du wirst es sicher gut gebrauchen können."

Tina konnte anfangs keine Worte finden, so überrascht war sie über dieses unerwartete Geschenkangebot. Einen Augenblick lang stellte sie sich vor, wie herrlich es sich anfühlte, ein neues Radio zu besitzen. Endlich könnte sie mit Vergnügen den modernen Schlagern lauschen, ohne die lästigen Störgeräusche in Kauf nehmen zu müssen, die Babettes alter Volksempfänger von sich gab. Wie würde sie von den Freundinnen beneidet werden, mit denen sie sich im Geiste schon vor dem Gerät sitzen sah.

Neugierig beobachtete die Stiefmutter vom Wageninneren aus die Szene vor dem Haus. Den Mut, Tina das Geschenk persönlich zu überbringen, brachte sie offenbar nicht auf. Plötzlich fühlte Tina wieder diese schreckliche Angst von früher in sich aufsteigen, obwohl sie wusste, dass die Stiefmutter nie wieder imstande sein würde, ihr auch nur das geringste Leid zuzufügen. Diese unerklärliche Angst war es schließlich, die ihr die Entscheidung erleichterte, das Geschenk abzulehnen.

„Es tut mir leid", sagte sie bestimmt, „von dieser Frau nehme ich keine Geschenke an."

Nach diesen Worten schloss sie die Tür und ließ den Mann stehen. Dieses Geschenkangebot hatte Tina in große Aufregung versetzt, und sie fragte sich, was ihre Stiefmutter mit dieser Geste habe ausdrücken wollen:

‚Sollte mir das Radiogerät etwa als Trost dienen für den von ihr mitverschuldeten Tod meines Vaters, oder wollte sie sich mit dem Geschenk vielleicht sogar für all das Schreckliche, das sie mir angetan hat, entschuldigen? Beides wäre äußerst unverfroren!'

Sie war froh, der Verlockung, das Geschenk anzunehmen, widerstanden zu haben, und versuchte die Angelegenheit schnell wieder zu vergessen. Warum das von ihr verschmähte Geschenk ein Radiogerät war, erfuhr sie erst viel später, als ihr jemand erzählte, dass Finis Lebensgefährte Lothar Inhaber eines Radiogeschäftes in der Kreisstadt sei. Sie wunderte sich, dass sich der Mann mit dieser Frau liieren konnte. Offenbar war ihm verborgen geblieben, wie grausam sie sich gegenüber ihrer Stieftochter verhalten hatte.

Im Februar 1954 gab es Zwischenzeugnisse, die den Schülern der Abschlussklasse bereits als Bewerbungsunterlagen für ihre angestrebten Ausbildungsberufe dienten. Tina bekam wieder ein Zeugnis mit Bestnoten. Während ihre Pflegemutter noch immer den Friseurberuf als ideales Berufsziel favorisierte, wurde Tina durch eine glückliche Fügung in eine völlig andere Richtung gelenkt.

Das Dorf S. hatte einen neuen Polizeibeamten bekommen. Der Mann kam aus dem norddeutschen Raum und war vorübergehend von seiner jungen Familie getrennt, da er in seinem neuen Wirkungsbereich erst eine geeignete Wohnung finden musste. Bis dahin gewährte ihm Tinas Pflegemutter Unterkunft in ihrem Haus und konnte sich so etwas hinzuverdienen. Tina war der junge Mann sehr sympathisch und sie nannte ihn Onkel Walter. Der Beamte hatte gehört, dass Tina kurz davorstand, ins Berufsleben überzutreten und fragte sie, was sie denn werden möchte.

„Alles andere, nur nicht Friseuse", war Tinas leicht grimmige Antwort. Onkel Walter nahm ihr den unwirschen Ton nicht übel. Er hatte bereits von Babettes eigenwilligen Plänen gehört, mit denen auch er sich angesichts Tinas guter Noten nicht anfreunden konnte. Schließlich meinte er, er habe einen weit besseren Vorschlag: Ihm sei bekannt, dass das Landratsamt in der Kreisstadt für September eine Ausbildungsstelle in der Verwaltung ausgeschrieben hatte. „Wenn du möchtest, helfe ich dir beim Schreiben deiner Bewerbung", schloss er.

Da hellte sich Tinas Gesicht auf, und sie war sofort mit Onkel Walters Vorschlag einverstanden. Wie besprochen, gab er ihr gute Tipps, wie eine gute Bewerbung aussehen muss, und er achtete darauf, dass die Unterlagen vor dem Versenden komplett waren.

Mitte Mai erhielt Tina ein Schreiben des Landrats, in dem sie gebeten wurde, sich zu einem Vorstellungsgespräch ins Landratsamt der Kreisstadt zu begeben. Tina ging davon aus, dass sie eine von vielen Kandidaten für die eine Stelle sei und nahm sich vor, wie es ihr Onkel Walter geraten hatte, dem Landrat freundlich, aber selbstbewusst gegenüberzutreten. Doch zu ihrer Überraschung gab es keine Konkurrenten, denn der Landrat hatte sich bereits für sie entschieden.

„Ausschlaggebend für meine Wahl waren zwei Dinge," sagte der Landrat, „erstens, weil du Vollwaise bist, und zweitens wegen deines hervorragenden Zeugnisses."

Schließlich wollte er wissen, warum sie mit diesen Spitzen-Noten nicht in die Oberschule übergetreten sei, und Tina antwortete ihm kleinlaut:

„Weil es mir meine Pflegemutter nicht erlaubt hat".

„Naja", fuhr der Landrat fort. „Hier bei uns kannst du es auch ohne Abitur zu etwas bringen. Wenn du dich anstrengst, kannst du in drei Jahren, gerechnet von September an, die Inspektoren-Prüfung ablegen. Danach musst du allerdings warten, bis eine entsprechende Stelle frei wird. Bis dahin wirst du aber als Verwaltungsangestellte bereits gutes Geld verdienen."

Tina berichtete ihrer Pflegemutter mit einem Triumphgefühl von der erfolgreichen Bewerbung, und Babette konnte ihrerseits einen gewissen Stolz nicht verhehlen.

Achtes Kapitel

Im September 1954 begann Tina ihre Ausbildung im Landratsamt. Sie wechselte viertel- bis halbjährlich von einer Abteilung in die andere, um sich in die verschiedenen Aufgabengebiete der einzelnen Fachbereiche einzuarbeiten. Ab dem dritten Lehrjahr musste sie regelmäßig Facharbeiten erstellen, die einem auswärtigen Prüfer zur Auswertung vorgelegt wurden.

Auch in dem neuen Metier strengte sich Tina an, um gute Leistungen zu erbringen, obwohl ihr sehr schnell bewusst wurde, dass Verwaltungsarbeit nicht ihr Traumberuf war. Aber ihr Grundsatz, dass man das, was man einmal begonnen hat, auch zu Ende führen muss, galt für sie auch in diesem Fall.

Tina hatte schon mit zwölf Jahren recht erfolgreich gegen die ständige Bevormundung ihrer Stiefmutter rebelliert. Die letzten Schranken aber, die ihre Bewegungsfreiheit noch behindert hatten, räumte sie mit Beginn ihres Berufslebens endgültig aus dem Weg.

So traf sie sich nun häufig mit Freunden und Kollegen aus dem Landratsamt, oder unternahm, soweit sie es sich zeitlich und finanziell erlauben konnte, Ausflüge, um Freundinnen oder Bekannte zu besuchen.

Schon lange hatte sie sich danach gesehnt, ihre Verwandten in Esting und Perlach wiederzusehen. Alle hatten den Krieg unversehrt überstanden. Auch Oma Bertes beide Söhne Paul und Mathias waren wohlbehalten aus der Normandie zurückgekehrt. Als Tina nach circa elf Jahren erstmals wieder das Grundstück ihrer Großeltern in Esting betrat, wurde sie von starken Emotionen erfasst, denn sie verband viele schöne Erinnerungen mit dem Gehöft. Sie hatte es wegen der Liebe und Geborgenheit, die ihr seine Bewohner nach dem Tod ihrer Mutter entgegengebracht hatten, wie einen Ort mit paradiesischen Zuständen in Erinnerung, dies umso mehr, als sie wenig später bei der Stiefmutter durch die Hölle gegangen war.

Oma Berte hatte sich schon tagelang auf den Besuch ihrer Enkelin gefreut. Obwohl Tina in den vergangenen Jahren ihren Briefen immer wieder aktuelle Fotos von sich beigelegt hatte, war Berte sehr verblüfft, als dieses hübsche junge Mädchen, das sie um Haupteslänge überragte, plötzlich vor ihr stand.

Dann lagen sich Großmutter und Enkelin in den Armen und vergossen Tränen der Wiedersehensfreude, aber auch Tränen der Trauer über Tinas gestohlene Kindheit und den damit verbundenen Kummer in der Familie.

Auch den übrigen Familienmitgliedern wie Tante Marie, die inzwischen eine eigene Familie gegründet hatte, und Tante Anni in Perlach stattete sie einen Besuch ab und fühlte sich in deren Familien ebenfalls herzlich aufgenommen. Oma Berte begleitete Tina überall hin. Man saß halbe Nächte zusammen, da es auf beiden Seiten viel zu erzählen gab. Dabei war Tina bestrebt, die Lücken in ihren kindlichen Wahrnehmungen von damals durch die Gespräche mit ihren Verwandten zu ergänzen. Die Verbindung zu ihren Lieben in Süddeutschland ließ sie nie wieder abreißen.

Ein weiteres Herzensanliegen war für Tina, endlich die Familie Ertl in B. aufzusuchen. Dieser Familie war es maßgeblich zu verdanken, dass sie noch am Leben war. Das wollte sie ihr gegenüber endlich dankbar zum Ausdruck bringen. Während Tina an einem Sonntagnachmittag bei der Familie am Kaffeetisch saß, schilderte ihr Frau Ertl, wie sie und ihr Mann oft halbe Nächte hindurch im Bett gelauscht hätten, welches Unwesen ihre Stiefmutter in der Dachgeschoss-Wohnung mit ihr trieb.

„Aber wir sind sehr glücklich und auch ein wenig stolz darauf", resümierte Frau Ertl, „dass wir dich vor dem Schlimmsten bewahren konnten."

Unverständnis zeigte die Familie, dass Tinas Stiefmutter wegen ihrer Gräueltaten nie zur Rechenschaft gezogen worden war, und Frau Ertl fügte hinzu:

„Wenn es einen Gott gibt, dann denke ich, wird sie eines Tages für ihre Missetaten büßen."

Im zweiten Ausbildungsjahr gelangte Tina in eine Abteilung, die unter anderem Anträge auf Lastenausgleich bearbeitete. Sie war gerade dabei, abgeschlossene Fälle alphabetisch in einem Ordner abzuheften, als sie der Name „Josefine Engel, geb. Mager" auf einem der Formulare erstarren ließ.

Ihre Stiefmutter hatte für die Münchner Wohnung, die bei einem Bombenangriff verlustig gegangen war, Lastenausgleich beantragt, der ihr erst vor wenigen Tagen ausgezahlt worden war. Beim Durchlesen des Formulars rollten ihr Tränen über die Wangen, und sie war sehr wütend über den soeben entdeckten Vorgang. Dem Sachbearbeiter, der den Antrag bearbeitet, jedoch ihre Familiengeschichte bisher nicht gekannt hatte, versuchte sie zu vermitteln, was sie angesichts dieses Schriftstücks empfand:

„Diese Frau ist meine Stiefmutter!"

Dabei reichte sie ihm das Formular und fuhr fort:

„Sie hat keinen Augenblick unseres gemeinsamen Lebens versäumt, mich zu demütigen und zu misshandeln, und hat mir sogar ständig nach dem Leben getrachtet. Zum Glück wurde ich ihr weggenommen und zu einer Pflegemutter gegeben. Nun bekommt sie ganz allein den Lastenausgleich für den Verlust unserer Münchner Wohnung, während ich total leer ausgehe. Ich finde das so ungerecht, denn ich hätte das Geld dringend gebrauchen können."

Der Sachbearbeiter war von Tinas emotionaler Schilderung peinlich berührt und meinte:

„Wären mir die Zusammenhänge und damit dein Anspruch bekannt gewesen, dann hätte ich dich über den Vorgang unterrichtet. Sicher unterstehst du noch einem Vormund. Wenn der einen separaten Antrag gestellt hätte, dann könntest du jetzt über die Hälfte des Geldes verfügen. Aber nun ist es zu spät. Die Auszahlung an deine Stiefmutter kann nicht mehr rückgängig gemacht werden. Ich kann mir vorstellen, wie dir zu Mute ist."

1956 erfuhr Tina, dass Lothar, der Lebensgefährte ihrer Stiefmutter, bei einem Autounfall ums Leben gekommen sei, und Fini daraufhin ihre gemeinsame Heimat verlassen habe. Tina empfand die Tatsache, ihrer Stiefmutter nie wieder begegnen zu müssen, wie eine Erlösung.

Mit beinahe sechzehn Jahren hatte sich Tina zu einem hübschen Teenager entwickelt, der zahlreiche bewundernde Blicke auf sich zog. Sie erhielt plötzlich einen Liebesbrief von einem gleichaltrigen Jungen namens Philipp, der aus dem Dorf stammte, aber wegen seines Schulbesuchs in Würzburg in einem Internat wohnte. Er habe sie während seiner letzten Ferien im Ort gesehen und sich unsterblich in sie verliebt, schrieb er, aber habe es erst jetzt gewagt, ihr seine Liebe zu gestehen. Tina kannte den Jungen von früher. Er hatte mit ihr noch gemeinsam die vierte Klasse besucht und war dann in eine höhere Schule in Würzburg übergetreten. Während der Schulferien hatte sie ihn einige Male im Ort gesehen, aber nie mit ihm gesprochen. Den Brief ließ sie unbeantwortet.

Mehrere Wochen später passte sie ein etwa dreizehnjähriger Junge nach Feierabend an der Bushaltestelle in ihrem Heimatort ab, übergab ihr einen Brief und verschwand sofort wieder. Zuhause in ihrem Zimmer öffnete sie neugierig das an sie gerichtete Schreiben und stellte fest, dass es wieder von ihrem Verehrer Philipp stammte. Er sei nach der Mittleren Reife aus Schule und Internat in Würzburg ausgetreten, schrieb er, und habe jetzt eine Lehre in der Kreisstadt begonnen. So könne er immer in ihrer Nähe sein. Er bat Tina inständig um ein Treffen am kommenden Wochenende zu einer bestimmten Zeit, an einem bestimmten Ort. Tina hatte sich bisher noch nie mit einem Jungen verabredet und war daher etwas unschlüssig, ob sie die Einladung annehmen sollte. Schließlich überwog die Neugierde über die ungewohnte Situation, und sie beschloss, den Termin wahrzunehmen.

Als sich die beiden das erste Mal trafen, versuchten sie, ihre Verlegenheit durch den Austausch über ihren Berufsalltag zu überwinden. Wenig später bemerkte Tina, dass auch Philipp sehr belesen war, und freute sich, sich mit ihm über gemeinsame Interessen austauschen zu können. Plaudernd lenkten sie ihre Schritte hinaus in die freie Natur, wobei sie begannen, sich schüchtern an den Händen fassen.

Doch Tina sah sich bald veranlasst, der Liaison ein abruptes Ende zu bereiten, bevor sie richtig begonnen hatte. Ihr war zu Ohren gekommen, dass sich eine in Philipps Elternhaus lebende, unverheiratete Tante ihres Freundes, bei anderen Leuten im Dorf über sie echauffiert hatte:

„Die kommt mir nicht ins Haus", soll sie geäußert haben. „Was bildet die sich bloß ein, sie hat nix, nicht einmal eine eigene Familie, und glaubt, sie kann sich bei uns ins gemachte Nest setzen. Außerdem zieht sie noch mit anderen Kerlen herum."

Tina war über das Gehörte sehr empört. Sie empfand vor

allem die Behauptung, sie ziehe auch mit anderen Kerlen herum, als bodenlose Frechheit. Zuhause machte sie ihrem Ärger Luft über das dumme Geschwätz dieser „alten Jungfer", wie sie sie bezeichnete. Vor allem aber fühlte sie sich verletzt, da ihr durch die Äußerungen der Frau erneut vor Augen geführt wurde, dass sie als Vollwaise und wegen der Armut ihrer Pflegemutter offenbar noch immer kein vollwertiges Mitglied dieser Dorfgemeinschaft war. Philipp erfuhr erst mehrere Jahrzehnte später den Grund, warum sich Tina so plötzlich wieder aus seinem Leben zurückgezogen hatte.

Als Tina beim Passieren der einzelnen Referate im Landratsamt ihr Praktikum im Jugendamt zu absolvieren begann, erzählte sie dem Sachbearbeiter, was ihr 1943/44 zugestoßen war. Nun wollte sie von ihm wissen, warum das Jugendamt damals erst nach mehrmaliger Intervention durch die Familie Ertl reagiert habe, obwohl dem Amt Informationen vorgelegen hatten, wonach sie schwer misshandelt wurde. Der Sachbearbeiter versuchte Tina zu beschwichtigen und seine damalige Kollegin in Schutz zu nehmen, indem er ihr die schwierigen Arbeitsbedingungen während des Krieges erläuterte:

„Du musst dir das so vorstellen: Alle Männer im wehrpflichtigen Alter sind damals eingezogen worden. Das hatte in der gesamten Behörde, wie auch in allen anderen Ämtern, chronischen Personalmangel zur Folge. So war man gezwungen, jeweils mehrere Abteilungen zu einer einzigen zusammenzulegen, und diese eine wurde oft von minder qualifizierten Sachbearbeitern, meist älteren Damen oder Herrn, verwaltet. Da die älteren Herrschaften aber oftmals der enormen Arbeitsbelastung nicht gewachsen waren, verging manchmal sehr viel Zeit, bis sie sich den verschiedenen Anliegen der Bevölkerung widmen konnten."

Tina befriedigte diese Antwort keineswegs, doch sie insistierte nicht weiter, um den Kollegen in nicht noch größere Erklärungsnot zu bringen. Verbittert fragte sie sich im Stillen:

‚Hätte man bei aller Arbeitsüberlastung im damaligen Jugendamt nicht Prioritäten setzen müssen, als es um die Bedrohung von Gesundheit und Leben eines kleinen Kindes ging? Oder spielte in dieser Zeit der Begriff „Kindeswohl" in den Ämtern eine eher untergeordnete Rolle?'

Tinas seelische Wunden, von denen sie geglaubt hatte, sie seien einigermaßen verheilt, drohten wieder aufzubrechen, je mehr sie jenen schrecklichen Abschnitt ihrer Kindheit erneut ins Bewusstsein rückte. Trotzdem stellte sie weitere Überlegungen an:

‚Wie der Inhaber des Schuhgeschäftes und der Juwelier, oder einige Menschen in der Kreisstadt, die sie im Laufe der Zeit wegen ihrer Vorgeschichte angesprochen hatten, musste doch auch die Familie meines Vaters von den Misshandlungen gewusst haben; denn eine Stadt dieser Größenordnung ist wie ein Dorf, in dem sich Gerüchte wie ein Lauffeuer verbreiten. Warum aber hat nie ein einziges Mitglied der Familie auch nur einen Finger gerührt, mir zu Hilfe zu kommen? Waren für die Großeltern (die inzwischen gestorben waren) hohes Alter und Gebrechen Vorwand genug, nicht einzugreifen, sondern mich meinem furchtbaren Schicksal zu überlassen?

Wo war Tante Betty, als ich sie dringend brauchte? War ihr die Unversehrtheit ihrer Puppensammlung und des übrigen Firlefanzes in ihrer Wohnung wichtiger, als ihre geschundene kleine Nichte zu sich zu holen?'

Aber es blieben bei ihr auch Restzweifel zurück, ob ihre Familie wirklich umfassend über ihr trauriges Schicksal informiert gewesen war; denn es war für sie unvorstellbar, dass Familienangehörige vor den Gräueltaten, die ihr die Stiefmutter zugefügt hatte, Augen und Ohren verschlossen haben sollten.

Traurige Gewissheit über die tatsächliche Rolle ihrer Familie während ihrer Leidenszeit erlangte Tina schließlich, als sie von ihrer Cousine Renate an ihrem Arbeitsplatz aufgesucht wurde. Renate war die älteste der drei Kinder ihres im Krieg gefallenen Onkel Ferdinand, des älteren Bruders ihres Vaters, und war acht Jahre älter als Tina. Renate begründete ihren Besuch damit, dass es ihr ein dringendes Anliegen sei, ihre Cousine endlich kennenzulernen und sie wissen zu lassen, dass ihre Mutter 1943/44 bereit gewesen sei, sie trotz ihrer drei eigenen Kinder bei sich aufzunehmen. Sie habe ihre Schwiegereltern und ihre zwei Schwägerinnen Betty und Emmi angefleht, sie dabei zu unterstützen. Aber bei allen sei sie mit ihren Bitten auf taube Ohren gestoßen. Und aus eigenen Mitteln sei es ihr in diesen schlimmen Kriegsjahren unmöglich gewesen, ein weiteres Kind zu ernähren.

„Ich schäme mich so sehr für die Familie Engel", schloss Renate, „und ich bitte dich, meiner Mutter das Versagen der Familie nicht anzukreiden."

Nun war Tina endgültig der Illusion beraubt, ihrer Familie sei das Ausmaß ihres Martyriums nicht bekannt gewesen und habe deshalb nichts unternommen, es zu beenden. Obwohl sie immer geahnt hatte, dass es sich anders verhalten haben musste, schmerzte sie nun diese traurige Gewissheit sehr. Tagelang ging ihr das ignorante Verhalten ihrer Familie nicht aus dem Sinn, einer Familie, der die erlittenen Qualen ihres jüngsten Mitgliedes offenbar völlig gleichgültig gewesen waren.

Trotz aller Differenzen, die Tina in der Vergangenheit mit ihrer Pflegemutter auszufechten hatte, war dies ein Augenblick, an dem sie ihr unendlich dankbar war, dass sie ihr ein

Leben ohne Angst ermöglicht hatte, obwohl ihr im Vergleich zur Familie Engel nur äußerst geringe Mittel zur Verfügung gestanden hatten.

Es gab noch eine weitere nahe Verwandte in der Stadt, die Tina damals hätte aufnehmen können, nämlich Tante Emmi, die zweite Schwester ihres Vaters. Sie war wie Tante Betty verheiratet und kinderlos, und Tina hatte gehört, dass sie wegen ihres exzentrischen Auftretens stadtbekannt sei.

Als sich Tina noch immer mit dem für sie folgenschweren Versagen ihrer Familie auseinandersetzte, begegnete ihr diese Tante in der Stadt. Tina hatte sie bisher noch nicht kennengelernt, die Tante aber schien zu wissen, wer sie war und sprach sie an:

„Du bist die Tina, nicht wahr?"

Tina ahnte, um wen es sich bei der Frau handelte, stellte sich aber unwissend und fragte:

„Wer will das wissen?"

„Ich bin deine Tante Emmi!"

Das klang, so schien es Tina, leicht vorwurfsvoll. Doch Tina ließ sich nicht beeindrucken und entgegnete ihr:

„Ich kenne keine Tante Emmi!"

Sie machte eine Pause, unschlüssig, ob sie weitergehen oder sich endlich all ihre angesammelte Wut von der Seele reden sollte. Nach einer Weile entschied sie sich für letzteres und begann ihr Gegenüber mit Vorwürfen zu überziehen:

„Wo seid ihr alle gewesen, als mich meine Stiefmutter beinahe zu Tode gequält hat? Die gesamte Familie Engel hat gewusst, dass ich bei ihr ständig um mein Leben kämpfen musste. Aber niemand von euch hielt es für nötig, mir in meiner größten Not beizustehen. Stattdessen habt ihr alle eure Köpfe in den Sand gesteckt und mich meinem traurigen Schicksal überlassen. Da mussten erst fremde Leute kommen und mich dort herausholen!"

Und in sarkastischem Ton fügte sie hinzu:

„Auf so eine Familie kann man richtig stolz sein!"

Damit war das Gespräch beendet, und Tante Emmi suchte wortlos das Weite. Tina hatte sich so sehr in Rage geredet, dass sie am ganzen Körper zitterte und einige Minuten benötigte, um sich wieder zu beruhigen. Von nun an ging ihr Tante Emmi immer aus dem Weg, wenn sich eine Begegnung abzeichnete.

Tina vertiefte sich weiterhin in ihrer Freizeit in Bücher, und war daher ständiger Gast in der öffentlichen Bibliothek der Kreisstadt. Inzwischen hatte sie sich an bedeutende literarische Werke, wie Fontanes „Effi Briest" oder Thomas Manns „Die Buddenbrooks" herangewagt. In der warmen Jahreszeit zog sie sich mit Vorliebe auf die Lichtung eines Wäldchens in der Nähe ihres Wohnortes zurück, lehnte sich an einen Baumstamm und vergaß beim Lesen die Welt um sich herum.

Eines Morgens brachte ihr einer ihrer älteren Kollegen im Landratsamt, der sie wegen ihrer Belesenheit schon lange bewunderte, leihweise ein Buch über Archäologie mit, das den Titel „Götter, Gräber und Gelehrte" trug. Schon von der Bebilderung der beiden Buchdeckel mit altägyptischen Motiven war sie so verzaubert, dass sie es kaum erwarten konnte, mit dem Lesen dieses Werkes in eine völlig neue Welt einzutauchen.

Zuhause las sie erstmals von bedeutenden Wissenschaftlern, Archäologen, Hobbyarchäologen und Menschen, die davon besessen waren, Zeugnisse längst vergangener Jahrhunderte oder gar Jahrtausende ans Tageslicht zu fördern. So vertiefte sie sich in die Welt des Hobbyarchäologen Heinrich Schliemann, dessen Vater ihm, dem kleinen Heinrich, von Troja erzählt hatte, und Schliemann seitdem unbeirrt das Ziel verfolgte, die Überreste dieser sagenumwobenen Stadt auszugraben, deren Zerstörung der griechische Dichter Homer ca. 800 v. Chr. in seiner Ilias beschrieb. Mit Begeisterung las sie über den Stein von Rosette, mit dessen Hilfe es dem Franzosen Champollion gelungen war, die altägyptischen Hieroglyphen zu entziffern, und sie sog die Entdeckungsgeschichte der Grabstätte des Pharaos Tutanchamun und den damit verbundenen „Fluch des Pharao" begierig in sich auf.

Beim Lesen der einzelnen Kapitel, in denen über berühmte Ausgrabungen nicht nur der alten, sondern auch der neuen Welt berichtet wurde, fand Tina das Gebiet der Archäologie so überaus interessant, dass sie sich hätte vorstellen können, sich in dieser Wissenschaft zu bewegen. Doch schmerzlich wurde ihr bewusst, dass ihr der Weg in diese faszinierende Welt mangels schulischer Voraussetzungen für immer verschlossen blieb.

Es waren Momente, in denen sie sich fragte, wie wohl ihre Mutter auf ihre Begabung reagiert hätte, und Tina war sich sicher, dass sie sehr stolz gewesen wäre, wenn ihre Tochter eine höhere Schule besucht, oder gar ein Universitätsstudium in Angriff genommen hätte. Sie schätzte auch ihre Großeltern in Esting dahingehend ein, dass sie bei ihnen keineswegs „verbauert" wäre, wie ihr Vater abfällig formuliert hatte, sondern Berte und Franz ihrem Wunsch, eine höhere Schule besuchen zu wollen, sicher gern entsprochen hätten.

Schon während ihrer Ausbildungszeit begann Tina ihre Aufstiegschancen innerhalb des Landratsamtes auszuloten und kam dabei zu einem sehr ernüchternden Ergebnis: Die Inspektoren-Stelle, die sie einmal erhalten sollte, würde frühestens acht Jahre nach ihrer Abschlussprüfung frei werden. Das waren keine guten Aussichten auf eine schnelle Verwaltungskarriere! Andererseits konnte sie sich auch nicht vorstellen, sich ein ganzes Arbeitsleben lang in zum Teil düsteren Räumen in staubige Akten zu vertiefen. Zudem fehlte ihr in dieser Behörde ein wichtiges Kriterium, Erfüllung in ihrem Beruf zu finden, nämlich der Kontakt zu Menschen.

Während Tina ihr Praktikum im Referat „Versicherungswesen" absolvierte, wunderte sie sich dort über das absonderliche Verhalten des zuständigen Sachbearbeiters, Herrn F., dessen Stelle sie nach seiner Pensionierung einnehmen sollte. Sie erlebte in ihm einen von ständigem Frust und Ärger geprägten Menschen, der seines Lebens nicht mehr froh zu werden schien. Fast täglich musste sie sein kurioses Gebaren mit ansehen, wenn er vom Landrat seine Unterschriftenmappe zurückbekam, der Landrat erneut seine Entwürfe bemängelt und durchgestrichen hatte, und Herr F. sie immer wieder aufs Neue bearbeiten musste. Als Reaktion auf die stets wiederkehrenden Rückschläge, die der Mann als schwere Demütigungen empfunden haben musste, pflegte er die Mappe auf den Boden zu knallen, darauf herumzutrampeln, und im Takt seiner Trampelbewegungen die immer gleichen Schimpfworte „Verdammte Hurenscheiße, verdammte Hurenscheiße, ...!" laut hervorzustoßen. Angesichts dieser beinahe täglich sich wiederholenden, theaterreifen Aufführung fragte sich Tina manchmal, ob sie womöglich auch einmal so endete, falls es ihr nicht gelang, vorher das Weite zu suchen.

Einmal erzählte sie diesem Sachbearbeiter, dass sie vorhabe, am Wochenende in Würzburg eine Freundin zu besuchen. Da Herr F. selbst in der Nähe von Würzburg wohnte und Wochenendheimfahrer war, erbot er sich, sie in seinem Auto mitzunehmen. Tina nahm das Angebot freudig an, da sie durch die Mitfahrgelegenheit zumindest die halben Reisekosten für den Zug einsparte. Doch schon kurz nachdem Tina in Herrn F's. Wagen eingestiegen war, bereute sie, dessen Angebot angenommen zu haben; denn so chaotisch, wie er sich in der Dienststelle benahm, war auch sein Fahrverhalten. Fuhr der vor ihm fahrende Wagenlenker nach seiner Ansicht zu langsam, brach er sofort in Jähzorn aus und benutzte in seiner Wortwahl nicht nur die „Hurenscheiße". Wutentbrannt setzte er zum Überholen an und schimpfte: „Dem zeig ich's jetzt, wie man Auto fährt, diesem Sonntagsfahrer", und nahm dabei keinerlei Rücksicht auf den entgegenkommenden Verkehr. Mehrere kritische, von ihm heraufbeschworene Situationen, auf die ihn Tina aufmerksam machte, überspielte er mit den Worten: „Der sieht mich doch und kann bremsen." Tina war heilfroh, als sie unbeschadet in Würzburg aus dem Auto steigen konnte. Sie nahm sich vor, das nächste Mal gleich den Zug zu benutzen.

Gegen Ende ihres letzten Ausbildungsjahres traf sich Tina einmal wöchentlich nach Dienstschluss mit Freunden und Kollegen in netter Atmosphäre in einem kleinen Gasthaus, das etwas außerhalb des Stadtkerns lag. Das Lokal war zum Treffpunkt der jungen Leute geworden, da dort auch für den kleineren Geldbeutel erschwingliche Köstlichkeiten serviert wurden. Hanna, die Wirtin, die das Gasthaus vorwiegend im Alleingang führte, war eine hervorragende Köchin, und es war hauptsächlich ihren Kochkünsten zu verdanken, dass das kleine Lokal trotz seiner dezentralen Lage immer gut besucht war.

Kochen war schon seit Kindesbeinen Hannas Leidenschaft gewesen. Nach dem Krieg hatte sie in einem Hotel in der Region eine Kochlehre absolviert und ihre Kenntnisse in weiteren großen Häusern vertieft. Bevor sie Anfang der fünfziger Jahre heiratete, hatte sie sich zum Ziel gesetzt, ihre Kochkünste in einem eigenen Lokal umzusetzen. Mit Hilfe ihrer Ersparnisse und der ihres Mannes hatte sie schließlich das Haus erworben, wo sie jetzt die kleine Gaststätte betrieb. Neben der Führung ihres Lokals hatte Hanna nacheinander drei Kinder, zwei Mädchen und dazwischen einen Jungen, zur Welt gebracht, von denen die älteste Tochter gerade schulpflichtig geworden war. Ihr Ehemann Ewald, der wie Hanna Ende zwanzig war, arbeitete tagsüber als LKW-Fahrer bei einem Bauunternehmen in einem Nachbarort, „damit wir ein zweites Standbein haben", wie Hanna sagte, und übernahm abends den Ausschank an der Theke. Dabei wirkte er immer brummig und missgelaunt, dies umso mehr, wenn sich eines seiner Kinder in seiner unmittelbaren Nähe aufhielt.

Hanna setzte sich manchmal, wenn es ihre Zeit erlaubte, an den Tisch der jungen Leute, um an deren Unterhaltung teilzunehmen. Dort war sie wegen ihrer Offenheit und Freundlichkeit stets willkommen, und Tina freundete sich nach und nach sogar mit ihr an.

An einem der Abende, als sich Tina wieder mit Hanna unterhielt, erzählte ihr die Wirtin, dass sie und ihr Mann beabsichtigten, das Lokal im nächsten Jahr zu erweitern und eine neue und größere Küche mit zusätzlichen Funktionen zu installieren.

„Ich möchte künftig in der Lage sein, neben den einfachen Gerichten wie bisher auch eine gehobene Küche anzubieten", erläuterte ihr Hanna.

„Dann wird aus deinem kleinen Lokal ein richtiges Restaurant", begeisterte sich Tina und fügte hinzu: „Ich finde es einfach toll, dass du das machen willst, und bin mir sicher, dass du das auch schaffen wirst."

„Bis dahin muss ich mich allerdings noch nach einer zuverlässigen Kraft umsehen, eine die immer da ist, wenn ich sie brauche", fuhr Hanna etwas besorgt fort.

„Vielleicht wäre das etwas für mich", meinte Tina, und war wegen ihrer spontanen Äußerung von sich selbst überrascht. Ihre Kollegen vom Landratsamt, die Zeuge des Gesprächs waren, lachten, denn keiner von ihnen hielt es für realistisch, dass Tina ihren künftigen Status im Öffentlichen Dienst an den Nagel hängen würde, um in der Gastronomie zu arbeiten. Auch Tina und Hanna schlossen sich den Lachern an.

Aber in Tinas Gedanken hatte sich etwas losgerissen und begann sich zu verselbständigen. Wochenlang gingen ihr die eigenen Worte ‚Vielleicht wäre das etwas für mich' nicht mehr aus dem Kopf. Sie wusste, sie hatte das nicht einfach so daher gesagt, sondern die scheinbar unbedachte Äußerung resultierte offenbar aus der Unzufriedenheit mit ihrem derzeitigen Beruf. Je mehr sie über die Angelegenheit nachdachte, umso mehr kam sie zu der Erkenntnis, dass es ihr weit mehr Freude bereitete, in der Gastronomie zu arbeiten, als im Landratsamt weiterhin nüchterne Verwaltungsarbeit zu verrichten.

‚Natürlich würde ich mich auf Dauer nicht allein mit dem Bedienservice begnügen', fuhr sie in ihren Gedanken fort. ‚Nach Einarbeitung in das neue Betätigungsfeld eröffneten sich mir sicher weitere interessante Perspektiven.'

Doch zunächst wollte sie die begonnene Ausbildung mit einer guten Inspektoren-Prüfung abschließen und arbeitete weiter fleißig darauf hin. Als sie sich sicher war, den entscheidenden Schritt in die Gastronomie zu wagen, teilte sie Hanna ihren Entschluss mit. Hanna sah sie prüfend an und sagte nach einer Weile:

„Du meinst es wirklich ernst!?"

„Natürlich meine ich es ernst. Würdest du mich denn nehmen?"

„Welche Frage, natürlich nehme ich dich. Aber es wird für dich kein Zuckerschlecken werden."

„Ich habe ja auch nicht vor, mich hier auszuruhen."

Tina und die Wirtin trennten sich an diesem Tag in dem

Bewusstsein, eine gute Entscheidung getroffen zu haben.

Tina hatte noch ein knappes halbes Jahr bis zu ihrer Verwaltungsprüfung. So lange würden auch die Umbaumaßnahmen in Hannas Betrieb dauern. Hin und wieder, vor allem in den Stoßzeiten an den Wochenenden, half Tina bereits als Bedienung bei Hanna aus und arbeitete sich so langsam in ihr künftiges Betätigungsfeld ein. Während dieser Zeit hatte sie nie das Gefühl, sie habe sich in ihrer neuen Berufswahl von falschen Vorstellungen leiten lassen. Im Gegenteil: Jedes Mal, wenn sie im Restaurant ausgeholfen hatte, fühlte sie sich aufs Neue darin bestärkt, dass ihre Zukunft in der Gastronomie lag.

Neuntes Kapitel

Mit Ablegen der Inspektoren-Prüfung Ende September 1957 beendete Tina ihre Ausbildung im Landratsamt. Sie hatte in allen Fächern hervorragende Noten erzielt. Daher war es nicht verwunderlich, dass der Landrat und andere Vorgesetzte, aber auch ihre unmittelbaren Kollegen, mit Unverständnis auf ihr Vorhaben reagierten, ihren sicheren Posten im Öffentlichen Dienst gegen eine unsichere Tätigkeit in der Gastronomie eintauschen zu wollen. Aber Tina ließ sich nicht beirren und kündigte ihre Stelle, bevor sie in den Genuss des höheren Einkommens einer ausgebildeten Verwaltungsangestellten kam. Der Grund für die Kündigung bereits zu diesem Zeitpunkt lag an der bevorstehenden Neueröffnung von Hannas Restaurant.

Ihre Pflegemutter informierte Tina erst nach Ablegen der Prüfung über ihre neuen Berufspläne. Babette hatte nichts dagegen einzuwenden, wohl wissend, dass ihre Pflegetochter, die sich inzwischen zu einer sehr selbstbewussten jungen Frau entwickelt hatte, sich von ihr nie wieder von irgendwelchen beruflichen Zielen abbringen ließe.

Am Tag der Wiedereröffnung war Hanna plötzlich von Zweifeln geplagt, ob sie den neuen Herausforderungen gewachsen sei, und ob die Bevölkerung das neue Restaurant so annähme wie ihr altes Lokal. Zu ihrem Leidwesen hatte sie in der kritischen Umbauphase für sechs Wochen schließen müssen, und sie befürchtete nun, dass sich die Leute anderweitig orientiert haben könnten. Tina versicherte ihr, dass ihre Stammgäste sie nicht im Stich ließen, und dass sich auch in einer neuen Klientel sehr schnell herumspräche, welche köstlichen Gerichte hervorzuzaubern sie imstande sei. Und sie fuhr fort:

„Was deine Zweifel anbelangt, der Herausforderung gewachsen zu sein, möchte ich dir folgendes sagen: Glaubst du, ich hätte meine Karriere im Öffentlichen Dienst einfach so an den Nagel gehängt, wenn ich nicht voll und ganz von deinen Fähigkeiten überzeugt wäre?"

All diese Worte gaben Hanna Trost, und sie begann langsam, ihr Selbstvertrauen zurückzugewinnen.

Die Neueröffnung erfolgte um 18:00 Uhr. Hanna übertraf sich trotz ihrer Nervosität selbst und kreierte alle Gerichte, ob alte oder neue, par excellence. Mit Freude und Elan arbeitete Tina in ihrem neuen Metier, und es kam ihr vor, als habe sie nie etwas anderes gemacht. Als sie nach Feierabend die Tageseinnahmen abrechnete, blieben ihr circa 70 D-Mark übrig. Das war in den 1950er Jahren ein hoher Lohn für einen einzigen Abend, denn er betrug etwas weniger als ein Drittel dessen, was sie bisher im ganzen Monat verdient hatte. Man konnte sagen, dass die Restauranteröffnung für alle Beteiligten ein voller Erfolg war. Auch in den folgenden Tagen, Wochen und Monaten hatten Hanna und Tina keinen Grund, sich über zu geringe Gästezahlen zu beklagen. Im Gegenteil: Bis auf wenige Tage war das Restaurant, insbesondere an den Abenden, immer völlig ausgebucht.

Schon sehr früh begann Tina, sich für Gastronomieseminare anzumelden. Wenn es sich koordinieren ließ, opferte sie dafür sogar ihren einzigen freien Wochentag. Die Seminare wurden vom Hotel- und Gaststättenverband angeboten und fanden meist in München, Ingolstadt oder Erlangen statt. Obwohl sich der damit verbundene Aufwand als sehr zeit- und arbeitsintensiv erwies, bereitete es ihr Freude, alles Fachwissen rund um das Gastronomiegewerbe beharrlich in sich aufzunehmen. Dabei kamen ihr ihre schnelle Auffassungsgabe und ihre Stenografie-Kenntnisse sehr zugute. Von Anfang an setzte Tina all ihr Fachwissen, das sie in Kursen und Seminaren erworben hatte, im Betrieb um. Z. B. akzeptierte Hanna dankbar, dass sich Tina um eine Optimierung der Abläufe in ihrer Küche kümmerte, weil sie erkannte, dass Kochkunst allein keinen permanenten Erfolg garantierte. Hanna war bald davon überzeugt, dass die Prosperität des Restaurants zu einem nicht unerheblichen Teil Tinas unermüdlichem Engagement zuzuschreiben war. Doch mit grauer Theorie allein wollte sich Tina nicht zufriedengeben. Die Hobbyköchin verbrachte Stunden, in denen sie im übrigen Betrieb entbehrt werden konnte, in der Küche, um Hanna nicht nur über die Schulter zu blicken, sondern oft auch selbst bei der Speisenzubereitung mit Hand anzulegen.

Auch um die Buchführung des Betriebs kümmerte sich Tina. Dazu musste sie nur die im Landratsamt erlernte kameralistische Methode, die klassische Buchführung in der öffentlichen Verwaltung, auf ihre gastronomischen Belange übertragen, was ihr nicht schwerfiel.

Schon nach circa einem Jahr war Tina Teil der Familie geworden. Hanna hatte ihr inzwischen anstelle des bisherigen Zimmers eine schöne Dachgeschosswohnung zur Verfügung gestellt, die sich Tina geschmackvoll einrichtete. Dort wohnte auch immer häufiger ihre Pflegemutter, die oftmals in der Küche aushalf, am liebsten aber Hannas und Ewalds Kinder bei den Hausaufgaben betreute. Tinas Wohnung war auch oft Zufluchtsort für die Kinder, wenn ihr Vater sie bei einem seiner cholerischen Anfälle wieder einmal im Visier hatte.

Babettes Haus war schon bei Tinas Einzug 1944 in keinem guten Zustand mehr gewesen. Inzwischen waren Teile der Bausubstanz so marode geworden, dass man befürchtete, das Haus stürzte in absehbarer Zeit in sich zusammen. Da Tina nun über ein gutes Einkommen verfügte und überdies bereits einen beachtlichen Betrag angespart hatte, gelang es ihr Anfang der 1960iger Jahre, mit Hilfe eines Bankkredits, den Umbau des Hauses in Angriff zu nehmen. Als die Baumaßnahmen abgeschlossen und die Räume neu eingerichtet waren, platzte ihre Pflegemutter beinahe vor Stolz über ihr neues Zuhause.

Immer häufiger war Tina in den Sommermonaten von auswärtigen Gästen gefragt worden, wo sie übernachten könnten, nachdem die Hotels und Pensionen in der Kreisstadt ausgebucht waren. Und sie war jedes Mal bemüht, die Gäste an Häuser in der näheren Umgebung zu vermitteln. Dies nahm sie zum Anlass, um Hanna und Ewald die Einrichtung einer Pension vorzuschlagen. Beide nahmen den Vorschlag wohlwollend auf und begannen umgehend mit der Planung eines Erweiterungsbaus. Bis zu seiner Fertigstellung absolvierte Tina erneut Seminarbesuche, um sich auch die erforderlichen Kenntnisse im Hotelwesen anzueignen.

Im Laufe der Jahre bekam Tina nicht nur viele Diplome ausgehändigt, sondern hatte sich aufgrund ihres umfangreichen Wissens und ihrer praktischen Erfahrung im Hotel- und Gaststättenwesen bei Hoteliers und Gaststättenbetreibern der Region hohes Ansehen erworben. Immer wenn sie Rat suchten, fragten sie nicht den zuständigen Vorsitzenden des Hotel- und Gaststättenverbandes, sondern wandten sich mit ihren Anliegen an Tina, da sie sicher sein konnten, von ihr immer eine kompetente Auskunft zu erhalten.

Eines Tages wurde sie vom Verband gebeten, als Dozentin Kurse für den Nachwuchs zu veranstalten, und sie versuchte trotz Zeitmangels auch diese Aufgabe zu bewältigen.

Während eines zweitägigen Kompaktkurses des Hotel- und Gaststättenverbandes in einem Münchner Hotel lernte Tina im Frühjahr 1964 Peter Dietl kennen. Der junge Mann und sie saßen zufällig nebeneinander im Seminarraum, und da beide keinen der anderen Teilnehmer kannten, ergab es sich, dass sie auch ihre Mahlzeiten gemeinsam einnahmen.

Tina fand Peter vom ersten Augenblick an sehr sympathisch und nahm seine Einladung, sich nach dem Abendessen mit ihm in der Hotelbar zu treffen, gerne an. Bei einem Glas Rotwein tauschten sie sich über ihre beruflichen Erfahrungen aus, wobei jeder die hohe Sachkompetenz des anderen schätzen lernte.

Peter war der einzige Sohn eines Hotelier-Ehepaars aus einer anderen fränkischen Region. Die Mutter hatte den Betrieb nach dem Krieg von ihren Eltern ererbt, und Peter sollte ihn eines Tages übernehmen. Nach der Mittleren Reife hatte er eine Ausbildung zum Hotelkaufmann an einer Hotelfachschule und die erforderlichen Praktika in verschiedenen deutschen und österreichischen Hotels durchlaufen. Seit etwa zwei Jahren arbeitete er nun im elterlichen Betrieb. Da die Familie schon immer in einem Nebengebäude des Hotels wohnte, war er von Kindesbeinen an mit den Abläufen in der Hotellerie bestens vertraut.

Während der Unterhaltung stellte sich heraus, dass er wie Tina 24 Jahre alt war. Er sei unverheiratet, weil er, wie er Tina sagte, noch nicht die Richtige gefunden habe.

Tina berichtete Peter von ihrem Werdegang über den Öffentlichen Dienst in die Gastronomie und er wunderte sich, wie sie über so umfangreiche Fachkenntnisse verfügen konnte, ohne eine klassische Ausbildung wie er durchlaufen zu haben. Aus ihrem ganz privaten Bereich erzählte sie ihm lediglich, dass sie Vollwaise, und ab dem fünften Lebensjahr von einer Pflegemutter großgezogen worden sei. Nach Beendigung des Seminars fragte Peter vor der allgemeinen

Abreise bei Tina schüchtern nach, ob sie sich auch einmal privat mit ihm treffen würde. Sie sagte gerne zu, und sie verabredeten, sich an Tinas nächstem freien Tag in Würzburg zu treffen. Es sollte nicht bei der einen Verabredung bleiben.

Die regelmäßigen Begegnungen begannen Mitte bis Ende Mai. Es waren für Tina immer besondere Tage, an denen sich auch das Wetter von seiner schönsten Seite zeigte. Peter war charmant und nie aufdringlich, was Tina sehr an ihm schätzte. Sie genoss die herrlichen Stunden, in denen sie nach dem gemeinsamen Mittagessen Hand in Hand durch eine der ausgewählten Städte schlenderten, Sehenswürdigkeiten besichtigten, und den Tag mit einem kleinen Imbiss ausklingen ließen. Nach ihrem dritten Wiedersehen bemerkte Tina, dass ihr die Begegnungen mit Peter nicht nur sehr gut taten, sondern sie sich auch in ihn verliebt hatte.

Fünf Wochen nach ihrem ersten Kontakt in München lud Peter Tina erstmals zu sich nach Hause ein. Das Hotel seiner Eltern befand sich in einer mittelgroßen fränkischen Stadt, und Tina hatte einen weiten Weg zu fahren, um mit ihrem Auto dorthin zu gelangen. Aufgrund Peters Beschreibung hatte sie von dem Gebäudekomplex schon eine gewisse Vorstellung bekommen. Als sie aber direkt davorstand, war sie von der stattlichen Fassade geradezu überwältigt. Das Ursprungsgebäude und Kernstück des Hotels stammte aus der Zeit des Jugendstils. Wie sie von Peter wusste, waren in zurückliegenden Jahren dezent gestaltete Erweiterungsbauten hinzugefügt worden, die aber vom Eingangsbereich aus nicht zu sehen waren.

Tina erreichte nach Passieren einer breiten Eingangstür, die dem Stil des historischen Traktes entsprach, die großzügig gestaltete, ebenfalls im Jugendstil gehaltene Hotelhalle. Die junge Dame an der Rezeption wusste nach

155

Nennung ihres Namens sofort, wen sie vor sich hatte, und bat sie, einstweilen in der Halle Platz zu nehmen. Wenige Augenblicke später kam Peter mit strahlendem Gesicht die breit geschwungene Treppe herunter. Nach einer kurzen freundschaftlichen Begrüßung lud er sie zur Besichtigung des Hotels ein und gab ihr auf dem Weg durch die Gänge und Einrichtungen entsprechende Erläuterungen. Sie erfuhr, dass Peters Eltern Ende der fünfziger Jahre sehr viel Geld investiert hatten, um Gebäude und Einrichtung auf den neuesten Stand zu bringen, da sie andernfalls nicht hätten konkurrenzfähig bleiben können. Bei der Präsentation einiger der modern eingerichteten Zimmer informierte er Tina über Anzahl der Hotelbetten und deren Auslastung. In der hervorragend ausgestatteten Küche, in der sich im Augenblick noch wenig Personal zu schaffen machte, fuhr Peter in seinen Ausführungen fort:

„Wir haben das Glück, über einen hervorragenden Küchenchef zu verfügen, so können wir auch viele Nicht-Hotelgäste in unserem Restaurant begrüßen."

Weiter ging es zum Restaurant, das ebenso wie die Zimmer mit modernen Möbeln ausgestattet war, die aber nach Tinas Eindruck sehr gut zum Gesamtkonzept passten. Wenig später näherten sie sich den Büroräumen, die sich hinter der Rezeption verbargen. Dort beabsichtigte Peter, Tina seinen dort arbeitenden Eltern vorzustellen. Aus Peters früheren Schilderungen wusste sie, dass sein Vater und er selbst für den organisatorischen Bereich, und Peters Mutter für das Personal in Hotel und Restaurant zuständig war. Während Peters Mutter Tina herzlich willkommen hieß, verhielt sich sein Vater ihr gegenüber auffallend reserviert, und Tina entging nicht, dass er sie skeptisch musterte. Peters Mutter lud den Gast für 13.00 Uhr zu einem gemeinsamen Mittagstisch ein, und Tina ahnte, dass das Essen dazu dienen sollte, von Peters Eltern näher in Augenschein genommen zu werden.

Die Familie hatte im Restaurant für sich und ihren Gast einen runden Tisch eindecken lassen. Eine junge weibliche Bedienung servierte einen französischen Rotwein, der Tina als Spitzenwein bekannt war. Die junge Dame befand sich am Anfang ihrer Ausbildung und wirkte sehr nervös. Beim Eingießen des Weins in das Glas des Seniorchefs fielen ihr ein paar Tropfen daneben und hinterließen entsprechende Spuren auf dem weißen Tischtuch. Sie erschrak über ihr Missgeschick und entschuldigte sich. Das hinderte Peters Vater jedoch nicht daran, sie vor Tina und seinen Familienangehörigen ausgiebig zu tadeln. Tina war bestürzt über die Zurechtweisung, die nach ihrer Meinung in keiner Weise dem Anlass gerecht wurde. Verstört blickte sie zu Peter hinüber und sah ihm an, dass ihm der Zwischenfall sehr peinlich war.

Vor dem eigentlichen Menü wurde ein Amuse-Gueule gereicht, das für einen ersten Augen- und Gaumenschmaus sorgte. Auch von der Vorspeise, einem Rinder-Carpaccio mit Balsamico-Vinaigrette war Tina sehr angetan. Den Höhepunkt des Menüs bildete ein exakt auf den Punkt gegartes, äußerst schmackhaftes Lammfilet mit Rotweinsauce. Als Beilagen dienten Ofengemüse und Reis. Tina konnte auf Grund des leckeren Gerichts gut nachvollziehen, dass das Restaurant auch von Nicht-Hotelgästen gern frequentiert wurde.

Nach dem Hauptgang kam Peters Vater auf Tinas berufliche Tätigkeit zu sprechen. Gleich zu Beginn brüskierte er sie mit der Bemerkung, dass man „in unserer Branche" als Quereinsteigerin unmöglich die gleichen Fähigkeiten besitzen könne, wie jemand, der den Beruf von der Pike auf erlernt hat. Offenbar hatte ihm Peter von ihrem ungewöhnlichen Werdegang erzählt, in dem sie sich all ihr Fachwissen über Kurse und Seminare angeeignet hatte.

Selbst wenn er in seinem Urteil Recht behalten hätte, so empfand sie diese Äußerung in ihrer Anwesenheit als ungehörig, und sie war gespannt, zu welchen unsensiblen Bemerkungen der Mann noch fähig war.

Im weiteren Verlauf des Gesprächs suchte der Patrone nahezu inquisitorisch zu ergründen, wie es um Tinas Fachwissen bestellt war. Er stellte ihr Fragen über das Hotel- und Gastronomiewesen, wie man sie allenfalls an eine Stellenbewerberin, jedoch nicht an einen Gast richtete. Tina kochte innerlich vor Ärger, doch sie nahm sich zusammen und ließ keine Frage unbeantwortet. Peter und seine Mutter waren peinlich berührt, welchen Verlauf die Unterhaltung inzwischen genommen hatte, und versuchten, das Gespräch immer wieder durch beschwichtigende Einwürfe in andere Bahnen zu lenken. Aber der Seniorchef hielt an seinem einmal eingeschlagenen Kurs fest und setzte in seiner ungehobelten Art noch einen obendrauf:

„Sie werden sicherlich verstehen, Frau Engel, dass ich alles über ihre Kenntnisse und Erfahrungen im Hotel- und Gastronomiewesen wissen möchte", meinte er halb entschuldigend am Ende seines „Verhörs", „schließlich hängt die Zukunft unseres Betriebs von den Fähigkeiten eines jeden Einzelnen in der Familie ab.

‚Das ist doch wohl der Gipfel der Unverschämtheit', schoss es Tina durch den Kopf. ‚Dieser Mensch scheint nicht das geringste Taktgefühl zu besitzen. Was glaubt er eigentlich, wen er vor sich hat?'

„Jetzt lass' es aber gut sein, Wilhelm", war die einzige zurückhaltende Intervention von Peters Mutter auf die Ausführungen ihres Gatten. Peter aber hatte es nicht gewagt, seinem Vater in irgendeiner Weise Einhalt zu gebieten.

Tina fand es ungeheuerlich, dass Peters Vater nicht nur das alleinige Sagen im Unternehmen zu haben schien, sondern offenbar auch ein Mitspracherecht bei Peters Partnerwahl für sich in Anspruch nahm. Unwillkürlich fragte sie sich, wie viele Anwärterinnen auf die Position einer Schwiegertochter bei einem ähnlichen Test bereits durchgefallen waren. Am liebsten wäre sie aufgestanden und nach Hause gefahren, doch aus Rücksicht auf Peter blieb sie sitzen.

Peter und seine Mutter sahen nach dem Auftritt ihres Vaters beziehungsweise Ehemannes sehr betreten aus, und Tina fühlte sogar ein wenig Mitleid mit ihnen. Das Dessert, das nun vor ihr stand – es war eine Kreation aus Früchten und Eis – ließ sie vor innerer Erregung nahezu unberührt. Sie war froh, als man die Tafel endlich aufhob, und sie sich von dem Ehepaar verabschieden konnte.

Peter bat Tina, ihn zurück in seine Wohnung zu begleiten, die sich in einem anderen Gebäudetrakt befand. Auf dem Weg dorthin sprach sie kein einziges Wort. Er fühlte offenbar, was sie bedrückte, denn er entschuldigte sich bei ihr für das taktlose Benehmen seines Vaters und bat sie, sein dummes Geschwätz einfach zu ignorieren. Doch das war leichter gesagt, als getan.

In seiner Wohnung angekommen lud er sie ein, ihre freien Tage trotz der aufgetretenen Irritationen weiterhin bei ihm im Hotel zu verbringen. Tina fühlte sich äußerst deprimiert und sie äußerte, dass es ihr lieber wäre, wenn sie sich wieder an neutralen Orten träfen. Aus der Einladung entnahm sie, dass Peter von seinem Vater signalisiert bekommen hatte, an ihr festhalten zu dürfen. Dieser Gedanke machte sie noch wütender, als sie schon war, und sie suchte nach einem Weg, um schnellstmöglich von hier wegzukommen. Peter aber zog sie an sich, umarmte sie und sagte ihr mit Tränen in den Augen:

„Weißt du, dass ich bereits bei unserer ersten Begegnung gefühlt habe, dass du die Liebe meines Lebens bist?! Ich habe noch nie so viel für eine Frau empfunden, wie für dich,

Tina. Ich liebe dich sehr und wünsche mir von ganzem Herzen, dass du meine Frau wirst, und wir bald gemeinsame Kinder bekommen."

Tina hatte schon früher auf eine Geste der Zuneigung gewartet. Jetzt sah sie sich plötzlich nicht nur mit einer Liebeserklärung, sondern sogar mit einem Heiratsantrag konfrontiert. Aber hierfür war der Zeitpunkt nach ihrer Ansicht äußerst unglücklich gewählt, da alles darauf hindeutete, dass Peter erst nach dem Placet seines Vaters diesen Schritt gewagt hatte. Traurig und verstimmt sagte sie ihm nur, dass sie ihn ebenfalls sehr gern habe. Dann bat sie ihn, sie zu entschuldigen, da sie jetzt nach Hause fahren möchte. Peter respektierte ihren Wunsch und verabschiedete sich von ihr mit einer weiteren innigen Umarmung.

Todmüde nach den Strapazen der Hin- und Rückfahrt und dem Verdruss, den ihr der Aufenthalt in Peters Zuhause beschert hatte, ging Tina nach Ankunft in ihrer Wohnung sofort ins Bett, obwohl es noch lange nicht Schlafenszeit war. Mehrere Stunden fand sie keinen Schlaf, da sie noch einmal die Eindrücke des Tages an sich vorüberziehen ließ. Im Laufe der Nacht fiel sie in einen mysteriösen Traum. Sie träumte, dass sie ein Kind bekommen habe, und sie wenige Jahre nach der Geburt des Kindes gestorben sei. Doch obwohl sie tot war, konnte sie das Kind, es war ein Mädchen von circa drei Jahren, weiterhin in seinem Tun beobachten. Tina versuchte mit dem Kind in Kontakt zu treten, und rief es an. Doch der Blick des Kindes ging durch sie hindurch und war in weite Ferne gerichtet. Plötzlich erkannte sich Tina selbst in dem Kind und sie konnte gleichzeitig ihre und des Kindes tiefe Traurigkeit fühlen, von der sie beide durchdrungen waren.

Tina hatte bisher wenig von Traumdeutung gehalten. Doch nach dem morgendlichen Erwachen kam sie nicht umhin, sich zu fragen, was ihr dieses unheimliche Traum-

bild, das offensichtlich aus ihren schrecklichen Kindheitserinnerungen resultierte, vermitteln wollte. Es war lange her,
dass sie in ihren Träumen mit ihrem Kindheitstrauma
konfrontiert worden war, und sie hatte geglaubt, es längst
verarbeitet zu haben. Nun fragte sie sich, warum es sich
gerade jetzt wieder zurückmeldete.

Im Augenblick hatte sie weder Zeit noch Muße, dieser
Frage nachzugehen, denn in der Pension und im Restaurant
warteten bereits ihre täglichen Aufgaben auf sie. Erst am
späten Abend, als sie sich wieder in ihre Wohnung zurück-
ziehen konnte, versuchte sie erneut über ihren Traum der
vergangenen Nacht zu reflektieren:

‚Es scheint mir fast so, als sei die Verarbeitung meines
Kindheitstraumas nicht, wie ich glaubte, längst abgeschlossen, sondern ein unerwartetes Ereignis genügte offenbar,
um die Erinnerung an das Erlebte in einem Albtraum erneut
aufleben zu lassen. Waren vielleicht Peters Avancen und
seine Erwähnung von gemeinsamen Kindern der Auslöser
für den Traum? Schließlich war es das erste Mal, dass ich
mich mit dem Gedanken an eine künftige Mutterrolle
konfrontiert sah. Warum aber wurde in dem Traumgesche-
hen mein Tod thematisiert, wobei die Parallele zum Tod
meiner eigenen Mutter unübersehbar ist?'

Die Antwort auf diese Fragen musste sie offenlassen und
sie lenkte ihre Gedanken auf Herrn Dietls Senior ungebühr-
liches Verhalten und seine offensichtliche Einflussnahme
auf Peters Leben. Alle Überlegungen und Feststellungen
führten schließlich dazu, dass sie noch tiefer ins Grübeln
geriet:

‚Was geschähe wohl mit meinen und Peters Kindern',
fragte sie sich unvermittelt, wenn ich, wie meine Mutter,
jung sterben sollte? Wäre Peter in der Lage, eine Frau
auszusuchen, bei der unsere Kinder die gleiche Liebe und
Geborgenheit fänden, die ich ihnen geschenkt hätte, oder

müsste Peter unter dem Druck seines Vaters seine neue Partnerin einzig nach ihren fachlichen Voraussetzungen und nicht nach ihrem Empathievermögen auswählen? Was hätten meine Kinder in diesem Fall zu erwarten?'

Allein den Gedanken, ihre Kinder müssten bei einer Stiefmutter nur einen winzigen Bruchteil des Leids ertragen, das ihr von ihrer Stiefmutter zugefügt worden war, konnte sie nur schwer ertragen. Mit diesen Empfindungen ging Tina zu Bett. Doch der Schlaf ließ lange auf sich warten, da sich ihre Gedanken verselbständigt hatten und sie nicht zu Ruhe kommen ließen.

Sie ertappte sich an den folgenden Tagen immer wieder, dass sie während ihrer Arbeit nicht ganz bei der Sache war, und ihr sogar kleine Fehler unterliefen. Schuld daran war ihre derzeitige Gemütslage, die nicht zum Besten stand. Ständig musste sie an die nächste Begegnung mit Peter und seiner Familie denken. Sie befand sich in einem Dilemma, da sie einerseits Peter liebte und ihn nicht verlieren wollte, sich aber andererseits eine gedeihliche Zusammenarbeit mit ihrem Schwiegervater in spe nicht vorstellen konnte. Es half ihr auch wenig, ihre Stimmung aufzuhellen, wenn sie sich vorsagte, sie wolle ja Peter und nicht dessen Vater heiraten.

Wie wohltuend wäre es jetzt gewesen, sich einer Person anvertrauen zu können, um mit ihr über ihre Sorgen zu sprechen. Aber es gab niemanden, an den sie sich vertrauensvoll hätte wenden können. Hanna würde sie sicher dahingehend zu beeinflussen suchen, die ganze Geschichte abzublasen, nur um sie nicht zu verlieren. Auch ihre Pflegemutter taugte nicht als neutrale Ratgeberin, da auch sie fürchtete, Tina würde sie im Stich lassen. Letzteres hatte sie aber nie vor, sondern hatte schon länger geplant, ihrer Pflegemutter eine Wohnung in der Nähe einer eventuell neuen Wirkungsstätte zu besorgen.

Es waren nur noch drei Tage, bis zu Tinas nächstem Besuch bei Peter, und sie fühlte sich mehr denn je hundeelend. Bisher hatte sie sich immer vorgesagt, dass Probleme da seien, um gelöst zu werden. Aber diesmal schien dieses Motto keine Gültigkeit zu besitzen. Denn bei nüchterner Betrachtung musste sie sich folgendes eingestehen: So wie sie Peters Vater kennengelernt hatte, wären Ärger und Streit zwischen ihm und ihr vorprogrammiert. Sie würde es nicht akzeptieren, wenn er sich seinem Umfeld gegenüber in ähnlich despotischer Manier aufspielte, wovon sie während ihres Besuchs möglicherweise nur eine kleine Kostprobe erhalten hatte. Da jedoch Peter sehr wenig Rückgrat zu besitzen schien, stünde er unter Umständen eines Tages zwischen ihr und seinem Vater und müsste sich für eine Seite entscheiden. Das wollte sie weder Peter noch sich selbst zumuten. Daher rang sie sich zu einer schmerzlichen Entscheidung durch:

,Ich glaube, es ist das Beste für alle Beteiligten, wenn ich die Verbindung löse, bevor sie in eine ernste Beziehung mündet', dachte sie und setzte sich an ihren Schreibtisch. Der Brief an Peter sollte knappgehalten sein und die Unumkehrbarkeit ihrer Entscheidung deutlich zum Ausdruck bringen. Sie nahm Briefpapier und Füllfederhalter und überlegte kurz, bevor sie zu schreiben begann:

Lieber Peter,
während meines Besuchs bei Dir und Deinen Eltern musste ich feststellen, dass unserer Verbindung unüberbrückbare Gegensätze im Wege stehen, die nicht geeignet sind, eine vertrauensvolle Basis für eine gemeinsame Zukunft entstehen zu lassen. Daher habe ich mich schweren Herzens entschlossen, Deinen Antrag abzulehnen.
Ausschlaggebend für meine Entscheidung ist zum einen das unmanierliche Verhalten Deines Vaters mir gegen-

über, der offenbar auch bei Deiner Partnerwahl die Entscheidungsbefugnis in Händen hält. Doch ebenso schwer wiegt für mich, dass Du es nicht wagtest, Deinem Vater Einhalt zu gebieten, als er mich so herabwürdigend behandelte.

Ich danke Dir für die schöne Zeit zusammen mit Dir,
Tina

Noch vor dem Verschließen des Briefumschlags benetzten Tränen ihr Gesicht. Sie war einerseits sehr traurig, da sie sich Peter durchaus als den Partner fürs Leben hätte vorstellen können, fühlte sich aber andererseits durch ihren mutigen Schritt von einer ungeheuren Last befreit. Doch die Erinnerung an Peter stak wie ein Pfahl in ihrer Brust und sie wusste, dass sie ihm noch lange Zeit nachtrauern würde.

Wenn Tina dachte, das Kapitel mit Peter sei abgeschlossen, so wurde sie am übernächsten Tag eines Besseren belehrt. Es war wieder ihr freier Tag, und sie hielt sich um acht Uhr morgens noch in ihrer Wohnung auf, unschlüssig, wie sie den Tag gestalten sollte. Da wurde sie von Hanna über das Haustelefon verständigt, dass ein Herr Dietl, der sie dringend sprechen möchte, unten im Foyer der Pension auf sie warte. Ihr erster Gedanke war, dass Peter gekommen sei, um auf sie einzuwirken, ihren Entschluss zu revidieren. Schweren Herzens verließ sie ihre Wohnung, um nach unten zu gehen. Zu ihrer Überraschung erhob sich im Foyer aus einem Sessel nicht Peter, sondern dessen Vater. Er wirkte sehr zerknirscht, als er auf Tina zuging und sie per Handschlag begrüßte.

„Tina – ich darf Sie doch so nennen?", begann er. „Ich weiß, dass heute Ihr freier Tag ist. Darum bin ich sehr früh von zuhause losgefahren, in der Hoffnung, Sie noch rechtzeitig zu erreichen, bevor Sie vielleicht zu einem

Ausflug aufbrechen."

Er seufzte, bevor er weitersprach:

„Ich muss mich bei Ihnen für mein schlechtes Benehmen von vergangener Woche entschuldigen. Ich weiß selbst nicht, was in mich gefahren war. Können wir die ganze Angelegenheit bitte noch einmal in Ruhe besprechen?"

Tina forderte ihn auf, wieder Platz zu nehmen, und während sie sich ihm gegenüber in einem zweiten Sessel niederließ, antwortete sie ihm niedergeschlagen:

„Ich fürchte, da gibt es nichts mehr zu besprechen."

„Bitte, hören Sie mich doch erst einmal an,", fuhr er fort.

„Als Peter Ihren Brief bekam, hat er mir große Vorwürfe gemacht, dass ich durch mein unbesonnenes Verhalten alles kaputt gemacht hätte. Noch nie habe ich ihn so verzweifelt und aggressiv erlebt, wie an diesem Tag. Auch meine Frau hat sich gegen mich verschworen und hackt dauernd auf mir herum. Sie glauben gar nicht, wie schief im Moment bei uns der Haussegen hängt. Ich kann nur noch einmal wiederholen, dass mir das alles schrecklich leidtut, und ich bitte Sie inständig, Ihre Entscheidung rückgängig zu machen – Peter zuliebe; denn er liebt Sie sehr."

Mit der letzten Bemerkung hatte Herr Dietl in Tina einen wunden Punkt berührt, und sie sagte sich, dass sie jetzt sehr stark sein müsse. Auf keinen Fall durfte sie erwähnen, was sie für Peter empfand, denn dann hätte Peters Vater leichtes Spiel. So nahm sie all ihre Kraft zusammen und antwortete ihrem Gegenüber mit Bedacht:

„Aus dem, was Sie mir gerade erzählt haben, entnehme ich, dass Ihnen erst nach Peters Vorwürfen klar wurde, was Sie angerichtet haben, und dass ihr Verhalten mir gegenüber total deplatziert war. Und genau das, Herr Dietl, scheint Ihr Problem zu sein: Sie stoßen Ihre Mitmenschen vor den Kopf und merken es nicht einmal. Ich denke dabei auch an Ihre junge Auszubildende, die Sie wegen einiger unbedeu-

165

tender Rotweinflecken auf dem Tischtuch in ungerechtfertigter Weise gerügt haben."

Nun sah sie ihm voll ins Gesicht und redete sich von der Seele, was sie im Augenblick empfand:

„Ihr Sohn hatte mich in Ihr Haus eingeladen und ich dachte, ich sei auch *Ihr* Gast. Doch in Ihrer herablassenden Art haben Sie mich wie eine Stellenbewerberin mit Fragen überschüttet, um herauszufinden, ob ich überhaupt würdig sei, in Ihr Unternehmen aufgenommen zu werden. Ja, ich hätte mir durchaus vorstellen können, mich als Peters Partnerin in ihrem Hotel mit vollem Engagement einzubringen. Aber neben einer liebevollen Partnerbeziehung lege ich auch großen Wert auf ein harmonisches Umfeld. Das aber, Herr Dietl, habe ich in Ihrem Haus leider vermisst. Deshalb habe ich mich entschlossen, mein unabhängiges Leben, das frei ist von jeglicher Bevormundung, so weiter zu führen, wie bisher."

Nach diesen Worten erhob sie sich.

„Heißt das, Ihr Entschluss ist endgültig?", fragte Peters Vater sichtlich bestürzt.

„Ja, er ist endgültig", antwortete sie ihm mitleidlos.

Sie gab dem völlig entgeisterten Mann, der gerade noch ein „Ja, aber..." hervorbrachte, zum Abschied die Hand und eilte nach oben in ihre Wohnung. Es war höchste Zeit, dass sie sich zurückgezogen hatte, denn jetzt konnte sie ihre Emotionen nicht mehr im Zaum halten. Sie schloss sich in ihre Wohnung ein, damit niemand sie in ihrer augenblicklichen Verfassung sehen konnte.

Als sie sich wieder einigermaßen beruhigt hatte, setzte sie sich in ihr Cabrio, und nahm sich vor, zum Wandern in die nahegelegene Rhön zu fahren. Dort in freier Natur hoffte sie, wieder auf andere Gedanken zu kommen. Der Himmel war leicht bewölkt, und man konnte noch nicht absehen, wie sich das Wetter entwickelte. So fuhr sie entgegen ihrer sonstigen Gewohnheit vorerst mit geschlossenem Verdeck. Sie durchquerte das Dorf W. und erreichte nach der Ortschaft eine ansteigende und kurvenreiche Streckenführung, die den landschaftlichen Gegebenheiten angepasst war.

Plötzlich kam ihr in einer Linkskurve auf ihrer Fahrbahnseite ein anderer PKW entgegen. Sie konnte nicht ausweichen, da es neben ihr steil einen Abhang hinunterging. So war trotz einer Vollbremsung ein Zusammenprall der beiden Fahrzeuge unvermeidlich. Tina hatte sich noch während des Bremsvorgangs instinktiv nach unten und zur Seite weggeduckt, schlug aber beim Crash mit ihrer Stirn auf den Schalthebelknopf auf.

Es dauerte eine ganze Weile, bis sie sich von ihrem Schrecken erholt hatte. Dann bewegte sie vorsichtig ihre Gliedmaßen und stellte erleichtert fest, dass sie noch alle intakt waren. Als sie ausgestiegen war, bemerkte sie, dass Blut von ihrer Stirn auf die Bluse tropfte. Mangels anderer Möglichkeiten der Blutstillung presste sie ihre rechte Hand auf die Wunde.

Inzwischen war auch der Unfallgegner, der im Gegensatz zu Tina vollkommen unverletzt geblieben war, aus seiner beschädigten Limousine geklettert. Wortreich erklärte er ihr, warum er mit seinem Fahrzeug zu weit nach links abgekommen sei, und seine einzige Sorge galt einem wichtigen Termin, den er jetzt „wegen dieser blöden Geschichte" versäume. Er äußerte kein Wort des Bedauerns wegen des von ihm verschuldeten Unfalls. Auch ließ ihn Tinas Verletzung vollkommen gleichgültig.

Nach wenigen Minuten näherte sich sensationshungrig das halbe Dorf, das durch den weithin hörbaren Lärm herbeigelockt worden war, und gruppierte sich in gebotenem Abstand um die Unfallstelle. Inzwischen war das Blut aus Tinas Stirnwunde trotz der pressenden Hand in die

167

Bluse gesickert. Tina bat einen der Umstehenden, er möge so freundlich sein und aus ihrer Handtasche auf der Rückbank ihres Wagens ein Taschentuch herausholen, damit sie das Blut besser stillen könne. Ihre Möglichkeiten, dies selbst zu tun, seien im Augenblick äußerst begrenzt. Zu ihrer Überraschung rührte sich weder der Angesprochene, noch irgendein anderer der anwesenden Gaffer, ihrer Bitte nachzukommen. Stattdessen blickten die Leute wie gebannt auf die Szene, als sei sie Teil eines Theaterstückes. Wenig später hielt ein Fahrzeug, aus dem eine junge Frau ausstieg, die Tina ihre Hilfe anbot. Sie holte ohne zu zögern das Taschentuch aus dem Wagen, und Tina presste es anstelle der bloßen Hand auf die Wunde. Nachdem sich die Frau vergewissert hatte, dass sich Tina keine weiteren Verletzungen zugezogen hatte, bot sie sich an, sie zurück ins Dorf zu dem dort tätigen Praktischen Arzt zu fahren. Doch Tina lehnte dankend ab, da sie das Fahrzeuginnere der Frau nicht mit ihrem Blut beschmutzen wollte. Sie bat die Dame stattdessen, den Arzt hierher zu schicken, um die Wunde vor Ort zu versorgen.

Der Arzt kam auch postwendend und nahm eine Blutstillung vor. Die Wundversorgung erfolgte durch mehrere Stiche, die Tina ohne lokale Betäubung über sich ergehen ließ. Schließlich lud der Arzt Tina ein, sie mit zurück ins Dorf zu nehmen. Die Gaffer, die sich noch immer an der Unfallstelle aufhielten, dürften alles in allem voll auf ihre Kosten gekommen sein.

Tinas Cabrio hatte nach dem Unfall nur noch Schrottwert, da sich der Rahmen vollständig verzogen hatte. Sie trauerte ihrem schönen Wagen nach, war aber glücklich, dass der Unfall für sie so glimpflich abgelaufen war.

Im Laufe der nächsten Tage und Wochen war Tina keineswegs frei von Zweifeln, ob sie ihren Entschluss, Peter zu verlassen, nicht revidieren sollte. Dieser Sinneswandel beruhte nicht zuletzt auf ihrem Unfallerlebnis. Es hatte ihr drastisch vor Augen geführt, dass Glück, Gesundheit oder gar Leben von einem Augenblick auf den anderen zerstört sein können. Schlussfolgernd kam sie zu der Erkenntnis, dass man im Leben einerseits nie auf ein dauerhaftes oder uneingeschränktes Glück bauen dürfe, andererseits aber alles dafür tun müsse, um es zu erhalten. Mit einem Mal erschien ihr die Kluft, die sie von einem gemeinsamen Glück mit Peter trennte, nicht mehr so unüberbrückbar, wie es für sie noch vor Tagen den Anschein hatte, und sie sinnierte darüber, ob sie diesem Glück nicht eine zweite Chance einräumen sollte.

‚Stünde Peter jetzt vor mir‘, dachte sie, ‚würde ich sehr wahrscheinlich auf seine Bitte eingehen und seinen Antrag annehmen.‘

Doch ihre Gedanken blieben Peter verborgen, und er ließ in der Folgezeit nichts mehr von sich hören. Tina vermutete, dass ihm sein Vater die Ausweglosigkeit der Lage geschildert, und er daraufhin jeglichen Mut verloren hatte, eine eigene Initiative zur Behebung der verfahrenen Situation zu ergreifen. Lange Zeit fühlte sie so etwas wie Enttäuschung, weil Peter nicht weiter um sie gekämpft hatte.

Im Laufe der Jahre war es zur Gewohnheit geworden, dass Babette zwei Tage in der Woche an ihrem Wohnort verbrachte, um ihr Haus in Ordnung zu halten, sich um den Garten zu kümmern und den Kontakt zu ihren Bekannten im Ort zu pflegen. Die restlichen Tage der Woche wohnte sie bei Tina und machte sich weiterhin als Betreuerin von Hannas und Ewalds Kindern nützlich oder half in der Küche aus.

Vor kurzem hatte Tina in Babettes Haus Telefon legen lassen, damit sie ihre Pflegemutter auch erreichen konnte, wenn sie in S. weilte. Tina hatte diese Maßnahme für erforderlich gehalten, da ihr aufgefallen war, dass Babette zunehmend unter Vergesslichkeit litt. Anfangs war es der Hausschlüssel, den sie nicht mehr finden konnte, dann vergaß sie, was man ihr aufgetragen hatte und kam mit leeren Händen zurück. Schließlich fiel Hanna auf, dass einfache Verrichtungen in der Küche, die für Babette bisher ein Kinderspiel gewesen waren, sie vollkommen überforderten.

Als Babette ca. ein Jahr später nach ihrer Rückkehr aus S. vom Busbahnhof aus den Weg zu Tinas Wohnung und Arbeitsplatz nicht mehr finden konnte, und sie von fremden Leuten zu ihr geleitet werden musste, schrillten bei Tina die Alarmglocken. Nun war für sie die Zeit gekommen, ihre Pflegemutter nicht mehr aus den Augen zu lassen. Sie nahm Babette ganz bei sich auf und verkaufte das Haus in S. In ihrer Wohnung stellte sie ein Fernsehgerät auf, damit sich die alte Dame nicht langweilte, und unterbrach häufig ihre Arbeit, um nach ihr zu sehen.

Es kam die Zeit, in der Babette immer weniger imstande war, sich selbständig zu waschen und anzukleiden. Auch beim Essen benötigte sie zunehmend Unterstützung. Nach Ablauf von drei Jahren seit Auftreten der ersten Symptome war Babettes demenzielle Erkrankung so weit fortgeschritten, dass für Tina die Pflege in ihrer Wohnung zu einem Ding der Unmöglichkeit wurde. Sie musste sich nach einem Pflegeplatz für Babette umsehen. Es war ein Glücksfall, dass in einem sehr schön ausgestatteten Seniorenheim in der Kreisstadt gerade ein Platz frei geworden war, und Tina Babette dort unterbringen konnte.

Sie ließ kaum einen Tag verstreichen, ohne ihre Pflegemutter im Heim zu besuchen und dafür zu sorgen, dass es ihr an nichts fehlte. Es folgten viele Besuche, während der es Tina schien, als stellte sich keine Verschlimmerung der Krankheit ein, bis sie eines Tages die erschreckende Erfahrung machen musste, dass sie von ihrer Pflegemutter nicht mehr erkannt wurde. Noch dramatischer gestaltete sich für Tina Babettes Zustand in den darauffolgenden Tagen, als deren Worte, die sie ihr, als einer vermeintlich fremden Person, anvertraute, sie tief ins Herz trafen:

„Meine Pflegetochter ist ein so undankbares Geschöpf", erzählte Babette. „Ich habe sie damals im Krieg aufgenommen, als nicht einmal ihre eigene Familie sie haben wollte, und jetzt hat sie keine Zeit mehr, mich zu besuchen."

Auch wenn Tina immer wieder beteuerte, dass *sie* doch ihre Pflegetochter Tina sei und beinahe jeden Tag bei ihr vorbeischaue, ließ sich Babette nicht mehr von ihrer einmal gefassten Meinung abbringen. Mit der Zeit gewöhnte sich Tina, so schwer es ihr auch fiel, an die neue Situation, und sie begann, das traurige Spiel in ihrer neuen Rolle mitzuspielen.

Nach weiteren Monaten verschlechterte sich Babettes Zustand rapide, nachdem neben ihrer Demenz noch ein Schlaganfall aufgetreten war. Traurig verfolgte Tina den zunehmenden Verfall ihrer Pflegemutter. In einer Novembernacht 1971 neigte sich das Siechtum seinem Ende entgegen, und Tina wurde an Babettes Krankenbett gerufen. Sie legte eine Hand der Pflegemutter in ihre Hände und nahm von ihr Abschied. Im Stillen dankte sie ihr für die liebevolle Fürsorge, die es ihr ermöglicht hatte, ab November 1944 wieder ein Leben ohne Angst zu führen. Noch in der gleichen Nacht schlief Babette, wenige Monate vor Vollendung ihres 76. Lebensjahres, friedlich ein.

Schon während des Siechtums der Pflegemutter hatte Tina den Plan gefasst, in naher Zukunft eine neue, mit einem Ortswechsel verbundene, berufliche Herausforderung anzustreben. Sie ließ sich nach Babettes Ableben noch eine Weile Zeit, um zu trauern, bevor sie begann, aufmerksam

Stellenanzeigen in einer großen deutschen Tageszeitung zu zu studieren. Mehrere Angebote zog sie in die engere Wahl, die sie aber nach gründlicher Überlegung wieder verwarf. Eines Tages aber weckte eine Annonce nicht nur ihr Interesse, sondern ließ auch ihr Herz höherschlagen:

Toskana! Deutscher Weinproduzent sucht zum 1. Februar 1972 eine Persönlichkeit mit Eignung zur Führung eines kleinen Hotelbetriebs in historischer Villa. Das Haus, in dem ab neuer Saison erlesene deutsche Gäste beherbergt werden sollen, ist Teil eines renommierten Weingutes in der Nähe von Siena. Der Bewerber/die Bewerberin sollte über eine hohe fachliche Qualifikation im Hotel- und Gastronomiewesen verfügen sowie die italienische Sprache beherrschen.

Tina hatte keine Zweifel, dass sie die fachlichen Voraussetzungen besaß, um diese Position auszufüllen. Dass sie nicht, wie gefordert, die italienische Sprache beherrschte, hielt sie nicht von einer Bewerbung ab, denn sie traute sich zu, die Fremdsprache in kürzester Zeit vor Ort zu erlernen. Anfang Dezember 1971 schickte sie ihre Bewerbungsunterlagen an den Konzern und bekam zwei Wochen später eine Einladung zu einem Bewerbungsgespräch am Firmensitz des Unternehmens. Dort befand sie sich unter drei weiteren Mitbewerbern, zwei Damen und einem Herrn, und erfuhr, dass sie zusammen mit ihnen aus ca. fünfzig Bewerbern in die engere Wahl gezogen worden war. Jeweils ein Elternteil der beiden Damen stammte aus Italien, und der männliche Bewerber hatte mehrere Jahre in Italien gelebt. Alle drei waren der italienischen Sprache so weit mächtig, dass sie sich mühelos in ihr verständigen konnten. Tina ließ sich davon nicht entmutigen und ging sehr selbstbewusst in das Gespräch mit dem Unternehmerehepaar und dessen leitende Angestellte. Sie sagte sich, wenn die Beherrschung des Italienischen ein Hauptkriterium für die Anstellung wäre, hätte man sie erst gar nicht zu dem Gespräch eingeladen.

Gleich zu Beginn der Unterredung hob Tina hervor, dass sie sich gut vorstellen könne, sich die fehlenden Sprachkenntnisse binnen kurzer Zeit vor Ort anzueignen, was von der Gegenseite wohlwollend zur Kenntnis genommen wurde. Im Laufe des Gesprächs erfuhr sie, dass die Unternehmerfamilie die „Fattoria Piccolomini", wie sich das Weingut im Hinterland von Siena nannte, vor kurzem erworben habe, und sie beabsichtige, die Zimmer und Suiten der dazugehörigen „Villa Piccolomini" mit ihren insgesamt vierzig Betten, nach Abschluss der Sanierung, Freunden und Bekannten der Unternehmerfamilie sowie verdienten Mitarbeitern des Unternehmens als Feriendomizil zur Verfügung zu stellen. Die Zimmerreservierungen sollten alle über den Hauptsitz in Deutschland erfolgen, und sie bekäme nur die Gästeliste mit An- und Abreisedatum zugesandt.

Sie erfuhr weiter, dass Fattoria und Villa im sechzehnten Jahrhundert von der Sieneser Familie Piccolomini erbaut, und dessen bekanntester Spross, Silvius Aeneas Piccolomini, im Jahre 1458 unter dem Namen Pius II zum Papst gewählt worden war.

Tina musste sich für den Fall ihrer Wahl bereiterklären, ihre Wohnung, die sich in einem separaten Bau, der sogenannten Dependance, befand, und mit zwei Schlafzimmern ausgestattet war, hin und wieder mit Gästen zu teilen, wenn die Betten in der Villa nicht ausreichten. Gegen diese Bedingung hatte sie nichts einzuwenden, da es sich bei den Gästen um Freunde und Bekannte der Unternehmerfamilie und nicht um anonyme Personen handelte. Sie sah in dieser Bedingung auch etwas Positives, da man ihr sicher keine

173

Bruchbude als Wohnung zur Verfügung stellte, wenn sie als zusätzliches Gästequartier dienen sollte. Auch mit der Art und Weise der Verköstigung der Gäste war sie einverstanden.

Kurz vor Weihnachten 1971 erhielt Tina von der Unternehmensleitung einen Telefonanruf, in dem ihr mitgeteilt wurde, dass sie für die Stelle auserwählt worden sei. Doch neben ihrer Freude über ihre Wahl gab es erst einmal einen Wermutstropfen, nachdem sie um Auskunft über ihr zu erwartendes Einkommen gebeten hatte. Man bot ihr neben freier Kost und Logis monatlich eine ansehnliche Summe, die ihr jedoch auf Honorarbasis ausgezahlt werden sollte. Dies hätte bedeutet, dass sie sich in Italien sowohl um die Versteuerung ihres Einkommens, als auch um das Abführen ihrer Kranken- und Sozialversicherungsbeiträge selbst hätte kümmern müssen. Sie fragte sich, wie sie ohne ausreichende Sprachkenntnisse mit den italienischen Behörden kommunizieren sollte.

Kurzerhand lehnte sie eine Bezahlung auf Honorarbasis ab und forderte die gleiche Summe unter der Bedingung, dass sich der Konzern um die Versteuerung ihres Gehaltes und das Abführen der Beiträge zur Kranken- und Rentenversicherung kümmerte, sonst könne sie das Angebot nicht annehmen. Es dauerte bis nach Weihnachten, als sie erneut einen Anruf aus der Firma mit der Mitteilung erhielt, dass alle ihre Bedingungen akzeptiert seien. Tage später hielt sie schließlich den Vertrag in Händen, dessen Inhalt präzise nach ihren Bedingungen formuliert war.

Tinas Kündigung löste in ihrer bisherigen Wirkungsstätte Bestürzung aus und führte zu recht unterschiedlichen Reaktionen. Während Hanna Tinas Wunsch nach einer beruflichen Veränderung ein gewisses Verständnis entgegenbrachte, wurde Ewald geradezu beleidigend. Er beschimpfte Tina in seiner cholerischen Art als undankbare

Person, die ihn und seine Frau rücksichtslos im Stich lasse. Seine Schimpfkanonade beendete er mit der Bemerkung, dass er künftig nichts mehr mit ihr zu tun haben wolle.

Tina konnte Ewalds Ärger, jedoch nicht seine unfaire Art, diesen zum Ausdruck zu bringen, nachvollziehen. Es würde Hanna und Ewald sicherlich schwerfallen, für sie, die sich während all der Jahre mit einem außergewöhnlichen Engagement in den Betrieb eingebracht hatte, eine geeignete Nachfolge zu finden. Da Pension und Restaurant alljährlich ab der zweiten Januarhälfte bis Ende Februar geschlossen hatten, verblieb den beiden genügend Zeit, um die vakant gewordene Stelle neu zu besetzen.

Jahre später entschuldigte sich Ewald für seine Reaktion auf Tinas Kündigung, als er bei der Hochzeit seiner Tochter Margit, deren Firmpatin Tina ist, mit ihr zusammentraf.

Zehntes Kapitel

Tina war sofort nach der Stellenzusage in einen Buchladen geeilt, um sich ein Lehrbuch der italienischen Sprache zu kaufen. Zuhause, während des lauten Deklamierens geläufiger italienischer Redewendungen, faszinierte sie der Klang der neuen Sprache so sehr, dass sie sich darin bestärkt sah, mit dieser beruflichen Veränderung die richtige Entscheidung getroffen zu haben.

Ende Januar holte sie am Sitz des Weinproduzenten den ihr zugesagten Firmenwagen ab, der ihr künftig in der Toskana auch als Geschäftswagen dienen sollte. Damit wollte sie all die Dinge, die ihr wichtig waren, nach Italien transportieren. Sie packte ihre Kleidung, die vielen Bücher und ihre selbst gezogenen Pflanzen in den Kombi, bis er beinahe in die Knie ging. Außer ihrem Fahrersitz gab es in dem Wagen keinen freien Platz mehr. Am frühen Morgen des 31. Januar 1972 startete sie nach Italien, um rechtzeitig zum 1. Februar ihre neue Stelle antreten zu können.

Als sie gegen 16.00 Uhr den Stadtrand von Siena erreichte, bog sie in nordöstliche Richtung ab und gelangte in die sich dahinter erhebende Hügellandschaft. Sie hatte die Strecke zuhause ausführlich auf der Karte studiert, sodass es ihr keinerlei Schwierigkeiten bereitete, sich ihrem Ziel direkt und ohne Umweg zu nähern. Bald erkannte sie im schwächer werdenden Tageslicht von ferne den auf einem Hochplateau gelegenen und von Weinbergen umgebenen Gebäudekomplex.

Die anfangs recht steil nach oben verlaufende, nicht sehr breite Straße mündete in eine noch schmälere zickzackförmige Auffahrt zum Weingut. Tina fuhr auf der einen Seite an Weinbergmauern, auf der anderen an Zypressen vorbei. Auf dem letzten Stück des Zufahrtsweges ging es wieder leicht abwärts, und kurz darauf hielt sie vor einem altehrwürdigen Gebäude, von dem sie annahm, dass es sich um die Villa handelte. Für die gesamte Strecke hatte sie circa dreizehn Stunden benötigt. Sie stieg aus, ließ ihren Blick über die Eingangsfassade mit ihren großen Rundbogenfenstern schweifen, und war fasziniert von der 400 Jahre alten Architektur. Die Bezeichnung „Villa" erschien ihr im Moment des ersten Eindrucks sehr bescheiden, da sie das zweistöckige Gebäude mit seinem relativ flachen toskanischen Dach eher an einen stattlichen italienischen Palazzo erinnerte.

Während sich Tina noch bewundernd umsah, trat aus der Eingangstür des Gebäudes Frau Pressler, die Unternehmergattin, die sie herzlich willkommen hieß. Sie war, wie vereinbart, Tina im Flugzeug vorausgereist, um sie in ihre neue Wirkungsstätte einzuführen. Danach wollte sie wieder nach Deutschland zurückkehren.

Sie hatte Verständnis, dass Tina nach der langen und anstrengenden Anreise die Besichtigung der Villa und des übrigen Komplexes auf den nächsten Tag verschieben wollte und wies ihr den Weg zu ihrem künftigen Domizil. Unterwegs begegnete ihnen Signor Bruno, der Fattore, der Verwalter des Weingutes, der sie ebenso wie Frau Pressler, herzlich willkommen hieß.

Tinas Wohnung befand sich, wie sie bereits in Deutschland erfahren hatte, in der Dependance, einem Gebäude, das der Villa schräg gegenüberlag. Gemeinsam erklommen sie die Stufen einer Außentreppe, die ins Hochparterre des Hauses führte. Nach Öffnen der Eingangstür betrat Tina staunend einen geräumigen Wohnraum, der alle ihre Erwartungen übertraf. Sie schätzte den Raum, der durch die Höhe seiner Wände und das Deckengebälk optisch noch an

Größe hinzugewann, auf circa fünfzig Quadratmeter. Gleich links neben der Eingangstür stand eine Esszimmergarnitur aus poliertem Kastanienholz mit Platz für vier bis sechs Personen. Die linke Wand wurde von einem Korridor unterbrochen, der zu den Schlafräumen führte. An der Fortsetzung dieser Wand befand sich eine Küchenzeile, wo Frau Pressler jetzt den Kühlschrank öffnete. Tina stellte dankbar fest, dass er bereits mit allem Nötigen gefüllt war. Der übrige Raum war mit einer großzügigen und mit edlen italienischen Stoffen bespannten Polstergarnitur ausgestattet. Dazwischen standen Tischchen, die wie die Esszimmergarnitur aus Kastanienholz gefertigt waren. Nach einer kurzen Einweisung in die Wohnung zog sich Frau Pressler zurück, und an ihrer Stelle tauchte wie aus dem Nichts eine junge, gut aussehende Frau auf, die Tina auf circa dreißig Jahre schätzte. Sie war schlank und von kleiner Statur. Ihr dunkles und langes Haar hatte sie kunstvoll zu einem Knoten gebunden.

„Io sono Maura", sagte sie freundlich und gab Tina die Hand. Mit „Il mio nome è Tina Engel", stellte sich ihr Tina ebenfalls in der Landessprache vor. Sie nahm an, dass Maura zu den beiden Frauen gehörte, die ihr künftig zur Seite stehen sollten.

Aus Mauras weiteren Ausführungen konnte sie entnehmen, dass sie mit ihrer Familie ein Haus auf dem Weingut bewohnte, und ihr Ehemann Angelo als Kellermeister im Weingut arbeitete. Sie selbst sei schon zehn Jahre hier im Hotel beschäftigt. Tina verstand zwar nicht alles Wort für Wort, was ihr Maura erzählte, doch sie konnte vieles davon erraten.

Dann ging Maura wortlos hinunter zu Tinas Wagen, um deren Gepäck in die Wohnung zu bringen. Das ging so schnell, dass Tina, die sich von der Reise sehr müde fühlte, nur wenig Gelegenheit hatte, mit anzupacken. Wenig später stand ihr gesamtes Gepäck inclusive der Bücherkartons in ihrer Wohnung, und alle ihre Blumentöpfe waren neben der Haustür aufgereiht. Mauras freundlicher Arbeitseifer konnte nicht darüber hinwegtäuschen, dass sich in ihren Gesichtszügen ein Hauch von Traurigkeit widerspiegelte. Doch Tina wollte sie am ersten Tag nicht bedrängen, ihr den Grund für ihren Kummer mitzuteilen. Aber auch ihre noch großen Verständigungsschwierigkeiten hielten sie davon ab, die Frau zu befragen, da sie befürchten musste, ihr nicht folgen zu können. Nach ihrem „Einzug" begleitete sie Maura bis vor die Türe und bedankte sich für ihre Hilfe. Unten auf dem Weg stand ein Mann, der, so schien es Tina, ziemlich mürrisch zu ihnen empor sah und dann seines Weges ging. Maura klärte Tina auf:

„C'è il mio marito Angelo."

Sie rief nach ihrem Gatten und gab ihm zu verstehen, dass er zurückkommen solle. Offensichtlich wollte sie ihn mit Tina bekannt machen. Angelo drehte sich im Weitergehen kurz um, schüttelte ärgerlich den Kopf und rief seiner Gattin einige Worte zu, die Tina nicht verstand, aus deren Tonfall sie aber schließen konnte, dass sie nicht sehr freundlich waren. Tina war der Meinung, gerade Zeuge eines Ehestreites zu sein.

Ihr war es einerseits peinlich, Maura beinahe die ganze Arbeit überlassen zu haben, andererseits war sie froh, dass alles Notwendige bereits erledigt war. Sie war gerade noch in der Lage, den Wagen auf den Parkplatz zu fahren, und nach ihrer Rückkehr in die Dependance fiel sie todmüde in ihr Bett und schlief sofort ein.

Den Grund für Mauras Betrübtheit und Angelos seltsamen Verhaltens erfuhr Tina am nächsten Morgen, als Frau Pressler, wie am Vorabend vereinbart, um elf Uhr in Tinas Wohnung kam, um sie zur Besichtigung der Villa und der übrigen Anlage abzuholen. Dabei erwähnte sie wie nebenbei, dass Maura ab diesem Tag nicht mehr hier beschäftigt sei, „da ich mit ihrer Arbeit nicht zufrieden bin, und mir die Frau im Übrigen sehr unsympathisch ist." Und wie um Tina zu besänftigen ergänzte sie:

„Ich werde Ihnen anstelle von Maura ein weiteres fleißiges Mädchen zur Seite stellen. Sie ist die Freundin und Nachbarin des Mädchens, das in den nächsten Tagen hier ihre Stelle antreten wird. Sie haben vergangenen Sommer gemeinsam die Schule abgeschlossen.

Frau Presslers Entscheidung traf Tina völlig unvorbereitet, und sie war sehr enttäuscht, da sie sich bereits auf eine Zusammenarbeit mit Maura gefreut hatte. Sie wunderte sich über die Begründung für deren Entlassung, hatte sie doch am Vorabend eine völlig andere Maura erlebt, als sie nun von Frau Pressler geschildert wurde.

Nach wenigen Augenblicken hatte Tina einen Verdacht, worin der wahre Grund für Mauras Entlassung zu bestehen schien: Die Unternehmerin müsste einem jungen Mädchen, das gerade die Schule abgeschlossen hat, viel weniger Lohn entrichten, als Maura, die bereits zehn Jahre lang beim Vorbesitzer tätig war.

Es stand für Tina außer Frage, dass sie auf ein Faktotum wie Maura, das seit Jahren mit den Gepflogenheiten in und um die Villa bestens vertraut war, nicht verzichten konnte. Auf keinen Fall wollte sie sich bei ihrer Tätigkeit allein auf zwei junge, unerfahrene Mädchen verlassen müssen. Jetzt war es wichtig, ihr Durchsetzungsvermögen unter Beweis zu stellen und auf Mauras Weiterbeschäftigung zu beharren. Freundlich, aber bestimmt sagte sie der Unternehmergattin, dass sie am Vorabend einen sehr positiven Eindruck von Maura gewonnen habe und sie nicht nachvollziehen könne, warum sie sie nicht weiterbeschäftigen wolle. Sie versuchte Frau Pressler davon zu überzeugen, dass es für das gute Funktionieren eines Unternehmens unerlässlich sei, auf bewährte Kräfte zurückgreifen zu können, und ergänzte, sie sei der festen Überzeugung, dass Maura eine solche Kraft darstelle. Frau Pressler versuchte daraufhin Tina dahingehend zu beeinflussen, dass sie doch bei allen eventuell auftretenden Problemen den Fattore um Rat fragen könne. Tina aber schüttelte den Kopf und erwiderte ihr:

„Der Fattore ist voll und ganz mit der Leitung des Weingutes beschäftigt und kann sich nicht auch noch um die Belange des Hotels kümmern. Außerdem ist er im Gegensatz zu Maura nicht ständig verfügbar. Es geht hier auch nicht nur um das Beheben von Problemen. Ich benötige eine Kraft, die zupacken kann und die weiß, wo sie zupacken muss. Das alles ist bei zwei jungen Schulabgängerinnen, die vorher nie in diesem Metier gearbeitet haben, nicht gewährleistet."

Und mit Bestimmtheit fügte sie hinzu:

„Wenn ich hier zu Ihrer und zur Zufriedenheit Ihrer Gäste eine gute Arbeit verrichten soll, kann und will ich nicht auf Mauras Unterstützung verzichten!"

Frau Pressler ging nach einigem Zögern auf Tinas Forderung ein, konnte aber ihren Ärger nicht verhehlen, dass sie Mauras Entlassung nicht einfach akzeptiert hatte. In beleidigtem Ton wies sie Tina an, sie könne Maura später selbst über ihre Weiterbeschäftigung unterrichten, ihr dagegen bliebe die undankbare Aufgabe, ein junges Mädchen enttäuschen zu müssen. Doch Tina machte sich auch Gedanken um die zerstörten Hoffnungen des zweiten Mädchens und unterbreitete Frau Pressler folgenden Vorschlag:

„Wie wäre es, wenn sie die zweite Stelle teilten und beide junge Frauen anstellten? So wäre keine von ihnen bevorzugt oder benachteiligt, und es täte deren Freundschaft keinen Abbruch, wie es wahrscheinlich der Fall wäre, wenn nur eine von ihnen den Job bekäme."

Frau Pressler sah Tina überrascht an und antwortete nach einer Weile, dass sie sich das überlegen wolle.

Nun begann der Rundgang, der sie zuerst in die Villa führte. Im Inneren waren noch die Maler tätig, die letzte Hand an die Renovierung der Suiten und Zimmer legten. Um das edle Mobiliar vor Verschmutzung durch die Handwerker zu schützen, war es mit Folien abgedeckt worden. Auch Küche und Speiseraum waren noch von Handwerkern in Beschlag genommen.

Wieder im Freien besichtigte Tina unter Frau Presslers Führung die anderen Gebäude, wie das an die Villa angebaute Gewächshaus, das eigentlich als Orangerie für die Überwinterung von Orangen-, Zitronen-, und Clivien-bäumchen diente, den ehemaligen Pferdestall, in dessen breitem Arkadengang die Weinproben künftiger Bustouristen stattfinden sollten, und schließlich von außen die im Norden an die Villa anschließende riesige Weinkellerei, deren Innenbesichtigung Tina lt. Frau Pressler zu einem späteren Zeitpunkt unter Führung des Fattore vornehmen sollte. Auf der anderen Seite des Weinkellers stand in einem Garten ein von Zypressen umrahmtes Kirchlein im neoro-manischen Stil, deren Inneres bis auf ein Altarbild keinerlei Schmuck bot.

Hinter den Gebäuden erstreckte sich nach Süden und Osten hin ein riesiger Park, den man mit dem Durchschrei-ten der Arkaden des ehemaligen Pferdestalls erreichte. Schon jetzt konnte sich Tina die Pracht und Schönheit des Parks in der wärmeren Jahreszeit gut vorstellen. Westlich hinter dem Park sah man ein langgezogenes Gebäude, in welchem die Arbeiter der Weinkellerei bzw. die Weinberg-arbeiter untergebracht waren. Park und Gebäude waren von Weinbergen umgeben, deren Fläche sich lt. Frau Pressler auf 450 Hektar belief.

Nachdem Frau Pressler mit Tina für den Nachmittag eine

Infofahrt nach Siena vereinbarte hatte, deutete sie in Richtung eines alleinstehenden Hauses hinter dem Parkplatz und sagte mit einem gewissen Unterton:

„Dort wohnt Ihre Maura. Nun können Sie hingehen und sie über ihre Weiterbeschäftigung informieren. Ich werde jetzt ins Dorf fahren und den Mädchen sagen, dass sie sich die Stelle teilen müssen."

Zufrieden stellte Tina fest, dass die Unternehmerin nun auch ihren Vorschlag bezüglich der Stellenteilung akzeptiert hatte.

Nach circa hundert Metern erreichte Tina das bezeichnete Haus. Aus seinem Inneren war kein einziger Laut zu vernehmen. Sie ging bis vor die Haustür, und da sie keine Glocke vorfand, klopfte sie. Nach einer Weile wurde die Tür geöffnet und Maura blickte ihr mit einem fragenden und gleichzeitig traurigen Blick entgegen. Tina hatte sich unterwegs schon ein paar italienische Formulierungen zurechtgelegt und versuchte Maura nun mit diesen Worten und viel Gestik mitzuteilen, dass sie bei der „Patrona" ihre Weiterbeschäftigung durchgesetzt habe. Anfangs sah Maura Tina nur ungläubig an und vergewisserte sich immer wieder, dass sie sie nicht missverstanden hatte. Als sie sich endlich sicher sein konnte, dass Tina definitiv von ihrer Weiterbeschäftigung sprach, strahlte sie über das ganze Gesicht. Sie drehte sich um und rief mit lautem und freudigem Wortschwall in das Innere des Hauses, um ihrer Familie die Frohbotschaft mitzuteilen.

Die Reaktion ließ nicht lange auf sich warten. Nachdem sich Maura bei Tina überschwänglich bedankt hatte, kamen ihre Schwiegereltern an die Tür und drückten ihr dankbar die Hand. Sie wurde daraufhin gebeten, mit ihnen ins Haus zu kommen, da half kein Sträuben und keine Entschuldigung, dass sie wenig Zeit habe. Drinnen wurde sie in den „Salone" geführt und freundlich aufgefordert, am Esstisch

Platz zu nehmen. Sie hörte Gläser klingen, die zusammen mit einer Flasche China Martini, einem italienischen Kräuterlikör, auf den Tisch gestellt wurden. Die Gläser wurden nicht sofort gefüllt, und Tina zählte zwei mehr, als Personen im Raum waren. Sie vermutete, dass man vor dem Eingießen warten wollte, bis die fehlenden Familienmitglieder eingetroffen sind.

Es dauerte nicht lange, da kam ein alter freundlicher Herr, der sich auf einen Stock stützen musste, in das Zimmer geschlurft. Er wurde ihr als der Nonno, der Großvater von Mauras Ehemann Angelo vorgestellt. Als er Tina begrüßte, zog sich ein Strahlen von seinem zahnlosen Mund über das ganze Gesicht. Dabei ergoss er sich in einem Redefluss, von dem Tina nicht ein einziges Wort verstand. Aber auch wenn er deutsch gesprochen hätte, so vermutete sie, wären ihr seine Worte wegen der fehlenden Zähne nicht verständlich gewesen. So nickte sie nur freundlich zurück. Später erfuhr sie von Maura, dass der alte Herr schon zweiundneunzig Jahre alt sei.

Nun hörte man die Haustür gehen und Maura begab sich hinaus in die Diele. Wieder hörte Tina einen ähnlichen Wortschwall wie zuvor, mit dem Maura offenbar jetzt ihren von der Arbeit pausierenden Ehemann über die erfreuliche Wendung ihrer Situation unterrichtete. Angelo betrat den Salone und kam lächelnd auf Tina zu. Er drückte ihr mit vielen Worten die Hand, und sie glaubte herauszuhören, dass er sich wegen seines unfreundlichen Verhaltens vom Vorabend entschuldigte.

Endlich war die Runde komplett und der China Martini wurde in die Gläser gegossen. Dann hoben alle Anwesenden ihre Gläser und Angelo sprach, wie es Tina schien, einen Toast auf sie aus, bevor alle mit ihr anstießen.

Wenig später hörte man das Motorengeräusch eines herannahenden Fahrzeugs, dann ein Zuschlagen einer Autotür, und kurz darauf betrat eine Junge von circa acht Jahren das Zimmer. Es war Mauras und Angelos Sohn Sandro, der gerade mit dem Schulbus aus der Schule in Siena heimgekommen war. Erst jetzt wurde Tina bewusst, dass es Mittagessenszeit war, denn sie bemerkte, dass sich die Frauen abwechselnd draußen zu schaffen machten. Durch den angenehmen Duft gebratenen Fleisches, der in das Zimmer drang, und einen Blick auf die Uhr wurde sie in ihrer Feststellung bestätigt. Es war ihr im Nachhinein peinlich, die Familie zu so ungünstiger Zeit aufgesucht zu haben, und sie traf Anstalten, aufzubrechen. Doch sie kannte bis dahin die italienische Gastfreundschaft nicht. Sowohl von Maura, als auch von deren Schwiegermutter wurde sie mit vielen freundlichen Worten überredet, zum Essen zu bleiben, und sie hatte das Gefühl, dass sie die Familie beleidigte, wenn sie die Einladung ablehnte.

Maura servierte als Vorspeise ein Risotto mit Pilzen. Das Hauptgericht bestand aus gebratenem Geflügelfleisch mit Salat und Scheiben frischen Weißbrotes. Gegen den Durst standen große Flaschen Aqua Minerale am Tisch. Tina schmeckte es ausgezeichnet. Ihr gegenüber saß der Nonno und zwinkerte ihr hin und wieder freundlich zu, während er genüsslich sein Risotto verspeiste. Er hatte sich wegen der fehlenden Zähne anstelle des Geflügels inzwischen eine zweite Portion der Vorspeise aufgeladen.

Nach dem Essen verabschiedete sich Tina, da sie schon um 14.30 Uhr mit Frau Pressler verabredet war. Sie fuhr mit ihr an den Stadtrand von Siena, wo sie von der Unternehmerin einer Macellaia, einer Metzgerin, vorgestellt wurde. Bei ihr sollte sie alle Fleischwaren wie Schweine- und Rindersteaks sowie Geflügel zum Grillen beziehen. Auch lernte Tina den Supermarkt und mehrere andere Geschäfte kennen, wo sie alle übrigen, für das Hotel erforderlichen Waren, günstig einkaufen konnte.

Zu einem viel späteren Zeitpunkt erfuhr Tina von Maura, dass Frau Pressler behauptet habe, Tina wolle sie nicht in ihrem Team, und ihr wurde mit einem Mal klar, dass Angelos unfreundliches Verhalten am Ankunftstag allein ihr gegolten hatte.

Die Tatsache, dass Tina Mauras Entlassung verhindert hatte, brachte ihr in der Familie neben Dankbarkeit auch großes Ansehen ein. Alle Familienmitglieder, vom Nonno bis zu Mauras Sohn Sandro, begegneten ihr mit respektvoller Höflichkeit. In all den Jahren ihrer Zusammenarbeit mit Maura gab es für Tina nie einen Anlass, ihr engagiertes Eintreten für deren Weiterbeschäftigung zu bereuen. Im Gegenteil: Maura war eine überaus fleißige und umsichtige Bedienstete, ohne deren Kenntnisse und Erfahrung Tina häufig ratlos gewesen wäre.

Der Arbeitseifer der beiden 15jährigen hielt sich dagegen anfangs sehr in Grenzen. Ständig waren Tina und Maura gezwungen, die Mädchen auf ihre Defizite aufmerksam zu machen, und oft waren sie über deren Unzuverlässigkeit sehr erbost. Es kostete sie viel Zeit und Kraft, bis auch die Mädchen ihre Arbeit zur Zufriedenheit der beiden Frauen erledigten.

Als sich Tina nach Frau Presslers Abreise in Mauras Begleitung ihre neue Wirkungsstätte näher besah, fielen ihr an der Südwand der Villa mehrere circa dreißig Zentimeter lange dürre Pflanzenstöcke auf, von denen sie annahm, dass sie abgestorben seien. Als ordnungsliebender Mensch war sie der Meinung, dass die Stöcke entfernt gehörten, und versuchte Maura mit Worten und Gesten zu vermitteln, dass sie die nutzlosen Hölzer heraushacken wolle. Maura aber reagierte entsetzt und antwortete aufgeregt:

„No no, signora, grande fiori in estate!"

Und tatsächlich, im Frühling sprossen, je wärmer es

wurde, aus dem dürren Gehölz Triebe, die sich langsam an der Hauswand emporrankten. Im Mai kamen die ersten violetten Bougainvillea-Blüten hervor, die sich schließlich im Juni breitflächig bis auf eine Höhe von acht bis zehn Metern ausbreiteten.

An den Wänden der Orangerie waren Rankgerüste angebracht, und aus einem dicken uralten Stamm kletterten dort im Frühjahr Glyzinien hoch, die sich um die Terrasse auf dem Dach des Gewächshauses zogen. Sie waren im Mai, bevor die Blätter herauskamen, schon voll erblüht und sahen in der Fülle ihrer üppigen blauen traubenförmigen Blüten wie Wasserfälle aus.

Im Park, gleich hinter dem alten Pferdestall stand eine uralte Steineiche, und in deren Nähe ein Albero di Giuda, ein Judasbaum. Auch er sah im Winter aus, als sei er dürr und müsse gefällt werden. Zu Tinas Überraschung kamen im Frühjahr, lange bevor sich die Blätter zeigten, aus dem scheinbar abgestorbenen Gewächs lila Blütenbüschel hervor. Und erst als der Baum in voller Blüte stand, kamen auch die Blätter.

Auf dem Gelände sah Tina mehrere kunstvoll verzierte Terracotta-Kübel nutzlos herumstehen, die noch vom Vorbesitzer zu stammen schienen. Sie bepflanzte Tina mit Geranien, Petunien und Wandelröschen und verteilte die großen Töpfe auf dem Gelände. Auch eine aus Deutschland mitgebrachte Engelstrompete fand in einem der Töpfe ein neues Zuhause. Rund um die Villa, aber auch im Park begegnete man zudem einer Fülle der verschiedenartigsten Rosensorten. Das milde toskanische Klima ließ alle Pflanzen viel üppiger gedeihen als in Deutschland, und deren herrliche Blütenvielfalt zu einer wahren Augenweide werden. Diese von April bis Oktober anhaltende, einzigartige Prachtentfaltung ließ das Herz der Blumenfreundin höher schlagen. Die ersten Gäste, die bereits Anfang März eintrafen, ahnten noch wenig vom künftigen Blütenzauber, allenfalls sahen sie kleine Triebe sprießen.

Durch den ständigen Kontakt mit Maura tauchte Tina sehr schnell in die italienische Sprache ein. Verstand sie etwas nicht sofort, was ihr Maura erzählte, sah sie in ihrem Wörterbuch nach und vervollkommnete so ihren Wortschatz. Ihre Italienischkenntnisse waren bald soweit gediehen, dass es auch immer zu einer kleinen Unterhaltung mit den Geschäftsleuten reichte, bei denen sie die für das Hotel erforderlichen Waren bezog.

Das Buffet, das sie jeden Morgen zusammen mit Maura vorbereitete, fand bei den Gästen großen Anklang. Wenn die Gäste Platz genommen hatten, ließ es sich Tina nicht nehmen, ihnen am Tisch Kaffee oder Tee zu servieren, um schon am Morgen mit ihnen ein paar persönliche Worte zu wechseln. Es lag ihr sehr daran, jedem Einzelnen das Gefühl zu vermitteln, ein besonderer Gast zu sein.

Tagsüber waren die Gäste unterwegs und fanden sich erst wieder am Abend ein. Waren die Abende noch zu kühl, um sie im Freien zu verbringen, servierte Tina kalte Platten im Speiseraum. Sobald es jedoch wärmer wurde, grillte Angelo zusammen mit seinen Weinbergs-Arbeitern köstlich schmeckende Hühnchen, Pistecca und Gemüse. Dazu gab es von Tina und Maura schmackhaft zubereitete Salate, die aus den stetig nachwachsenden Blättern der verschiedenen Radicchio-Sorten und Tomaten aus dem Garten stammten.

Tina wählte für die Grillabende die Stelle unter der Steineiche im Park, die ohnehin mit weißen Gartenmöbeln ausgestattet war. Der Platz war durch mehrere im Halbkreis angeordnete, steinerne Rundbögen begrenzt, um die sich wilder Wein rankte. Unter einigen dieser Bögen standen Putten, die zusammen ein Bacchanal bildeten. Wenn sich die Abende in der vom Wein inspirierten Stimmung mehr und mehr in die Länge zogen, wurden bei einbrechender

Dunkelheit Fackeln entzündet, in deren flackerndem Schein die Putten ausgelassen zu tanzen schienen.

Das einladende Ambiente von Villa und Dependance sowie die von betörender Blütenpracht gestaltete Außenanlage, und nicht zuletzt Tinas hervorragender Service, den sie in ihrer herzlichen und zuvorkommenden Art offerierte, veranlassten viele Gäste, sie mit Dankesschreiben zu überhäufen. Für Juli meldete sich das Unternehmerehepaar an, eine Woche auf dem Weingut zu verbringen. Ihnen war von mehreren Gästen mit überschäumender Begeisterung berichtet worden, dass sie auf dem Weingut einen ihrer schönsten Urlaube verbracht hätten.

Eines Morgens vermisste Tina einen Gast, bei dem es sich um eine Person des öffentlichen Lebens in Deutschland handelte. Er pflegte immer um sechs Uhr morgens zum Joggen aufzubrechen, und pünktlich zum Frühstück zurück zu sein. Tief besorgt, ihm könnte etwas zugestoßen sein, setzte sie sich in ihren Wagen, um nach ihm zu suchen. Nach einer Weile fand sie ihn weit jenseits des nächsten Dorfes, in respektvollem Abstand vor einem großen weißen Hund ausharrend. Der Hund stand am Wegrand und schien das Grundstück seines Herrn zu bewachen. Wegen seiner Hundephobie hatte es der Gast nicht gewagt, an dem Tier vorbeizugehen. Tina war erleichtert, ihn wohlbehalten vorzufinden.

Bei dem Hund handelte es sich um einen Maremmen-Abruzzen-Schäferhund, auch Maremmano genannt, der im nördlichen Italien zur Verteidigung von Schafherden, vor allem gegen Wölfe, gezüchtet wird. Tina erkannte in dem Hund das Tier eines mit Mauras Ehemann Angelo befreundeten Weinbauern. Sie wusste, dass er von klein auf an Menschen gewöhnt war, nie als Herdenschutzhund eingesetzt wurde, und daher als sehr gutmütig galt. Ihrem Gast versicherte sie, dass er von dem Hund nichts zu befürchten habe. Um ihre Behauptung zu untermauern, ging sie hin und graulte ihm den Kopf, was das stattliche Tier mit freudigen Schweifwedeln quittierte.

Anfang September begannen die Weinproben, die bis Ende Oktober dreimal pro Woche, jeweils mittags, hinter der Villa, unter den Arkaden des ehemaligen Pferdestalls, abgehalten wurden. Die Teilnehmer waren überwiegend deutschsprachige Gäste, die sich auf einer Busrundreise durch die Toskana befanden.

Zur Weinverkostung servierte Tina zusammen mit ihrem Team leckere Häppchen mit kleinen Köstlichkeiten aus der Region. Der Fattore stellte neben Spitzenweinen verschiedener Rebsorten und Jahrgänge aus dem eigenen Weingut auch Erzeugnisse aus anderen Anbaugebieten der Toskana vor. Inzwischen waren Tinas Italienischkenntnisse so weit fortgeschritten, dass sie die Weinpräsentationen des Fattore mühelos ins Deutsche übersetzen konnte.

Keiner der Gäste gab sich allein mit der geschmacklichen Prüfung der Spitzenweine zufrieden, sondern wollte sich auch den nachwirkenden Abgang der köstlichen Tropfen nicht entgehen lassen. So verbreitete sich unter den Weinverkostern sehr schnell eine heitere Stimmung.

Elftes Kapitel

Seit Beginn ihres Beschäftigungsverhältnisses in der Villa Piccolomini hatte Tina nie mehr den Wunsch, woanders zu leben oder zu arbeiten. Trotz der nicht minderen Arbeitsbelastung wähnte sie sich glücklich, dieses privilegierte Leben unter dem toskanischen Himmel in vollen Zügen genießen zu können. Bevor sie morgens ihr Tagewerk begann, war sie immer wieder aufs Neue von einem einzigartigen Naturschauspiel fasziniert, das sich ihr beim Öffnen der Fensterläden bot: Ein dünner Dunstschleier, der bereits das rotgoldene Morgenlicht der noch unsichtbaren Sonne eingefangen hatte, verwischte die Konturen des hügeligen Landschaftspanoramas und verwandelte es in eine mystische Zauberwelt.

Ihre Jahresurlaube, die sie nach Saisonende, in der Regel ab Mitte November, antrat, verbrachte Tina vorwiegend in Italien. Mehrmals suchte sie den Süden des Landes auf, um bei ausgedehnten Wanderungen und Bergtouren auf der Insel Ischia, im Golf von Neapel, die nötige Entspannung zu suchen.

Sie nutzte auch Zeit und Gelegenheit, die italienische Kultur näher kennenzulernen. In und um Vicenza besichtigte sie die Villen und andere berühmte Bauten des Renaissance-Architekten Andrea Palladio, oder sie besuchte historische Baudenkmäler und Museen in Städten wie Florenz, Siena oder Pisa.

Nach Deutschland fuhr sie immer nur für ca. eine Woche innerhalb von ein oder zwei Jahren, um ihre Verwandten im Raum München zu besuchen.

Es war inzwischen Anfang August 1979. Tina hatte gerade die neue Gästeliste vom Konzern erhalten und stellte fest, dass sie ihre Wohnung wieder für zwei Wochen mit einem Ehepaar, diesmal mit Frau und Herrn Markert aus Würzburg, teilen musste. Schon in der Vergangenheit waren häufig Gäste in der Dependance einquartiert, was bisher nie zu irgendwelchen Problemen geführt hatte. Nun hoffte sie, dass das kurze Zusammenleben mit den neuen Gästen ebenso reibungslos verlief.

Zwei Tage später, gegen Abend – die anderen Neuzugänge hatten bereits ihre Zimmer in der Villa bezogen – fuhr eine weiße Limousine mit Würzburger Kennzeichen vor und hielt vor dem Eingang der Villa. Tina kam gerade aus der Dependance, wo sie noch einmal nachgesehen hatte, ob alles für die Ankunft der Gäste gerichtet war. Ein Mann stieg aus und sah sich neugierig um. Er war mittelgroß und schlank, hatte volles, grau meliertes Haar und angenehme Gesichtszüge. Sein Alter schätzte sie auf Anfang bis Mitte vierzig. Beim Näherkommen glaubte sie, einen etwas traurigen Zug um seinen Mund zu entdecken, und ohne ein einziges Wort mit ihm gesprochen zu haben, fand sie ihn sofort sympathisch. Sie ertappte sich sogar bei dem Gedanken, sich für einen wie ihn erwärmen zu können, obwohl sie wusste, dass Männer, für die sie mehr als nur Sympathie empfand, in der Regel vergeben waren.

Der Mann war mit einer hellen Sommerhose und weißem Hemd bekleidet. Er öffnete die linke hintere Auto-Türe, holte ein auf die Hose farblich abgestimmtes, dunkleres Jackett hervor und zog es an.

‚Oh, der Mann hat auch Stil‘, dachte Tina bei sich.

Sie ging auf ihn zu, stellte sich ihm vor und hieß ihn herzlich willkommen. Dann erwartete sie, auch die Ehefrau des Gastes begrüßen zu können, sah aber durch die Scheibe der Fahrertür, dass der Beifahrersitz leer war. Herr Markert ging um sein Fahrzeug herum, öffnete die rechte hintere Tür, hob ein etwa dreijähriges Mädchen aus dem Wagen und stellte es auf den Boden.

„Das ist meine Tochter Melanie", sagte er zu Tina und fügte erklärend hinzu, dass er alleinerziehender Vater sei.

Im ersten Augenblick war Tina verblüfft, da sie davon ausgegangen war, dass es sich bei den angemeldeten Gästen Rolf und Melanie Markert aus Würzburg um ein Ehepaar handele.

‚Entweder war die Konzernzentrale selbst nicht über den kleinen Gast informiert oder sie hat mir das Kind absichtlich verschwiegen, weil sie annahm, ich könnte wegen der Skorpione und Giftschlangen auf dem Areal Vorbehalte gegen den Aufenthalt eines Kindes anmelden', ging es ihr durch den Kopf.

Das Kind hatte ein adrettes buntes Kleidchen an. Sein hübsches Gesicht, das von mittellangem rötlichem Haar umgeben war, verriet keinerlei Müdigkeit, wie man nach der langen Reise hätte erwarten können. Stattdessen erkundeten seine lebhaften Augen interessiert die Umgebung. Tina überwand schließlich ihre Überraschung und ging lächelnd auf das Kind zu. Sie beugte sich zu ihm hinunter, reichte ihm die Hand und sagte:

„Herzlich willkommen Melanie, es freut mich, dich kennenzulernen. Ich heiße Tina."

Ohne zu zögern und mit einem Strahlen im Gesicht nahm das Kind Tinas Hand und schüttelte sie.

„Bei dir ist es aber schön, Tina.", meinte es nach der Begrüßung.

Dann wollte Melanie von Tina wissen, ob hier auch andere Kinder Ferien machten, mit denen sie spielen könne, und ob Tina einen Sandkasten habe, weil sie gerne Sandkuchen backe. Tina antwortete ihr, dass bisher keine Kinder ihre Ferien hier verbracht hätten, und deshalb auch kein

Sandkasten auf dem Areal existiere. Aber nach kurzer Überlegung kam ihr eine Idee und sie fügte hinzu: „Es dürfte aber nicht schwierig sein, hier irgendwo einen Sandkasten aufzustellen. Ich werde mich gleich morgen Vormittag darum kümmern."

„Papa, hast du gehört, ich bekomme gleich morgen einen Sandkasten" rief das Kind freudig aus. „Da backe ich dir ganz viele Sandkuchen, wie zuhause. Ich habe aber meine Förmchen vergessen. Du musst gleich heute noch welche kaufen gehen."

„Das hat doch noch Zeit bis morgen oder übermorgen", versuchte Herr Markert der Begeisterung seiner Tochter entgegenzuwirken. „Außerdem halten wir Frau Engel von ihrer Arbeit ab. Sie hat außer uns noch viele andere Gäste, um die sie sich kümmern muss."

Tina machte eine beschwichtigende Handbewegung und bat Herrn Markert, mit dem Wagen noch ein Stück weiter bis vor die Dependance zu fahren. Mit dem Mädchen an der Hand folgte sie zu Fuß dem Wagen. An der Dependance angekommen gingen Tina und ihre Gäste die paar Stufen der Außentreppe hoch und betraten den Wohnraum. Dessen exklusive Ausstattung entlockte Herrn Markert ein bewunderndes „Oh". Auch der Schlafraum fand seine volle Zustimmung. Nun erfuhren Vater und Tochter auch, dass sie für die Dauer ihres Aufenthaltes mit Tina unter einem Dach wohnten. Während Herrn Markert keinerlei Reaktion anzumerken war, wandte sich Melanie begeistert an Tina und meinte:

„Das ist ganz toll, Tina, dass du auch hier wohnst, da kannst du mir jeden Abend eine schöne Gute-Nacht-Geschichte vorlesen."

Tina war fasziniert von der Kleinen, die sich trotz ihres Alters – sie erfuhr, dass sie im Juni drei Jahre alt geworden war – so flüssig und fehlerfrei artikulieren konnte.

„Frau Engel hat doch gar keine Zeit, dir etwas vorzulesen, meine Süße", versuchte Herr Markert seine Tochter
erneut zu bremsen, „ich dagegen habe jetzt Urlaub, und
kann dir jeden Abend eine Geschichte vorlesen, wenn du
möchtest".

Und an Tina gewandt brachte er seine Verwunderung über
Melanies Ansinnen zum Ausdruck:

„Meine Tochter hat zu Ihnen erstaunlich schnell Kontakt
gefunden. Das ist sehr ungewöhnlich, denn normalerweise
reagiert sie eher schüchtern und zurückhaltend, wenn sie
jemanden zum ersten Mal sieht."

Tina freute sich, dass ihr das Kind so offen begegnete,
und betrachtete das von ihm entgegenbrachte Vertrauen als
Kompliment. Sie sagte zu Melanie, dass sie ihr zwar nicht
jeden Abend eine Geschichte vorlesen könne, sie sich aber
ab und zu dafür Zeit nehmen werde.

Nach Besichtigung der Räume gingen alle drei zum
Wagen zurück und Herr Markert lud die Gepäckstücke aus
dem Kofferraum. Tina nahm wie selbstverständlich einen
größeren Koffer in die Hand, und wollte damit losgehen.
Aber Herr Markert hielt sie am Arm fest und protestierte:

„Nicht doch, der ist viel zu schwer für Sie, um ihn die
Treppe hochzutragen", und er übergab ihr stattdessen eines
der leichteren Gepäckstücke, in der offenbar die Utensilien
des Kindes verstaut waren. Melanie hängte sich ihren
kleinen Rucksack um und ging den anderen vergnügt
hüpfend voraus.

Am nächsten Morgen fragte Tina den Fattore, den sie
zufällig im Frühstücksraum antraf, ob man für den kleinen
Gast einen Sandkasten beschaffen könne.

„Nichts leichter als das", meinte Signor Bruno, „ich
beauftrage Riccardo, einen meiner Arbeiter, einen Holzkas-
ten zu zimmern. Den Sand dazu gibt es auf dem Weingut in
Hülle und Fülle. Und von zuhause bringe ich noch eine

Kinderschaukel mit, die von meinen Kindern schon lange nicht mehr benutzt wird."

Als Tina spät am Abend ihre Wohnung aufsuchte, saß Herr Markert in einem der bequemen Sessel und las ein Buch, das er aus Tinas Bibliothek entnommen hatte. Bei Tinas Eintreten legte er seine Lektüre zur Seite, um ihr seine ganze Aufmerksamkeit zu widmen. Tina holte zwei Rotweingläser hervor und goss einen der lokalen Spitzenweine ein, den sie wenige Stunden zuvor dekantiert hatte. Der Wein entstammte dem großzügig bemessenen und ihr monatlich zustehenden Weinkontingent.

So entspann sich allabendlich eine angenehme Atmosphäre, in der sich Tina und ihr Gast in immer längere und für beide Seiten interessante Gespräche vertieften. Am ersten gemeinsamen Abend erfuhr Tina, dass Herr Markert Partner in einer Anwaltskanzlei in Würzburg sei, und er die Unternehmerfamilie erfolgreich in einem Prozess vertreten habe. Letzteres sei auch der Grund für seine und Melanies Einladung auf das Weingut gewesen.

Am darauffolgenden Morgen, nach dem Frühstück, bat Tina Melanie und ihren Vater, sie in den Park zu begleiten. Dort fand Melanie zu ihrer Überraschung unter einem Baum nicht nur eine große mit Sand gefüllte Kiste, in der auch schon einige von Maura gespendete Förmchen lagen, sondern auch eine Kinderschaukel vor. Tina wies Herrn Markert eindringlich darauf hin, dass er den Sandkasten untersuchen müsse, bevor Melanie darin zu spielen beginne, damit sich dort keine Skorpione verborgen hielten. Den dazu erforderlichen Rechen hatte sie neben dem Sandkasten platziert.

„Was sind Skorpione?", wollte die wissbegierige Kleine sofort wissen, und Tina erklärte ihr, dass das ungefähr fünf Zentimeter große Krabbeltiere seien, wobei sie dem Kind die genannte Größe mittels entsprechendem Abstand zwischen Daumen und Zeigefinger verdeutlichte.

„Sie sehen ein bisschen wie Krebse aus", fuhr sie fort, „tragen aber einen Stachelschwanz, der nach vorn gebogen ist, und mit dem sie nicht nur Kindern sehr wehtun können".

Sie bat Herrn Markert zum Schluss, das Kind weder unbeaufsichtigt, noch barfuß im Freien spielen zu lassen, da in der Umgebung neben Skorpionen auch Giftschlangen zuhause seien.

„Da setzen wir dich doch lieber sofort auf die Schaukel", meinte der treusorgende Vater nach dieser Lektion, „dort hinauf kommt weder ein Skorpion noch eine Schlange."

Er hob seine Tochter auf den Schaukelsitz und schob sie immer wieder an, bis sie richtig in Schwung kam, und Melanie jauchzte, je höher sie in die Luft flog.

Herr Markert zog es vor, auch tagsüber auf dem Weingut zu verweilen, da es ihm wegen des Alters seiner kleinen Tochter nicht sehr sinnvoll erschien, Ausflüge zu unternehmen. Daher hatte Tina die beiden bereits an ihrem ersten Aufenthaltstag eingeladen, gemeinsam mit ihr in der Küche der Villa zu Mittag zu essen. Täglich gegen 12.30 Uhr bereitete sie entweder eine schmackhafte Pasta oder eine Pizza, hin und wieder auch ein Fleischgericht zu, was sie sich am großen Marmortisch inmitten der Küche gemeinsam schmecken ließen. Herr Markert war dankbar für den Extraservice, den er jedoch nicht umsonst haben wollte. Doch Tina bestand darauf, dass sich Vater und Tochter zu Mittag als ihre persönlichen Gäste betrachteten.

Tina hatte es während ihrer ersten Gespräche mit ihrem Gast vermieden, ihn nach Melanies Mutter zu fragen. Sie sagte sich, er würde ihr schon von ihr erzählen, wenn er es für richtig hielt. Am zweiten gemeinsamen Abend, nachdem sie mit ihren Rotweingläsern angestoßen hatten, kam Herr Markert schließlich auf seine Frau zu sprechen:

„Sie werden sich sicher schon gefragt haben, warum ich

alleinerziehender Vater bin. Ihre Zurückhaltung, mich nicht schon kurz nach unserer Ankunft mit dieser Frage zu konfrontieren, weiß ich sehr an Ihnen zu schätzen. Manche Gäste hier waren nicht so sensibel und haben sich bereits am ersten Abend bei Melanie nach dem Verbleib ihrer Mutter erkundigt. Als Melanie ihnen sagte, dass ihre Mutter im Himmel sei, reagierten sie sehr betroffen, und es war ihnen anzusehen, dass sie es bereuten, das Kind nach ihr gefragt zu haben. – Ja, meine Frau ist vor gut zwei Jahren im Alter von sechsunddreißig Jahren an einer Gehirnblutung gestorben, und ich vermisse sie immer noch sehr."

Tina hatte immer gefühlt, dass der Grund für das Alleinerziehen der Tochter nicht die Folge einer Trennung zwischen den Ehepartnern war. Aber als Herr Markert ihre Vermutung bestätigte, war sie doch tief betroffen. Ihr tat der Mann wegen dieses Schicksalsschlages sehr leid, aber insbesondere bedauerte sie das Kind, weil es ohne Mutter aufwachsen musste. Nach und nach erzählte Herr Markert die traurige Geschichte um den Verlust seiner Frau:

„Fünf Jahre, nachdem wir geheiratet hatten, kam Melanie, unser lang ersehntes Kind, zur Welt. Wir waren sehr glücklich und hofften, noch weitere Kinder zu bekommen. Doch ein Jahr nach Melanies Geburt bekam meine Frau, wie aus heiterem Himmel, diese Gehirnblutung, die von den Neurologen als Subarachnoidalblutung bezeichnet wird. Ursache der Blutung war der Durchbruch eines Hirnaneurysmas, das ist eine Fehlbildung einer Hirnarterie. Durch die Einblutung in das Gehirn war sie halbseitig gelähmt. Die Ärzte machten uns große Hoffnung, dass sie durch eine Operation die Gefahr, die von dem Blutgefäß ausging, beheben könnten. Aber sie klärten uns dahingehend auf, dass das Leben meiner Frau nach der Operation weiterhin eingeschränkt bleiben würde, es sei denn, die Lähmungserscheinungen bildeten sich zurück. Als Elisabeth Tage nach der Operation aus dem künstlichen Koma erwachte und sich halbwegs wieder artikulieren konnte, äußerte sie sich von Anfang an sehr skeptisch über einen dauerhaften Erfolg der Operation. Ständig brachte sie ihre Sorge um Melanie und mich zum Ausdruck, wenn sie nicht mehr am Leben sei. Da halfen auch keine zuversichtlichen Worte von Seiten des Ärzteteams und der Schwestern. Als hätte sie eine Vorahnung gehabt, erfolgte circa zwei Wochen später eine erneute Einblutung. Erschreckenderweise fiel dieses zweite Ereignis weit massiver aus, als das vorangegangene, und hatte wenig später ihren Hirntod zur Folge."

Herr Markert machte eine Pause, in der er um seine Fassung rang.

„Sie war eine so starke Frau", fuhr er nach einer Weile mit Tränen erstickter Stimme fort.

„Sie hat nie geklagt oder mit dem Schicksal gehadert, warum ausgerechnet sie von einer so schrecklichen Krankheit heimgesucht wurde. Ihre einzige Sorge galt ihrem Kind und mir."

Wieder unterbrach er sich. Als er schließlich nach einer Weile weitersprach, wirkte er wieder etwas gefasster.

„In meiner Trauer wurde ich von den Ärzten mit der Frage konfrontiert, ob ich einer Organspende zustimmte, was mich zunächst sehr schockierte. Aber nach einer gewissen Bedenkzeit willigte ich ein, zum einen, weil ich mir sicher war, Elisabeth hätte das für gut befunden, und zum anderen, weil ich ein wenig Trost bei dem Gedanken fand, sie würde auf diese Weise in einem oder sogar mehreren Menschen ein wenig weiterleben.

Wegen meiner Zustimmung zur Organspende überwarf ich mich vorübergehend mit meinen Schwiegereltern, die nicht wünschten, dass ihre Tochter „wie Schlachtvieh zerlegt wird", wie sie sich ausdrückten. Nach kurzer Funkstille zwischen uns hatten sie irgendwann so große Sehnsucht nach ihrer Enkeltochter, dass sie eines Tages wieder vor der Tür standen und sich für ihr Verhalten entschuldigten.

Melanie erinnert sich begreiflicherweise nicht mehr an ihre Mutter. Als sie um die zwei Jahre alt war, fragte sie mich, wer die Frau auf dem Foto sei, das auf dem Sideboard in unserem Esszimmer steht. Ich antwortete ihr, das sei ihre Mama, die sich jetzt im Himmel befinde. Sie könne von dort oben auf sie herabschauen, und passe auf sie auf, damit ihr nichts passiere. Ich war froh, dass sie sich trotz ihrer Wissbegierde mit dieser Antwort begnügte, und mir somit die Erläuterung der Begriffe „Tod" oder „Sterben" ersparte, mit denen ein Kind in diesem Alter ohnehin nicht viel anzufangen weiß."

Tina hatte Herrn Markerts traurige Geschichte sehr berührt und sie versicherte ihm ihr tiefes Mitgefühl. Im Stillen verglich sie ihre eigene Kindheitssituation mit der Melanies. Melanie hatte zwar, wie sie selbst, ihre Mutter im Kleinkindalter verloren. Doch im Gegensatz zu ihrem eigenen Schicksal trug hier die Last der Trauer und des Verlustes nicht das Kind, sondern der Vater, der außerdem sehr liebevoll über dessen Wohl wachte.

Nach einigen Tagen schaffte es Tina erstmals, ihr Versprechen einzulösen, Melanie eine Gutenachtgeschichte vorzulesen. Sie hatte in ihrem ganzen Leben nie irgendwelche Bücher ausgemustert, sondern alle immer wie einen wertvollen Schatz gehütet. So befanden sich unter den Büchern in ihrer Bibliothek noch ihre alten Kinderbücher, die auch Herr Markert zum Vorlesen benutzte.

Das Schlafzimmer war, wie in Italien üblich, mit zwei Einzelbetten ausgestattet. Zum Vorlesen setzte sich Tina auf eine der Bettkanten von Melanies Bett, während Herr Markert auf der gegenüberliegenden Seite Platz nahm und die „Zeremonie" verfolgte. Melanie hatte die Arme   hinter ihrem Kopf verschränkt und lauschte andächtig jedem der Worte, die aus Tinas Mund kamen.

Nachdem Tina das Buch geschlossen hatte, und Herr Markert sich mit einem Gutenachtkuss von seiner Tochter verabschiedet hatte, fragte Melanie ihren Vater, ob sie auch Tina einen Gutenachtkuss geben dürfe. Herr Markert antwortete ausweichend, dass sie nicht ihn, sondern Frau Engel fragen müsse, ob sie das dürfe. Tina, gleichermaßen überrascht und erfreut vom Ansinnen des Kindes, antwortete schnell:

„Natürlich darfst du auch mir einen Gutenachtkuss geben". Sie beugte sich über das Kind und drehte ihren Kopf so, dass ihr Melanie einen Kuss auf die Wange geben konnte. Doch Melanie schlang ihre Arme um Tinas Hals, zog sie ganz nahe zu sich heran und küsste sie auf den Mund, so wie sie es bei ihrem Vater tat. Tina war von der Situation sehr ergriffen, aber sie war sich nicht sicher, ob Melanies Vater diese vertraute Geste auch billigte.

Am übernächsten Abend, nachdem Tina und Herr Markert Melanie wieder gemeinsam zu Bett gebracht hatten, fragte Melanie ihren Vater, warum er zu Tina immer „Frau Engel" sage, sie selbst sage doch auch „Tina" zu ihr. Herr Markert reagierte zuerst etwas verlegen, bis er dann meinte, dass Frau Engel ihn dann aber auch mit „Rolf" ansprechen müsse.

Tina verließ für kurze Zeit die Wohnung, um nach den anderen Gästen zu sehen, die sie unter der alten Eiche im Park in bester Weinlaune antraf. Nach ihrer Rückkehr in die Wohnung goss sie den funkelnden Rotwein in die Gläser und stieß mit Herrn Markert an. Stillschweigend ging sie davon aus, dass die Anrede mit Vornamen auch das „Du" beinhaltete und sagte:

„Auf dein Wohl, lieber Rolf", und Rolf antwortete: „Nein, auf *dein* Wohl, liebe Tina.

Durch die vertraute Anrede nahm das bereits bestehende gute Einvernehmen zwischen den beiden weiter zu, und Rolf wagte nach einer Weile die recht intime Frage, warum sie, die doch eine attraktive und intelligente Frau sei, keinen Partner an ihrer Seite habe. Tina lächelte. Diese Frage war ihr so oder ähnlich schon des Öfteren gestellt worden, aber nie war sie bisher bereit gewesen, wahrheitsgemäß darauf zu antworten. Rolf ihre Gründe darzulegen, machte ihr nichts aus, und sie begann, ihm aus ihrem Leben zu erzählen:

„Der Grund für mein Singledasein ist in meinem Kindheitstrauma zu suchen. Als ich knapp drei Jahre alt war, starb meine Mutter, und mein Vater vertraute mich einer Frau an, die er erst kurz zuvor geheiratet hatte, ohne sie überhaupt richtig zu kennen. Obwohl ich bei sehr lieben Großeltern mütterlicherseits hätte aufwachsen können, gab er ihr fatalerweise den Vorzug. Als er zwei Tage später an die Front zurückmusste, begann für mich ein furchtbarer Leidensweg, auf dem mir die Stiefmutter mit Billigung ihrer Familie alle nur denkbaren körperlichen und seelischen Qualen zufügte. Das ging so weit, dass ich ständig um mein Leben bangen musste. Nur mit viel Glück habe ich diese schreckliche Zeit überlebt."

Tina machte eine Pause und nahm einen Schluck Wein zu sich, da ihre Kehle trocken geworden war und sie am Weitersprechen hinderte. Rolf war von der Schilderung ihrer Geschichte tief bewegt und brachte dies betroffen zum Ausdruck. Nach einer Weile erzählte Tina weiter:

„Mit Anfang zwanzig bekam ich meinen ersten Heiratsantrag, der mit dem Wunsch nach gemeinsamen Kindern verbunden war. Damals setzte ich mich erstmals mit der Frage auseinander, was wohl mit meinen Kindern geschähe, wenn mich das gleiche Schicksal wie meine Mutter ereilte, und die Kinder eine lieblose Stiefmutter bekämen. Dass diese Verbindung zerbrach, hatte primär andere Gründe. Doch in der Zeit danach stellte ich fest, dass mir die Entscheidung immer schwerer fiel, eine Beziehung einzugehen. Denn jedes Mal, wenn ein um mich werbender Mann auf gemeinsame Kinder zu sprechen kam, und ich mir nicht hundertprozentig sicher war, dass er nach meinem eventuellen Tod für das absolute Wohlergehen der Kinder sorgen könne, wies ich seine Avancen zurück. Mir ist durchaus bewusst, dass ich mit dieser, zugegebenermaßen etwas verstörenden Haltung die eine oder andere Gelegenheit zu einer guten Partnerschaft habe verstreichen lassen. Das lag sicher auch daran, dass ich bei meiner Auslese die Messlatte sehr hochlegte.

Rolf antworte daraufhin, er könne durchaus nachvollziehen, dass sich nach dem erlebten Trauma ihre Sicht auf eine Mutterrolle anders entwickelt habe, als bei Frauen ohne diese schreckliche Vorgeschichte. Nach einer kurzen Pause fuhr er fort:

„Eigentlich könnte man nach all dem Schrecklichen, das dir Menschen zugefügt haben, erwarten, dass dir jegliche Menschenfreundlichkeit abhanden gekommen ist. Doch das Gegenteil ist der Fall. Von Anfang an habe ich dich wegen deiner Herzlichkeit bewundert, mit der du auf Menschen zugehst, ob es sich um Gäste oder um Angestellte auf dem Weingut handelt. Das ist kein gekünsteltes Verhalten, sondern sicherlich eine Gabe, die dir in die Wiege gelegt wurde.“

Maura war die zunehmende Vertrautheit zwischen Tina und ihren beiden Gästen nicht entgangen. Eines Nachmittags sagte sie im Vorbeigehen zu Tina:

„Sie sind verliebt, Signora, ich sehe es an ihren Augen.“

Und mit ernster Miene fügte sie hinzu:

„Signora, ich fürchte, sie werden uns bald verlassen“.

Tina stellte dies vehement in Abrede, aber Maura drehte

im Weitergehen ihre erhobene Hand langsam hin und her, um damit ihre Zweifel an Tinas Dementi auszudrücken. Tina musste sich eingestehen, dass Maura etwas ausgesprochen hatte, das sich bei ihr seit einigen Tagen durch ein seltsames Schwirren im Bauch bemerkbar machte, einem Gefühl, das sie so bisher nicht gekannt hatte.

Es nahte der Tag des Abschiednehmens. Tina hatte in den vergangenen Tagen geglaubt, vonseiten Rolfs eine gewisse Zuneigung gespürt zu haben, aber da er bisher nie etwas in dieser Richtung geäußert hatte, versuchte sie dieses Gefühl nun als Illusion abzutun. Sie saßen am letzten gemeinsamen Abend bei ihrem obligatorischen Glas Rotwein, und es fiel Tina schwer, vor Rolf einen Anflug von Traurigkeit zu verbergen. Während des Anstoßens dachte sie, dass es wohl das letzte Mal sei, ihre Gläser gemeinsam klingen zu hören. Rolf nahm entgegen seiner sonstigen Gewohnheit einen tiefen Schluck, stellte sein Glas zurück und begann plötzlich sehr feierlich zu sprechen:

„Als ich vor zwei Wochen mit Melanie die Reise antrat, hatte ich keine größeren Erwartungen an diesen Aufenthalt hier, als ein klein wenig Abstand von den Alltagsproblemen zu gewinnen. Überraschenderweise wurde viel mehr daraus. Deine liebenswerte und offene Art, liebe Tina, mit der du uns empfangen, und uns in den zwei Wochen begleitet hast, bescherten Melanie und mir eine überaus glückliche Zeit."

Er machte eine Pause, und Tina dachte, Rolf habe eine Art Abschiedsrede begonnen. Doch es kam völlig anders: Er stand auf, fasste Tina an den Händen, und plötzlich hörte sie ihn Worte sagen, die sie sich in ihrer Fantasie hatte vorstellen können, aber nicht für möglich gehalten hatte, dass sie einst Realität werden könnten: Er machte ihr eine Liebeserklärung, sagte ihr, dass er sich nichts Schöneres vorstellen könne, als mit ihr sein weiteres Leben zu verbringen. Er sei auch davon überzeugt, dass sich Melanie keine bessere Mutter wünschen könne, was ihn besonders glücklich mache (Er hatte angesichts Tinas Vorgeschichte bewusst den Begriff „Stiefmutter" vermieden). Schließlich bat er sie, seine Frau zu werden. Das ging alles so schnell, dass Tina der Kopf schwirrte, und ihr die Worte fehlten. Von dem Gehörten völlig benommen und unfähig, darauf zu antworten, stand sie nun ebenfalls auf und nahm den Mann, in den sie sich vom ersten Augenblick an verliebt hatte, anstelle einer Antwort in die Arme.

Als Vater und Tochter am nächsten Morgen zum Frühstück im Speiseraum der Villa eintrafen, riss sich Melanie von der Hand ihres Vaters los und stürmte auf Tina zu. Sie umklammerte sie, blickte zu ihr auf und fragte sie so laut, dass es jedermann hören konnte:

„Tina, Tina, ist es wirklich wahr, dass du meinen Papa heiraten willst?"

Die Gäste unterbrachen ihr Frühstück und lauschten. Tina beugte sich zu Melanie hinunter und nahm sie in ihre Arme. Da jeder der Anwesenden die Neuigkeit bereits mitbekommen hatte, versuchte sie erst gar nicht, leise zu sprechen, sondern antwortete ihr ebenso laut:

„Ja, meine Süße, dein Papa und ich werden bald heiraten, dann können wir drei immer zusammen sein."

Und nach einer Pause fügte sie hinzu:

„Ich muss aber noch ein Weilchen hierbleiben, bis ich mit meiner Arbeit fertig bin."

Im Speisesaal erhoben sich nach und nach die Gäste und applaudierten. Maura, die durch den jahrelangen Umgang mit deutschen Gästen sofort verstand, worum es bei dem kurzen Dialog gegangen war, wusste nicht, ob sie lachen oder weinen sollte. Sie kam auf Tina zu und meinte in leicht sarkastischem Ton:

„Signora, ich wusste, dass es so kommen würde; denn ich habe gesehen, dass Sie beide sehr verliebt sind."

Und obwohl ihre Befürchtung nun Gewissheit geworden war, drückte sie Tina an sich und beglückwünschte sie herzlich.

Tina kündigte ihre Stelle in der Villa Piccolomini zum Jahresende 1979. Sie konnte aber aufgrund des ihr zustehenden Jahresurlaubs ihren Umzug nach Würzburg bereits für Mitte November planen. Bis dahin kam Rolf mehrmals für ein Wochenende zu Besuch. Er vermied die weite Anreise mit dem Auto, sondern fuhr mit dem Zug bis nach München und stieg dort ins Flugzeug um.

Trotz ihrer euphorischen Stimmungslage konnte Tina beim Abschied vom Weingut und seinen Menschen sowie der reizenden Umgebung einen Hauch von Wehmut nicht unterdrücken. Nie hätte sie vor der schicksalhaften Begegnung mit Rolf und Melanie einen solchen Schritt für möglich gehalten. Sie war immer davon ausgegangen, dass sie den geliebten Ort erst mit Eintritt in den Ruhestand verlassen würde.

Zwölftes Kapitel

Schon in den ersten Tagen nach ihrem Umzug nach Würzburg bat Tina Rolf, zusammen mit ihm das Grab seiner verstorbenen Ehefrau aufsuchen zu dürfen. Während sie Hand in Hand auf dem Würzburger Waldfriedhof standen, eröffnete Tina ihrem künftigen Gatten, dass sie gemeinsam mit ihm das Andenken an die Verstorbene aufrechterhalten möchte. So bestand sie darauf, dass Rolf Elisabeths Foto, das er aus Rücksicht auf seine neue Partnerin in eine Schublade gelegt hatte, wieder an seinen angestammten Platz auf das Sideboard im Esszimmer zurückstellte. Sie selbst wolle regelmäßig für frischen Blumenschmuck neben dem Foto sorgen, sagte sie ihm. Rolf war ihr für diese warmherzige Geste, die für ihn keineswegs selbstverständlich war, überaus dankbar.

Melanie war glücklich, dass „ihre" Tina nun endlich mit ihr unter einem Dach wohnte. Stolz verkündete sie im Kindergarten, dass sie jetzt auch eine Mutter habe, wie die anderen Kinder, ihre Mutter aber nicht Mama oder Mutti heiße, sondern Tina.

Während Tina von Rolfs Eltern, sowie dessen Schwester Barbara mit Familie sehr herzlich aufgenommen wurde, begegneten ihr Elisabeths Eltern anfangs sehr zurückhaltend, ja geradezu abweisend. Wenn sie ihre Enkelin besuchten, nahmen sie mit versteinerter Miene nur widerwillig zur Kenntnis, dass jetzt eine andere Frau den Platz ihrer Tochter einnahm. Mit eifersüchtigen Blicken registrierten sie das harmonische Miteinander zwischen ihrer Enkelin und der „Neuen". Dabei mussten sie sogar feststellen, dass sie, die Großeltern, bei Melanie nicht mehr den gleichen Rang wie vor Tinas Erscheinen einnahmen. Trotz deutlicher Zeichen der Ablehnung durch die andere Seite blieb Tina gelassen und dämpfte sogar Rolfs Unmut über das befremdliche Gebaren seiner Schwiegereltern. Sie bat ihn, ihnen Zeit zu lassen, um sich an die neuen Gegebenheiten zu gewöhnen. Allerdings hätte für Tina schon der geringste Versuch des Paares, das Kind gegen sie zu beeinflussen, ein Überschreiten ihrer Toleranzgrenze mit entsprechenden Folgen, einschließlich Hausverbot, bedeutet. Doch Rolfs Schwiegereltern verloren mit der Zeit ihre Vorurteile und Ressentiments gegen Tina und zeigten sich zunehmend umgänglicher. Dankbar nahmen sie jetzt auch zur Kenntnis, dass Tina das Andenken an ihre verstorbene Tochter sorgsam pflegte. Als ihnen Tina während der Hochzeitsfeier im Mai 1980 schließlich sagte, dass sie sie ebenso wie Rolfs Eltern als Teil ihrer neuen Familie betrachte, war das Eis endgültig gebrochen, und sie entschuldigten sich für ihre frühere „unangemessene Haltung".

Tina fand sich sehr schnell in ihre neue Rolle als Ehefrau, Mutter und Familienmanagerin hinein, als habe sie nie etwas anderes gemacht. Rolf genoss es, sich am Morgen an einen üppig gedeckten Frühstückstisch zu setzen, und danach nie ohne ausgiebige Verabschiedung durch Tina und Melanie aus dem Haus zu gehen. Anschließend brachte Tina Melanie in den Kindergarten und las unterwegs noch zwei von Melanies Freundinnen auf, deren Mütter berufstätig waren.

Da Rolf am Mittag nur einen kleinen Imbiss in der Kanzlei zu sich nahm, sorgte Tina nach seiner Rückkehr dafür, dass das Abendessen regelrecht zelebriert wurde. Dabei durfte ein köstlicher Rotwein aus der Toskana nicht fehlen, der sie beide immer wieder an ihre ersten gemeinsamen Tage auf dem Weingut Piccolomini erinnerte.

Tina war auch eine gute Gastgeberin. Rolf hatte seit Elisabeths Tod keine Gäste mehr eingeladen. Das änderte sich bereits kurze Zeit nach Tinas Einzug. Auf ihre Anregung hin waren nun regelmäßig wieder Familienmitglieder, Freunde oder Geschäftspartner zu Gast. Bei solchen Anlässen wuchs Tina geradezu über sich hinaus. Sie brachte es ohne fremde Hilfe fertig, die köstlichsten Gerichte zuzubereiten, die einzelnen Speisenfolgen ohne lange Wartezeiten zu servieren, um anschließend mit den Gästen nicht nur gemeinsam zu dinieren, sondern sich auch noch angeregt mit ihnen zu unterhalten. Rolf strahlte vor Stolz über das routinierte Auftreten seiner Partnerin.

Mit viel Liebe und Aufmerksamkeit widmete sich Tina Melanies Erziehung und Förderung. Bereits im Vorschulalter setzte sie alles daran, durch Gespräche, häufiges Vorlesen und Erzählen von spannenden Geschichten, aber auch durch Lernspiele, Melanies Horizont stetig zu erweitern. Dabei vermied sie jeglichen Zwang. Auch Spielen allein oder mit anderen Kindern durfte nicht zu kurz kommen.

In der Schule hatte Melanie keinerlei Schwierigkeiten und schaffte nach der vierten Klasse spielend den Sprung ins Gymnasium. Immer wenn Tina ihre Stieftochter liebevoll bei den Hausaufgaben beobachtete, sah sie sich in ihre eigene Schulzeit zurückversetzt, denn Melanie war ebenso strebsam wie sie selbst einst gewesen war.

Für Tina vergingen die Jahre viel zu schnell. Aus dem Kind wurde ein Teenager und aus dem Teenager eine junge Frau. Nach dem Abitur entschied sich Melanie für ein Medizinstudium, studierte einige Semester in Würzburg und wechselte dann nach München, wo sie das Studium abschloss. Unmittelbar nach Antritt ihrer Assistenzarztstelle in einem Münchner Klinikum promovierte sie mit Auszeichnung zum Doktor der Medizin.

Das Jahr 2002 sollte für Tina zu einem Schicksalsjahr werden. Mitte August musste sie sich wegen eines Bandscheibenvorfalls im Bereich der Lendenwirbelsäule operieren lassen. Der Krankenhausbehandlung schloss sich eine vierwöchige Kur in einer Rehaklinik in Bad Kissingen an. Das Engagement des Klinikpersonals und Tinas eiserner Wille, schnell wieder gesund zu werden, ließen sie hoffen, in Kürze wieder ein normales Leben führen zu können.

Zwei Tage vor Entlassung tastete Tina während des Duschens eine harte, kirschkerngroße Veränderung in ihrer rechten Brust. Da sie sich erst im März des gleichen Jahres im Rahmen der Vorsorgeuntersuchung einer Mammografie unterzogen hatte, war sie nicht sonderlich beunruhigt. Dennoch machte sie ihren behandelnden Arzt auf ihre Entdeckung aufmerksam. Bei einer Ultraschalluntersuchung konnte der Arzt nicht nur ein kirschkerngroßes, sondern sogar ein pflaumengroßes Gebilde darstellen. Er erklärte Tina, dass er mit der Sonografie nicht eindeutig feststellen könne, ob es sich bei dem Befund um eine gut- oder bösartige Veränderung der Brust handele. Um sicher zu gehen, müsse sie sich nach dem Reha-Aufenthalt einer erneuten Mammografie unterziehen.

Diese Erläuterung ließ Tina, die bisher die Möglichkeit einer bösartigen Geschwulst gar nicht in Erwägung gezogen hatte, erschrocken aufhorchen, und sie hakte nach:

„Heißt das, Sie können ein Mamma-Carcinom nicht sicher ausschließen?"

Der Arzt bejahte die Frage, doch verlegen versuchte er Tina dahingehend zu beruhigen, dass er sich nicht vorstellen könne, wie in so kurzer Zeit nach einer Mammografie ein bösartiger Tumor entstanden sein sollte. Doch die plötzlich im Raum stehende Verdachtsdiagnose begann Tina zunehmend zu beunruhigen. Noch am gleichen Tag kümmerte sie sich um einen neuen Mammografie-Termin, der ihr bereits für den Entlassungstag zugesagt wurde.

Nach Absolvierung des Gymnastikprogramms legte sich Tina auf ihrem Balkon in den Liegestuhl und versuchte sich ein wenig durch Lektüre zu zerstreuen. Doch immer wieder kreisten ihre Gedanken um den unklaren Befund in ihrer Brust. Nach einiger Zeit stellte sie fest, dass sie mehrere Buchseiten gelesen hatte, der Inhalt ihr aber völlig unbekannt geblieben war. Schließlich legte sie das Buch zur Seite und beschäftige sich mit der Frage, warum der Radiologe bei der vorangegangenen Untersuchung nichts von der Veränderung in ihrer Brust bemerkt hatte, und sie suchte zu ergründen, ob dies nun ein gutes oder ein schlechtes Zeichen sei.

Als sie längere Zeit grübelnd in den Himmel über sich geblickt hatte, legte sich langsam ihre Verunsicherung, und mit einem Male sagte sie laut und mit Überzeugung:

"Nein, es ist kein Krebs, ich weiß es!"

Rolf holte Tina am Entlassungstag aus der Rehaklinik ab und fuhr mit ihr in dieselbe radiologische Praxis in Würzburg, in der sie die Mammografie im März des Jahres hatte durchführen lassen. Beim Betreten der Praxisräume wurde Tina wieder von einer leichten Unruhe befallen, aber sie war weiterhin fest davon überzeugt, dass sie keinen bösartigen Tumor hatte. Nach kurzem Aufenthalt im Wartezimmer wurde sie in den Röntgenraum gebeten, wo sie schicksalergeben die Untersuchung über sich ergehen ließ. Dann wieder banges Warten gemeinsam mit Rolf im Wartezimmer, bis sie erneut aufgerufen wurde. Sie saß nun dem Radiologen direkt gegenüber und versuchte seiner Mimik zu entnehmen, was er ihr mitzuteilen habe. Schließlich begann der Arzt zu sprechen:

„Ich habe schlechte Nachrichten, Frau Markert, die Geschwulst in ihrer Brust ist leider bösartig. Ich kann Ihnen versichern, dass im März nicht die geringsten Anzeichen

211

eines Tumors zu sehen waren. Ich habe mir extra noch einmal die alten Aufnahmen angesehen."

Tina hörte die Worte wie in Trance. Trotz der immer wieder aufgetretenen Zweifel hatte sie gehofft, dass es sich bei der Wucherung in ihrer Brust nur um eine Verkalkung oder eine andere gutartige Veränderung handele. Für einen kurzen Augenblick kam es ihr vor, als beobachte sie die Szene als Unbeteiligte, denn sie fragte sich unwillkürlich, ob auch wirklich *sie* gemeint war. Aber die grausame Realität, von der sie letztlich eingeholt wurde, traf sie nun umso härter. Sie konnte nicht verhindern, dass ihr die Tränen über die Wangen liefen. Es waren Tränen der Wut und Verzweiflung über den ereilten Schicksalsschlag. Und im Stillen begann sie mit ihrem Schicksal zu hadern:

‚Habe ich in meinem Leben nicht schon genug erdulden müssen? Warum muss ich jetzt auch noch von diesem verdammten Krebs heimgesucht werden?!'

In diesem Moment der Verzweiflung ließ sie sich zu einem furchtbaren Gedanken hinreißen:

‚Wäre es doch meiner Stiefmutter gelungen, mich umzubringen, dann wäre mir das hier wenigstens erspart geblieben!'

Der Radiologe schreckte sie aus ihren Gedanken auf, als er ihr mit tröstenden Worten zu vermitteln suchte, dass Brustkrebs in der heutigen Zeit sehr erfolgreich therapiert werden könne. Sie aber entgegnete:

„Selbst wenn es so wäre, was nützt mich das alles, wenn ich nach der Operation als verstümmelte Frau weiterleben muss."

„Auch dagegen gibt es heute sehr gute Möglichkeiten, aber darüber müssen sie sich mit ihrem Operateur unterhalten", erklärte ihr der Arzt.

Er gab ihr Anweisung, wonach sie sich in einem Krankenhaus mit gynäkologischer Abteilung um einen Aufnahme-Termin bemühen müsse. Man würde sich dort auch mit einem Onkologen, der für die nachoperative Chemotherapie verantwortlich sei, und mit einem Strahlentherapeuten in Verbindung setzen. Dann bat er sie, sich noch ein wenig im Wartezimmer zu gedulden, bis ihr der schriftliche Befund ausgehändigt werden könne.

Sie trocknete sich die Tränen, verabschiedete sich niedergeschlagen vom Radiologen und ging zurück ins Wartezimmer, wo Rolf sie mit fragendem Blick erwartete. Stockend informierte sie ihn über die erschreckende Diagnose. An ihren schlimmen Gedanken ließ sie ihn nicht teilhaben, da sie sich vor ihm keine Blöße geben wollte. Rolf war sehr erschrocken. Auch er hatte bis zuletzt auf einen gutartigen Knoten gehofft. Für einen Augenblick fragte er sich besorgt, ob er wohl zum zweiten Mal mit dem Verlust einer geliebten Ehefrau rechnen müsse. Dann nahm er Tina tröstend in die Arme und sagte ihr:

„Was auch immer kommen mag, du bist nicht allein, wir stehen das alles gemeinsam durch."

Rolfs Worte taten ihr gut, denn sie wusste, dass er dies nicht nur so daher sagte.

Nachdem sie zuhause ein wenig zur Ruhe gekommen war, schämte sie sich, dass sie sich hatte hinreißen lassen, zu wünschen, schon als Kind durch die Hand ihrer Stiefmutter umgekommen zu sein. Sie musste sich eingestehen, dass ihr das Leben nach ihrem Kindheitstrauma auch viele Sonnenseiten beschert hatte.

‚Vor allem die gemeinsame Zeit mit Rolf und Melanie und später allein mit Rolf waren die glücklichsten Jahre meines Lebens', fuhr sie in Gedanken fort. Die Begegnung 1979 in Italien, die ihr ganzes Leben verändert hatte, kam ihr noch immer wie eine glückliche Fügung vor.

Das Telefon läutete und Tina wurde in ihren Gedanken unterbrochen. Es war Melanie, die aus München anrief, nachdem Rolf sie per SMS über Tinas Befund unterrichtet hatte. Nach kurzer Unterhaltung mit seiner Tochter reichte Rolf das Telefon an Tina weiter. Melanie hielt sich nur kurz mit tröstenden Worten auf, da sie wusste, dass man ihre Stiefmutter nur mit Fakten überzeugen konnte. Sie sagte ihr, dass sie aufgrund ihres Alters die besten Voraussetzungen mitbringe, die Krankheit völlig zu besiegen und fügte hinzu: „Du kannst hundert Jahre alt werden". Tina meinte daraufhin: „Um Himmels Willen, so alt will ich gar nicht werden", und beide lachten.

Nun kam Melanie auf die modernen Möglichkeiten der plastischen Chirurgie zu sprechen, mit deren Hilfe die Brust nach einer Mamma-OP hervorragend rekonstruiert werden könne. Sie schlug Tina vor, sich in ihrer Klinik in München behandeln zu lassen, denn dort könne sie alles arrangieren, angefangen von der Tumorentfernung über Chemotherapie und Bestrahlung bis hin zur plastischen Chirurgie. Sie kenne die Ärzte der einzelnen Disziplinen in ihrem Haus sehr gut und könne sie guten Gewissens empfehlen.

„Papa kann dich doch an den Wochenenden besuchen kommen, und auf diese Weise sehe ich euch beide wieder öfter", meinte sie abschließend. Das Gespräch mit Melanie, der Frau Doktor in der eigenen Familie, tat ihr gut, und sie fühlte, wie ihr Lebensmut zurückkehrte.

Tina ging nach Rücksprache mit Rolf auf Melanies Vorschlag ein und erhielt kurze Zeit später ihren Aufnahme-termin in der Münchner Klinik. Der junge Arzt, der die Aufnahmeuntersuchung durchführte, wollte von ihr wissen, ob es in ihrer Familie bereits Fälle von Mamma-Carcinom gegeben habe. Tina verneinte, führte aber an, dass ihre Mutter bereits mit sechsundzwanzig Jahren an einer anderen Krankheit verstorben sei, und daher niemand wisse, ob sie den Krebs eventuell später bekommen hätte. Als der Arzt die Untersuchung beendet und die mitgebrachten Befunde gesichtet hatte, fragte er Tina höflich, ob er wissen dürfe, woran ihre Mutter so früh gestorben ist.

„Ja, natürlich", antwortete ihm Tina. „Ich war knapp drei Jahre alt, als meine Mutter eines Morgens tot im Bett lag. Im Leichenschauschein stand „Herzschlag" als Todesursache, was nach meinen Informationen dem heutigen Begriff Herzinfarkt entspricht", erzählte Tina dem Arzt und fuhr fort: „Ich habe mich aber immer gefragt, wie eine so junge Frau einen Herzinfarkt erleiden konnte, da sie, wie mir ihre Geschwister später berichtet haben, kerngesund gewesen sei. Zu erwähnen wäre noch, dass sie kurz vor der Niederkunft ihres zweiten Kindes gestanden hatte. Ich weiß allerdings nicht, ob das in diesem Zusammenhang von Bedeutung ist."

„Es ist sogar sehr wahrscheinlich, dass der Tod ihrer Mutter mit deren Schwangerschaft in Verbindung stand", meinte der Arzt. Er überlegte kurz, wie er den Vorgang einer Laiin verdeutlichen könne und fuhr fort:

„Eine Schwangerschaft wird von diversen Veränderungen im weiblichen Organismus begleitet, die in gar nicht so seltenen Fällen in den tiefen Beinvenen zur Bildung von Blutgerinnseln, sogenannten Thrombosen, führen können. Wenn sich eine solche Thrombose aus der Beinvene löst, gelangt sie als Embolus in die Lungenstrombahn und führt dort zur Behinderung des Blutflusses, zu einer sogenannten Lungenembolie. Bei entsprechender Größe des Embolus kann er die Strombahn total verschließen und den sofortigen Tod herbeiführen. Es ist durchaus möglich, dass ihre Mutter die unklaren Symptome einer Thrombose gar nicht richtig zur Kenntnis genommen und den Geschwistern nichts davon erzählt hat. Jedenfalls scheint mir nach allem, was Sie mir berichtet haben, eine sogenannte massive Lungenembolie die plausibelste Erklärung für den plötzlichen Tod ihrer Mutter zu sein."

Tina verkraftete die operativen Eingriffe, sowohl der Tumorentfernung, als auch der plastischen Chirurgie zur Brusterhaltung, problemlos. Sehr schlimm hingegen empfand sie die Chemotherapie. Während der einzelnen Zyklen der „Chemo" wohnte Tina bei Melanie, die ihr mit ärztlicher Unterstützung und viel Einfühlungsvermögen über die schwierige Zeit hinweghalf. Als Tina die Haare verlor – neben Übelkeit und Erbrechen eine weitere unangenehme Nebenwirkung der Chemotherapie – suchte ihr Melanie, bis ihre Perücke gefertigt war, mehrere schicke Mützen aus. Anschließend veranstalteten sie zuhause eine kleine Modenschau, bei der Tina sogar wieder lachen konnte, als sie sich mit den verschiedenfarbigen Mützen im Spiegel betrachtete.

Bald fühlte sich Tina wieder belastbar und war dankbar für die wiedererlangte Gesundheit. Sie war glücklich, erneut auf das Lebenskarussell aufspringen und mit ihrem Gatten Rolf weiterhin eine intensive Zweisamkeit genießen zu dürfen.

Dreizehntes Kapitel

Tina hatte im Hotel in S. tief und fest geschlafen, als sie am späten Nachmittag vom Klingelton ihres Mobiltelefons geweckt wurde. Es war Rolf, der ihr mitteilte, dass ihn Melanie über ihre Ankunft an ihrem und Florians Urlaubsort an der Ostsee informiert habe.

„Melanie wollte auch dich sprechen", fuhr er fort, „aber ich habe ihr gesagt, du seist zu einer Schulfreundin in deine frühere Heimat gefahren. Ich erwähne das für den Fall, dass sie dich persönlich anruft."

Nach dem Telefonat, in der sich das Ehepaar noch ausgiebig über die bevorstehende Recherche unterhalten hatte, nahm sich Tina vor, falls es das Wetter erlaubte, ihren geplanten Erkundungsausflug noch am selben Tag anzugehen. Sie öffnete eines der Fenster, entriegelte die Fensterläden und stieß sie auf. Sogleich strömte eine angenehme Kühle in den Raum, und sie sog die klare Luft begierig ein. Im kleinen Hotelpark tropfte das Regenwasser deutlich hörbar von den Bäumen, woraus sie schließen konnte, dass es erst vor kurzem zu regnen aufgehört hatte. Nach einer Erfrischung im Bad nahm sie ihre Jacke aus dem Schrank, steckte den Orts-Plan ein und verließ das Hotel. Am Parkplatz holte sie zur Sicherheit ihren Regenschirm aus dem Auto und machte sich zu Fuß auf den Weg. Schnell fand sie das Flüsschen, das das Städtchen durchquerte, und ging entgegen seiner Fließrichtung an ihm entlang. Ein gepflasterter Fußweg neben dem Gewässer führte sie nach und nach aus dem Ort heraus und hinaus in die freie Natur. Je weiter sie sich von der Kleinstadt entfernte, umso dichter rückten von beiden Seiten meist spärlich mit Bäumen bewachsene Anhöhen an den Flusslauf heran. Schließlich befand sie sich in einem relativ engen, sehr malerischen Tal. Rechts und parallel des Fußwegs verlief eine schmale asphaltierte Straße, die als Sackstraße ausgeschildert war. Von der Straße aus führten immer wieder Abzweigungen zu kleineren Siedlungen auf den Anhöhen. Nach einer Weile tauchte vor ihr das alleinstehende Gebäude auf, dass sie als Ziel ihrer Exkursion ausgewählt hatte. Als sie es erreicht hatte, stellte sie fest, dass es aus einem älteren Trakt und einem großzügigen Erweiterungsbau bestand. Davor prangte ein Schild mit der Aufschrift „Restaurant zur Alten Mühle". Auf einer Terrasse warteten Tische und Stühle auf Gäste, die wegen des vor kurzem niedergegangenen Gewitterregens bisher ausgeblieben waren.

Sie sah sich um und suchte nach irgendeinem Anhaltspunkt, der darauf schließen ließ, dass es sich bei dem Gebäude um die Mühle aus ihrer Kindheit handelte. Unzufrieden mit dem Ergebnis wandte sie sich schließlich der dem Fluss zugewandten Gebäudeseite zu und hielt Ausschau nach einem Mühlrad. Doch es gab dort weder ein plätscherndes Geräusch, das sie aus ihrer Kindheit gut in Erinnerung hatte, noch ein Mühlrad, das dieses Geräusch hätte erzeugen können. Jetzt ließ sie ihren Blick in die Umgebung schweifen, um die Topografie der Landschaft zu studieren, aber kein ihr bekanntes Landschaftsmerkmal wollte sich ihr erschließen. In ihr keimte die Hoffnung, dass sie sich hier vielleicht doch nicht im Tal ihrer Kindheit befand, und ihre Besorgnis daher völlig unbegründet war. Nun ging sie weiter flussaufwärts. Hin und wieder kam ein Fahrzeug von einer der Anhöhen herab, oder ein anderes fuhr hinauf und verschwand hinter einer Biegung. Inzwischen war sie so weit vom Restaurant entfernt, dass sie nach ihrer Erinnerung längst den Hügel hätte erreichen müssen, auf dem das Gehöft Waldbruch gelegen hatte. Doch nirgendwo gab es einen Hinweis auf ihren früheren Aufenthaltsort. Weniger enttäuscht, als hoffnungsvoll ging sie zurück in die Richtung, aus der sie gekommen war.

Nun nahm sie sich vor, im Restaurant zu Abend zu essen. Vielleicht konnte sie bei dieser Gelegenheit Aufschluss darüber erlangen, ob sie sich als Kind in dieser Region aufgehalten hatte. Vor dem Eingang zögerte sie kurz, drückte dann aber entschlossen die Türklinke herunter und trat ein. Das Restaurant war um diese Uhrzeit – es war gerade kurz nach 18.00 Uhr – nur mäßig besucht, doch sie bemerkte, dass viele Tische reserviert waren. Eine junge freundliche Bedienung kam auf sie zu und fragte sie nach ihren Wünschen. Als Tina ihr sagte, sie wolle speisen, habe aber nicht reserviert, sah sich die junge Frau um und geleitete sie an einen kleinen Tisch.

Aus der Speise- und Getränkekarte wählte Tina ein Fischgericht und ein Glas Weißwein aus. Nach der Bestellung fragte sie die Bedienung, ob der Name des Restaurants darauf schließen lasse, dass das Gebäude früher eine Mühle war. Die junge Frau entgegnete ihr, sie werde die Chefin fragen, die ihr sicher nähere Auskunft darüber geben könne. Gleich darauf näherte sich Tina eine attraktive Dame im Dirndl, die sie auf circa sechzig Jahre schätzte. Als die Frau an Tinas Tisch angekommen war, lächelte sie freundlich und sagte:

„Guten Abend, ich bin die Seniorchefin, ich habe gehört, Sie möchten etwas über die Geschichte unseres Hauses erfahren"?

Tina stellte sich ihr vor und entgegnete ihr:

„Ja, ich wüsste gerne, ob es hier während des Krieges eine Mühle gab, und wenn ja, möchte ich herausfinden, ob es *die* Mühle war, mit der ich schöne Kindheitserinnerungen verbinde."

Die Restaurantchefin setzte sich ihr gegenüber und be-

219

gann mit ihrer Erläuterung:

„Der alte Trakt dieses Gebäudes ist jahrhundertelang eine Mühle gewesen, die von unserer Familie über Generationen hinweg betrieben worden ist. Kurz vor dem Krieg heiratete meine Mutter in die Mühle ein. Sie und mein Vater hielten den Betrieb noch bis Mitte der neunzehnsiebziger Jahre aufrecht. Aber da weder mein Bruder, noch ich das Müllerhandwerk erlernt hatten, wurde der Betrieb eingestellt. Mein Mann hatte zwischenzeitlich eine gute Ausbildung als Koch absolviert, und so entstand die Idee, die Mühle in ein Restaurant zu verwandeln. Der Name „Restaurant zur alten Mühle" ergab sich damit von selbst. Heute arbeitet hier im Betrieb bereits die dritte Generation meiner eigenen Familie.

Als sie ihre Ausführungen beendet hatte, erkundigte sie sich nach Tinas Kindheitserinnerung in Verbindung mit der Mühle. Tina bereitete sich nun innerlich darauf vor, endgültig Aufschluss über die brennendste ihrer Fragen zu erhalten und antwortete zögernd:

„Ich habe in meiner Kindheit rund um die Mühle mit einem Jungen gespielt, der Frieder hieß"

Nach diesen Worten strahlte das Gesicht der Frau und sie sagte:

„Der Frieder ist mein Bruder."

Tina hatte noch bis vor wenigen Minuten geglaubt, gegen jede unbequeme Wahrheit gewappnet zu sein, doch die Antwort der Frau traf sie schwerer, als sie im Augenblick zu verkraften glaubte. Dies war nun also der endgültige Beweis, dass sie sich am Ort des ehemaligen Gehöfts Waldbruch befand. Es kostete sie eine ungeheure Kraft, zumindest nach außen hin Freude über die Erwähnung ihres früheren Spielkameraden zu zeigen, da sie gleichzeitig gegen die soeben erlittene Enttäuschung ankämpfen musste. Im selben Moment servierte die Bedienung den Wein, und es entstand eine kurze Gesprächspause, die Tina dazu verhalf, sich wieder zu sammeln. Nüchtern konstatierte sie, mit ihrer Vermutung Recht behalten zu haben, dass Florian zu dieser verhassten Familie gehörte. Nach der kurzen Unterbrechung erzählte die Frau weiter:

„Der Frieder ist neunzehnhundertvierundsechzig nach Kanada ausgewandert und hat bis zu seinem Eintritt in den Ruhestand als Ingenieur in einem Elektrokonzern in Toronto gearbeitet. Er ist mit einer Kanadierin verheiratet, hat drei Kinder und bereits fünf Enkelkinder. Erst vor zwei Jahren war er mit seiner Frau und seiner jüngsten Tochter bei uns zu Besuch.“

Sie machte eine Pause, und äußerte gleich darauf eine Vermutung:

„Sicher haben Sie auch unsere Mutter gekannt.“

Tina bejahte und ihre Gesprächspartnerin fuhr fort:

„Sie ist jetzt neunundachtzig und für ihr Alter ungewöhnlich vital. Sie wohnt in einer schönen Seniorenresidenz, die außerhalb der Stadt liegt, verbringt aber auch viele Stunden mit uns in der alten Mühle. Besuchen Sie sie doch, wenn es ihre Zeit erlaubt, sie wird sich vielleicht noch an Sie erinnern, und ich bin sicher, dass sie sich über ihren Besuch sehr freuen würde.“

Als Tina hörte, dass ihre Wohltäterin aus ihrer Kindheit noch am Leben war, vergaß sie für einen Moment die soeben erfahrene Ernüchterung und brachte über die unerwartete Kunde ihre wahren Gefühle zum Ausdruck:

„Ich habe ihre Mutter als einen überaus gütigen und liebevollen Menschen in Erinnerung und würde mich sehr freuen, sie wiederzusehen. Wenn ich nicht störe, möchte ich sie gerne schon morgen Vormittag besuchen.“

Tina unterhielt sich mit der Restaurantchefin noch eine Weile über ihre Erinnerungen an Frieder, an ihre Mutter Kathi, an die Großeltern und an die Mühle. Da Kathis Tochter ihrer Mutter den Besuch ankündigen wollte, musste Tina ihr über ihren Aufenthaltsort von 1943 auf Waldbruch Auskunft geben, was sie ursprünglich vermeiden wollte.

Als das Essen serviert wurde, wünschte ihr die Besitzerin einen guten Appetit, stand auf und verabschiedete sich von ihr. Nach der traurigen Gewissheit, dass Melanie tatsächlich mit einem Enkel ihrer Stiefmutter liiert ist, verspürte Tina kaum noch Appetit und musste sich zwingen, überhaupt etwas zu essen. Später kam ihr der Gedanke, den morgigen Besuch zu nutzen, um über Florians Familie Erkundigungen einzuholen, ohne den Anschein zu erwecken, dass ihr aus familiären Gründen sehr an einer Auskunft gelegen ist.

Als Tina das Restaurant gegen 19.15 Uhr verließ, hatte sich die Sonne wieder hervorgewagt und versetzte das Tal in ein strahlendes Licht. Der Himmel war vorwiegend blau, und nur wenig deutete in der Landschaft darauf hin, dass vor wenigen Stunden ein Gewitterregen niedergegangen war. Inzwischen hatten Gäste an den Tischen vor dem Restaurant Platz genommen und genossen bei Speise und Trank den angenehmen Sommerabend.

Traurig und niedergeschlagen ging Tina zurück nach S. Auf dem Weg zu ihrem Hotel kontaktierte sie per Handy ihren Gatten und setzte ihn davon in Kenntnis, dass sich ihre Befürchtung leider bewahrheitet hatte.

Am nächsten Morgen nach dem Frühstück checkte Tina aus, da sie, wie sie annahm, für ihre Recherche keine weitere Übernachtung mehr benötigte. Sie verließ das Hotel und suchte die ihr beschriebene Seniorenresidenz auf. An der Rezeption fragte sie nach Frau Reicherts Wohnung. Den Nachnamen, der in ihrer Kindheit nie eine Rolle gespielt hatte, wusste sie von der Tochter der Bewohnerin. Als Tina an der Appartementtür läutete, dauerte es nur einen kurzen Moment, bis sich die Tür öffnete, und sie einer freundlichen alten Dame gegenüberstand. Tina erkannte Kathi nicht mehr, da seit ihrer letzten Begegnung viele Jahrzehnte vergangen waren. Doch sie glaubte in diesem Augenblick eine ihr vertraute Aura zu spüren, die die alte Dame umgab und ihr signalisierte, dass sie vor dem gütigen Engel aus ihrer Kindheit stand. Sie empfand diese Begegnung wie ein außerordentliches Geschenk und vergaß für kurze Zeit den betrüblichen Anlass, der sie ursprünglich nach S. geführt hatte. Nach einer herzlichen Begrüßung wurde Tina von Frau Reichert in das kleine Appartement gebeten. Über einen Flur gelangten sie in eine Art Salon, der neben anderem stilvollen Mobiliar mit bequemen Polstermöbeln ausgestattet war. Während Tina ihr folgte, bemerkte sie, dass sich die alte Dame in einer bewundernswerten körperlichen Verfassung befand. Sie ging vollkommen aufrecht und benötigte auch keine Gehhilfe, wie man in ihrem Alter hätte erwarten können. Frau Reichert forderte Tina auf, in einem der bequemen Sessel Platz zu nehmen, sie selbst setzte sich auf das Sofa gegenüber. Zwischen ihnen stand ein schmaler Couchtisch, über den hinweg Frau Reichert Tina an den Händen fasste. Ihr Gesicht strahlte, als sie zu sprechen begann:

„Sie glauben gar nicht, wie glücklich ich bin, Sie, das ehemalige kleine Mädchen vom Hof Waldbruch nach so langer Zeit gesund und munter wiederzusehen. In all den Jahren habe ich immer wieder an Sie denken müssen, vor allem an das Leid, das sie auf Waldbruch ertragen mussten. Ich war damals so unglücklich, dass ich Ihnen nicht mehr Hilfe zukommen lassen konnte."

Sie machte eine kurze Pause und fragte dann:

„Aber wollen wir nicht „du" sagen, wie früher? Ich bin noch immer die Kathi."

Tina war liebend gern einverstanden. Kathi wollte zu allererst von ihr wissen, warum sie erst jetzt den Weg zu ihr gefunden habe. Tina antwortete ihr, dass sie lange Zeit nicht gewusst habe, in welcher Gegend des Allgäus sie 1943 gelebt, und erst vor kurzem einen Hinweis auf ihren früheren Aufenthaltsort erhalten habe. Sie war zu diesem Zeitpunkt recht froh, dass Kathi sie nicht über den erwähnten Hinweis befragte. Stattdessen forderte sie Tina auf, ihr zu berichten, welche anderen, als die ihr bekannten Gräueltaten man ihr auf Waldbruch noch zugefügt habe, und wie es ihr nach Verlassen des Gehöfts im September 1943 ergangen sei.

Bereits im bisherigen Gesprächsverlauf stellte Tina erfreut fest, dass Kathi auch über eine erstaunliche geistige Frische verfügte. Während sie ihr dezidiert über ihre schlimmen Erlebnisse auf Waldbruch berichtete, sah sich Kathi darin bestätigt, Tinas tödliche Bedrohung durch Fini damals richtig eingeschätzt zu haben. Dennoch reagierte sie entsetzt. Als ihr Tina dann noch von ihren weiteren Qualen erzählte, denen sie in der neuen Heimat ausgesetzt war, kamen ihr die Tränen, und sie konnte sich erst nach geraumer Zeit wieder beruhigen. Danach meinte sie, sie hielte das Gehörte für vollkommen unmöglich, wenn sie nicht selbst Zeuge eines Teils der an ihr verübten Misshandlungen gewesen wäre.

Nachdem Kathi ihre Bestürzung etwas überwunden hatte, äußerte sie sich verwundert über Tinas außergewöhnliches Erinnerungsvermögen. Sie hätte nicht für möglich gehalten, meinte sie, dass ein dreijähriges Kind selbst schreckliche Erlebnisse so detailgenau im Gedächtnis behalten könne.

„Ich habe nicht nur alle Grausamkeiten, die mir meine Stiefmutter zugefügt hat, noch immer deutlich vor Augen," erwiderte ihr Tina, „sondern ich erinnere mich auch noch sehr genau an deine liebevolle und warmherzige Art, mit der du mir in all den schwierigen Situationen beigestanden hast. Dafür bin ich dir unendlich dankbar. Hättest du zum Beispiel nach der Verbrühung meiner Hände nicht so couragiert gehandelt und mich sofort zum Arzt gebracht, so könnte ich sie heute sicher nicht mehr so gut gebrauchen."

Zur Unterstreichung ihrer Worte bewegte sie flink ihre zehn Finger. Dann wollte Kathi näheres über Tinas aktuelles Leben wissen, ob sie verheiratet sei und Kinder, oder vielleicht auch Enkel habe. Tina berichtete ihr, dass sie erst relativ spät geheiratet habe, und erzählte ihr von ihrem Mann Rolf und ihrer Stieftochter Melanie.

„Und eigene Kinder hast du keine?", fragte Kathi.

„Rolf war der erste Mann, von dem ich gerne Kinder bekommen hätte", erwiderte sie. „Aber wir kamen damals überein, dass ich im einundvierzigsten Lebensjahr besser auf eine Schwangerschaft verzichten sollte. Heute würde ich mich wahrscheinlich anders entscheiden."

Kathi hatte eine Thermoskanne auf dem Couchtisch stehen und lud Tina zu einer Tasse Tee ein. Während Kathi ihrem Gast und sich die Teetassen füllte, überlegte Tina, wie sie das Gespräch auf ihre Stiefmutter und deren Familie lenken könnte, um näheres über Finis Sohn und Florian in Erfahrung zu bringen. Doch zu Tinas Freude schnitt Kathi von sich aus das Thema an:

„Das weitere Leben der Waldbruchbewohner war alles andere als vom Glück gesegnet", begann sie ihren Bericht.

„Es schien mir immer wieder, als hätte die gesamte Familie für das, was sie dir angetan hat, ihre gerechte Strafe erhalten: Die alten Magers waren lange Jahre pflegebedürftig, aber keine der Töchter hat sich während ihres Siechtums je um sie gekümmert. Sie sind einsam und verarmt auf ihrem Hof gestoben. Als sie beide tot waren, ist Fini Mitte der Fünfziger nach Hause zurückgekehrt. Kurze Zeit später hat sich herausgestellt, dass sie schwanger war. (Tina überraschte diese Mitteilung nun nicht mehr). Die Leute ringsum haben sich über ihren Zustand mokiert, da sie zum einen für eine Schwangerschaft schon ziemlich alt war, und

225

zum anderen keinen Vater für ihr Kind vorweisen konnte. Sie hat zwar in der Nachbarschaft herumerzählt, dass ihr Lebensgefährte gestorben sei, aber niemand wollte ihr das so recht glauben."

Tina warf ein, sie könne bestätigen, dass Fini in diesem Punkt die Wahrheit gesagt hat.

„Na gut, ist auch egal", kommentierte Kathi Tinas Einwurf. Dann erzählte sie weiter:

„Fini hat nie ein Wort darüber verloren, was aus dir geworden ist, und ich habe schon befürchtet, dass du gar nicht mehr am Leben bist. Deine Schilderungen über die Misshandlungen, die sie dir in der neuen Heimat zugefügt hat, legen ja auch nahe, dass meine Befürchtungen nicht unbegründet waren."

Sie machte eine kurze Pause. Dann fuhr sie fort:

„Als Finis Sohn Stefan zwei Jahre alt war, hat man ihr das Kind weggenommen und es in eine Pflegefamilie gegeben. Das Jugendamt hatte sie wegen ihrer Alkoholexzesse schon längere Zeit im Visier. Doch ausschlaggebend für den Kindesentzug war ein Brand auf Waldbruch, den Fini unter Alkoholeinfluss verursacht, und das Kind damit in höchste Gefahr gebracht hatte. Ihr wurde daraufhin vom Jugendamt jeglicher Kontakt zu ihrem Sohn untersagt.

Als der Junge alt genug war, um selbst entscheiden zu können, ob er seine leibliche Mutter wiedersehen wolle, hat er das abgelehnt. Ob dies der Grund dafür war, dass Fini trotz mehrerer Entziehungskuren immer wieder rückfällig geworden ist, kann ich nicht beurteilen.

Ich glaube, Stefan hatte großes Glück, von dieser Familie aufgenommen worden zu sein. Das Ehepaar hat ihn wie ihre beiden eigenen Kinder erzogen und gefördert, und ich nehme an, dass er dort auch mehr Liebe erfahren hat, als er jemals von seiner Mutter bekommen hätte. Unter dem Einfluss dieser Familie ist Stefan jedenfalls ein anständiger und fleißiger junger Mann geworden.

Auch die Rosl hat in ihrem Leben viel erdulden müssen. Ihr Mann, der ebenfalls Alkoholiker war, hat sie ständig verprügelt, woraufhin sie sich irgendwann hat scheiden lassen. Tragisch endete das Leben ihrer einzigen Tochter, die sich mit zweiundzwanzig Jahren erhängt hat. Man hat sich erzählt, dass ihr Freund sie verlassen habe, nachdem sie von ihm schwanger war. Aus Verzweiflung darüber soll sie sich das Leben genommen haben.

Später haben sich Fini und Rosl um das Erbe gestritten. Es ging dabei nur um das Grundstück, das Gebäude war eh' nichts mehr wert. Am Ende waren die beiden deswegen völlig miteinander verfeindet. Fini ist Anfang der neunziger Jahre in völlig verwirrtem Zustand gestorben und Rosl lebt seit einigen Jahren in einem Pflegeheim."

Tina hatte Kathis bisherigem Bericht beinahe atemlos gelauscht. Das Schicksal der Personen, die ihr so viel Leid zugefügt hatten, berührte sie nicht sonderlich, und sie schämte sich auch nicht für diese Haltung. Für Rosls Tochter aber hätte sie sich einen glücklicheren Verlauf ihres Lebens gewünscht.

Neben dem Schicksal ihrer Peiniger hatte Tina durch Kathis Bericht aber auch ein äußerst wichtiges Detail erfahren, das für sie im Hinblick auf Melanies und Florians Verbindung von großer Bedeutung war: Finis Sohn Stefan hatte mit zwei Jahren nicht mehr unter dem Einfluss seiner Mutter gestanden! Nach dieser Information schien es ihr, als falle eine Zentnerlast von ihr. Nun sah sie die Beziehung zwischen den beiden plötzlich in einem viel positiveren Licht. Finis Gene, durch sie noch bis vor kurzem negative Auswirkungen auf Florians Charakter befürchtet hatte, spielten für sie plötzlich nur noch eine untergeordnete Rolle, da sie sicher war, dass bereits Stefans Charakter weit mehr von seiner neuen Umgebung geprägt worden war, als es Finis Gene je vermocht hätten.

Tina wurde in ihrem Gedankengang unterbrochen, denn Kathi setzte nach einer kurzen Pause ihre ausführlichen Schilderungen fort:

„Irgendwann haben sich Stefan und Eva, die Tochter der Pflegefamilie ineinander verliebt, und die junge Frau wurde schwanger. Nachbarn, die von diesem Ereignis irritiert waren, sollen sich über diese „Sittenlosigkeit", wie sie sich ausdrückten, empört, und die Beziehung als „Geschwisterliebe" verurteilt haben. Die Familie hielt jedoch zusammen und war unempfänglich gegen jegliche Kritik von außen, die im Übrigen auch völlig unsinnig war. Die Eltern des Mädchens haben sogar erklärt, dass sie sich keinen besseren Schwiegersohn als Stefan hätten wünschen können. Ein Jahr nach Geburt des Kindes haben die beiden schließlich geheiratet."

Wieder unterbrach Kathi ihren Bericht und trank einen Schluck aus ihrer Teetasse. Sie öffnete eine Konfekt-Dose und forderte Tina auf, sich zu bedienen, bevor sie selbst ein Plätzchen entnahm. Tina nutzte die Zeit, um ihre eigenen Schlüsse aus der Verbindung Stefans mit der Tochter seiner Pflegeeltern zu ziehen:

‚Im Gegensatz zu anderen Paaren hatten Stefan und Eva von Kindesbeinen an genügend Zeit, die Verhaltensweisen des jeweils anderen in den unterschiedlichsten Lebenssituationen kennenzulernen', überlegte sie, ‚und die junge Frau hätte sich sicher nicht in Stefan verliebt, wenn er im Laufe ihres gemeinsamen Lebens nur die geringste Spur der mütterlichen Niedertracht an den Tag gelegt hätte.'

Dieser weitere Aspekt bewirkte in Tina, dass sie auch den letzten Rest an Besorgnis über Melanies Verbindung mit Florian zu Seite schob. Sie dachte, dass es jetzt an der Zeit sei, ihrer Wohltäterin reinen Wein einzuschenken, und ihr den wahren Grund für ihre Reise ins Allgäu zu verraten:

„Kathi, du hast mich soeben, ohne es zu ahnen, von einer schweren Last befreit. Florian, Finis Enkel, ist der Grund, warum ich diese Gegend aufgesucht habe, denn er ist der Freund meiner Stieftochter", teilte sie der erstaunten Kathi mit. „Bevor ich deinen Bericht gehört habe, war ich voller Sorge über diese Verbindung, wie du dir denken kannst. Jetzt aber sehe ich sie mit ganz anderen Augen und wünsche den beiden sehr, dass sie glücklich werden."

Noch bis weit in die Mittagsstunden hinein tauschten die beiden Frauen gemeinsame Erinnerungen aus, und Kathi erzählte ihr von ihrer Familie. Bevor sich Tina verabschiedete, ließ sie sich noch Namen und Adresse von Rosl, der Schwester ihrer Stiefmutter geben, da sie beabsichtigte, sie im Pflegeheim aufzusuchen.

Tina lenkte ihren Wagen in die von Kathi genannte Kleinstadt und suchte das dortige Pflegeheim auf. Da sie ihrer Stiefmutter die eine Frage nach dem „Warum" nicht mehr stellen konnte, hoffte sie, von deren Schwester eine Antwort zu erhalten. Die zuständige Altenpflegerin wunderte sich, als Tina nach Rosls Zimmernummer fragte, da Rosl bisher nie Besuch bekommen hatte. Sie führte Tina in ein Zimmer, in der zwei pflegebedürftige Frauen in ihren Betten lagen. An einem der beiden Betten sprach sie die darin liegende Heimbewohnerin an:

„Frau Schmelzer, sie haben Besuch". Dann verließ sie das Zimmer wieder. Tina stand nun allein vor dem Bett einer alten und gebrechlichen Frau, die sie neugierig beäugte.

„Ich bin Tina, die Stieftochter deiner Schwester", begann sie und beobachtete Rosls Reaktion.

Es dauerte eine ganze Weile, bis sie eine Veränderung in Rosls Miene zu erkennen glaubte, und es kam ihr der Verdacht, dass die alte Frau nicht mehr ganz über ihre Sinne verfügte. Doch dann öffnete sie den Mund und stieß hervor:

„Ach Gott, die Tina!"

Nach dem Gesagten bewegten sich ihre Lippen, als wolle sie noch weitere Worte formulieren, doch es kam kein zusätzlicher Laut aus ihrem Mund. Nach einer Weile sprach Tina Rosl erneut an.:

„Da deine Schwester nicht mehr am Leben ist, sag' bitte *du* mir, warum ihr mir, einem hilflosen kleinen Kind, so viel Leid zugefügt habt?"

Die Frau im Nachbarbett schien tief und fest zu schlafen, was Tina nur recht war; denn es lag ihr fern, Rosl vor ihrer Nachbarin bloß zu stellen.

Wieder dauerte es eine Weile, bis Rosl eine Reaktion zeigte: Sie machte ihre Augen zu, und um ihre geschlossenen Lider bildeten sich Tränenseen. Das wertete Tina als Zeichen, dass Rosl sie verstanden hatte. Aber sollten die Tränen auch Ausdruck der Reue sein?

Nach mehrminütigem Warten auf eine weitere Reaktion von Rosl hielt sie es plötzlich für unwürdig, in der Position der Stärkeren die alte Frau weiter unter Druck zu setzen. Sie machte Anstalten, sich zurückzuziehen und hatte bereits ihre Hand auf der Türklinke liegen, als sie hinter sich Rosls stockende Worte vernahm:

„Ich - hab' - das alles - nicht - gewollt."

Tina verharrte noch kurze Zeit an der Tür, dann verließ sie wortlos das Zimmer.

Nach Verlassen des Pflegeheimes nahm sich Tina vor, endgültig einen Schlussstrich unter ihre schreckliche Vergangenheit zu ziehen. Sie war froh und glücklich, dass sie wegen der überraschenden Wendung in Florians Familiengeschichte ihre Sorgen, mit denen sie am Vortag ins Allgäu gereist war, nicht wieder mit zurück nach Hause nehmen musste. Auch war sie seit dem Gespräch mit Kathi davon überzeugt, dass sie während künftiger Begegnungen mit Florian in der Lage sein würde, jedweden Gedanken an eine Verflechtung zwischen ihm und ihrem erlittenen Kindheitstrauma einfach auszublenden.

Bevor sich Tina ins Auto setzte, um ihre Rückreise nach Würzburg anzutreten, rief sie Rolf an, um ihn über die unerwartet erfreuliche Entwicklung in Kenntnis zu setzen. Die Erleichterung am anderen Ende der Leitung war deutlich vernehmbar.

ENDE